2021 제15회
김유정문학상
수상작품집

2021 제15회

김유정문학상

수상작품집

차 례

심사 경위 및 심사평

　김유정기념사업회가 주최하는 김유정문학상이 올해로 15회에 이르렀다. 올해 심사는 소설가 이승우를 위원장으로, 문학평론가 김경수, 신수정, 정홍수가 맡았다. 코로나 상황을 고려해서 첫 심사 모임은 8월 28일 줌 화상회의로 열렸다. 첫 모임에서는 심사 일정과 함께 줌 화상회의 방식의 심사 진행을 확정했다. 심사 일정이 전년보다 한 달가량 늦어진 것을 감안해서 심사 대상 기간도 한 달을 더 두어 2020년 7월부터 2021년 7월까지 발표된 중단편 소설로 하기로 합의했다. 9월 11일 심사위원들의 본심 추천작을 취합하는 회의가 열렸고, 이후 한 차례의 회의(9월 16일)를 더 거쳐 권여선의 「기억의 왈츠」, 손보미의 「해변의 피크닉」, 손홍규의 「지루한 소설만 읽는 삼촌」, 신종원의 「저주 받은 가보를 위한 송가집」, 우다영의 「뷰티」, 위수정의 「풍경과 사랑」, 한정현의 「쿄코와 쿄지」 등 모두 일곱 편의 후보작을 확정했다. 9월 28일 최종 심사에서는 심사위원 각자가 마음에 담아온 작품들을 언급하는 방식으로 수상 후보를 압축해 들어갔고, 시종 긴장된 논의를 펼친 끝에 잿빛 수의의 기억을 은빛 베일의 기억으로 변환하는 기적 같은 순간을 찾아냄으로써 버려지고 망각된 시간과의 감동적인 소설적 조우에 성공한 권여선의 「기억의 왈츠」를 수상작으로 하기로 합의했다. 수상작에서 망각 저편으로부터 도착하는 좌절된 '왈츠'의 이야기는 소설의 기억이 그 자체로 수행하는 더없이 아름다운 '왈츠'의 리듬 속에서 '빙글' 돌아 구원된다. 1 2 3으로 연결되는, '두 겹의 차원이 동일한 무늬로 만나는' 그날은 생에 한 번밖에 주어지지 않겠지만, 어쩌면 바로 그 돌이킬 수 없는 바스라지는 시간의 존재야말로 누군가 고독 속에서 소설을 쓰고, 누군가 고독 속에서 소설을 읽는 이유이리라. 수상자에게 축하를 전한다.

심사위원 이승우, 김경수, 신수정, 정홍수(대표 집필 : 정홍수)

하늘은 흐리고 짙은 먹구름이 낮게 깔려 있었다. 곧 비가 쏟아져도 할 말이 없겠구나, 생각하는데 김유정문학상 수상 소식을 알리는 전화가 걸려왔다.

수상작인 「기억의 왈츠」는 집필 시간 자체는 길지 않았지만 집필 기간은 꽤 길었던 소설이다. 조금 쓰고 놔두었다 또 조금 쓰는 식으로 썼기 때문이다. 내 경우 소설을 쓸 때 일단 빨리 어떻게든 완성을 시키고 퇴고하는 과정을 거치는 식인데, 이 소설은 도저히 빨리 쓸 수도, 한시바삐 완성시킬 수도 없었다. 기억의 속도가 글의 속도보다 느렸기 때문이고, 기억의 무늬가 글이 따라잡기엔 생각보다 섬세하고 미묘했기 때문이다. 그래서 이 소설은 기억의 속도로, 기억의 무늬를 살피며 찬찬히 썼다.

나는 김유정의 두 배 가까운 삶을 살고 있다. 김유정이 나처럼 오래 살았다면 이런 소설도 썼을까, 생각해본다. 「기억의 왈츠」 속 화자가 젊은 날의 자신을 낯설고 두렵고 가엾게 여기듯이, 김유정 또한 회오리치는 열정으로 사뭇 곤혹스런 짓을 하고 다닌 자신의 젊은 날에 대해 뒤늦은 연민과 공포를 느꼈을까. 그랬으리라 믿는다. 그러면서도 김유정은 그 쓸쓸한 회고에 특유의 해학과 재미를 빠짐없이 곁들였을 것이다. 나 또한 그렇게 하려고 했다. 나는 언제나 지나간 것들에 대해 안타까움과 두려움을 느끼는 편이지만 끝내는 주먹 쥔 손을 풀고 웃게 된다면 좋겠다고 생각한다. 거미줄처럼 희미하더라도 마지막은 웃음이었으면 좋겠다고.

권여선

권여선

기억의 왈츠

장편소설 『푸르른 틈새』로 등단. 소설집으로 『처
녀치마』 『분홍 리본의 시절』 『내 정원의 붉은 열
매』 『비자나무숲』 『안녕 주정뱅이』 『아직 멀었다
는 말』, 장편소설로 『레가토』 『토우의 집』 『레몬』
이 있음. 이상문학상, 한국일보문학상, 동인문학
상, 동리문학상, 이효석문학상 수상.

1

　얼마 전 동생 부부와 교외에 있는 숲속 식당에 다녀온 후부터 나는 오래전에 지나가버린 청춘의 한 시절을 자꾸 되돌아보는 버릇이 생겼다. 무려 삼십 년도 넘은, 거의 사십여 년이 되어가는 머나먼 과거의 일들이다. 반복해서 돌이키다 보니 처음에는 안개에 덮인 듯 아득했던 기억이 조금 또렷해지는 듯했고 점점이 끊겼던 사건의 순서가 느슨하게 연결되기도 했다. 잘못 기억했던 부분이 바로잡히거나 까맣게 잊고 있던 에피소드가 불쑥 떠오르는 일도 있었다.

　그러나 과거를 반추하면 할수록 내게 가장 놀라웠던 건 그 시절의 내가 도무지 내가 아닌 듯 무섭고 가엾고 낯설게 여겨진다는 사실이었다. 오래전 기억 속의 자신은 원래 그렇게 생각되는 법인지 모른다. 하지만 원래 그렇더라도 놀라운 건 놀라운 것이다. 내가 손쓸 수 없는 까마득한 시공에서 기이할 정도로 새파랗게 젊은 내가 지금의 나로서는 결코 원한 적 없는 방식으로, 원하기는커녕 가장 두려워해 마지않는 방식으로 살았다는 사실이, 내게는 부인할 수도 없지만 믿을 수도 없는 일처럼 느껴졌다. 이런 게 놀랍지 않다면 무엇이 놀라울까. 시간이 내 삶에서 나를 이토록 타인처럼, 무력한 관객처럼 만든다는 게.

그날 아침 휴대전화 벨이 울렸을 때 나는 자고 있었다. 화면에 동생 이름이 떠서 통화 버튼을 눌렀더니, 왜 안 내려와, 전화는 왜 안 받고, 하는 동생의 말이 쏟아져 나왔다. 정신이 번쩍 들었다. 오전 열시에 동생 부부가 아파트 앞으로 데리러 온다고 했던 약속이 기억났다. 전날 밤에 알람을 아홉시에 맞춰놓고 잤는데 왜 듣지 못했는지 시간은 이미 열시 십오분을 지나고 있었다.

설마 지금 일어났느냐고 동생이 물었다. 응, 지금 나갈게, 했더니 동생이 어이가 없다는 듯, 지금 일어났는데 지금 나온다고, 했다. 나는 맥없이 웅얼거리다 전화를 끊었다. 욕실 거울에 몰골을 비춰보는데 문 두드리는 소리와 언니, 언니, 부르는 소리가 들려왔다. 내가 문을 열자 동생이 굳은 얼굴로 언니, 너 뭐니, 하며 밀고 들어왔다. 나는 덮어놓고 사과부터 했다. 미안하다, 내가 왜 이러는지 모르겠다, 그러면서 넌지시 오늘은 너희 둘이서만 점심을 먹으러 가면 안 되겠느냐고 묻자 동생은 금세 표정을 풀고, 괜찮다고, 얼른 준비하고 나가자고, 오랜만에 바람 좀 쐬고 맛있는 것도 먹자고 다독였다. 나는 감읍하여 급히 욕실로 들어가다 발가락을 찧고 겨우 신음을 삼켰다. 씻고 나와보니 동생은 침대 시트를 정리해놓고 내가 입을 옷도 챙겨놓았다. 우리가 내려갔을 때 제부는 차를 나가기 좋게 출구 쪽으로 돌려놓고 반쯤 열린 차창 밖으로 손을 들어 인사했다. 내가 차 뒷좌석에 앉으며 미안합니다, 하자 제부는 아, 뭘요, 했다.

동생 부부는 혼자 사는 노모를 챙기듯 나를 챙긴다. 병원에 가야 할 일이 생기면 나를 병원에 데려다주고 데려오고, 적어도 한 달에 한 번 이상은 나와 함께 점심을 먹으려 한다. 나도 그 약속만은 지키려 하는데 은퇴한 내가 코로나 이후로 누구를 만나 식당에서 밥을 먹는 건 그것이 거의 유일하기 때문이다. 주로 내가 사는 아파트 근처 식당에서 밥을 먹곤 했는데 그날은 특별히 제부가 교외에 있는 숲속 식당에 날 데려가기로 한 날이었다.

강변을 달리는 동안 나는 차창 밖으로 흐르는 강을 홀린 듯 바라보았다. 강은 가드레일 위로 보이다 말다 했다. 그러다 잠깐 졸았는지 동생이 아, 뭐야, 하고 외치는 바람에 놀라 깼다. 제부가 중간에 길을 잘못 접어든 모양이었다. 차는 어느새 시원하게 뚫린 고속도로를 달리고 있었다. 공항고속도

로여서 유턴을 하려면 한참을 가야 한다고, 또 비싼 통행료도
내야 할 거라고 동생이 쏘아붙이자 제부는 잠자코 있다가 거
참 신기하네, 했다. 뭐가 신기하냐고 동생이 묻자 제부는 거
참 신기한 게 빠져야 할 분기점만 되면 당신이 말을 건다고,
이번에도 보라고, 하필 거기 꺾어 들어가야 할 지점에서 당신
이 식당 메뉴가 뭐 뭐 있느냐고 물어보는 바람에 정신이 팔려
서 그냥 지나치지 않았느냐고 했다. 동생은 아무 대꾸도 하지
않았고 나는 창밖으로 보이는 삭막한 시멘트 방벽만 바라보
았다.

　인터체인지에서 돌아 나와 한참을 달릴 동안 차 안은 조용
했다. 제부가 유턴을 하여 다시 자유로에 접어들어 아까 놓친
첫번째 길에서 제대로 꺾었다. 그러나 두번째 길목에서 제부
는 다시 길을 놓쳤고 동생은 절대 기회를 놓치지 않고 이번엔
핑계 댈 게 없어 꼴 좋다고 비아냥댔다. 제부는 운전하는 사
람한테 왜 자꾸 시비를 거느냐고 고함을 쳤고 나는 잠자코 창
밖만 바라보았다. 제부가 직진 후 다시 유턴을 하고 우회전
을 하여 꼬불꼬불한 시골길에 접어들었을 때 동생이 창을 조
금 내리고 아, 시골 냄새 난다, 했다. 내가 동생에게 경탄하
는 동시에 가슴 아프게 생각하는 대목이 이것이다. 어떻게 살
아왔기에 이렇게 금세 풀고 마는가.

　동생 말대로 열린 창으로 마른 풀과 나무 냄새가 들어왔고
제부가 기다렸다는 듯 냄새 좋네, 냄새 좋아, 맞장구를 쳤고
동생이 이 식당은 어떻게 알게 된 거냐고 묻자 예전에 자전거

동호회 사람들하고 와본 적이 있는데 풍광도 좋고 국수와 전이 맛있어서 언제 꼭 당신하고 와야지 기억을 해놓았다고 너스레를 떨었다. 동생이 나를 돌아보며 보나 마나 언닌 또 국수 먹겠네, 했고 나는 무조건 국수지, 했고 제부가 처형은 정말 국수 좋아하셔, 했다. 그래서 숲속 식당 주차장에 도착해서는 셋 다 화기애애한 마음으로 차에서 내릴 수 있었다. 이래서 그런 거냐, 동생아. 나 때문에?

뜻밖에도 숲속 식당은 사방이 개폐 가능한 유리문에 둥근 유리 천장으로 되어 있었다. 식당 앞에서 제부가 내게 좋지요 뭐 어쩌고 했다. 청력이 좋지 않은데다 마스크 때문에 정확히 듣지 못했지만 나는 좋네요 했다. 식당의 평평한 마당 끝에 도로가 있고, 도로 너머로 논과 밭이 펼쳐졌고, 그 뒤로 노랗고 빨갛게 단풍이 든 낮은 언덕과 높은 산들의 능선이 빙 둘러쳐 있었다. 식당은 알록달록한 그릇 한가운데 놓인 유리구슬처럼 사방으로 단풍 든 산에 둘러싸인 야트막한 평지에 자리잡고 있었다.

주위를 둘러볼수록 나는 이상한 기분에 사로잡혔다. 언젠가 와본 적이 있는 곳 같았다. 그게 언제인지, 얼마나 오래전이었는지는 기억나지 않았다. 어쩌면 오래전에 꾼 꿈속의 장소는 아닐까 싶었지만 나는 그렇지 않다는 걸 알고 있었다. 몸속 깊은 곳에서 은은한 열기가 퍼져 나와 얼굴을 붉게 달구었고 심장이 쿵쿵 뛰었다. 알 수 없는 혼란의 전조가 느껴졌다.

풍경만이 낯익은 게 아니었다. 언젠가 내가 가을 햇살을 받아 하얗게 빛나는 저 마당 한가운데 홀로 서 있었던 것 같기도 했고, 아니면 그렇게 마당 가운데 홀로 서 있는 여자를 이곳에 서서 지켜보고 있었던 것 같기도 했다. 어느 게 과연 나였던가. 그녀가 나였던가, 내가 나였던가. 또…… 누군가 옆에 있었고 손가락을 들어 어딘가를 가리켰다.

저기……

저기 어디?

손가락이 가리킨 곳에 펌프가 있었고 물이 고인 펌프 아래에서 무언가 꼬물거리는 것 같았다. 나는 눈을 가늘게 뜨고 마당 울타리 중간에 놓인 펌프를 가만히 노려보았다. 이제는 쓰지 않는지 펌프는 잔뜩 녹이 슬었고 그 아래 바짝 마른 땅에는 아무것도 없었다. 그때와는 크고 작은 부분들이 미묘하게 달라져 있었지만 장소와 지형은 오래전 그곳과 완전히 겹쳐졌다. 삼십 년도 넘은, 거의 사십여 년 전 대학원에 다니던 시절 나는 경서와 이곳에 온 적이 있었다.

아, 나는 그 시절을 까맣게 잊고 있었다.

2

나는 그동안 대학원생 시절을 까맣게 잊고 살았다. 고작 일 년밖에 다니지 않았고 그 시기에 기억할 만한 큰 사건은 일어나지 않았기 때문이다. 지금 돌이켜봐도 대학에 입학한 직후부터 시작된 혼란과 방황에 비하면, 그리고 대학원 일 년을 마치고 난 겨울방학에 우리 가족에게 벌어진 일들에 비하면 그 일 년은 내 인생에서 가장 평온했던 시기라고 할 수 있었다. 그나마 기억에 남는 일이라고는 경서와 만났다 헤어진 정도인데, 나는 그게 그렇게 특별한 연애라고 생각하지 않았다. 연애라고 할 수 있을까 싶을 만큼 애매한 연애였다. 어쩌면 그래서 더 특별할 수는 있겠지만, 나는 동생 부부와 숲속 식당에 다녀오기 전까지 그 연애의 특별함에 대해서는 한 번도 생각해본 적이 없다.

대학원생 시절, 고작 스물네 살일 뿐인데 왜 그랬는지 알 수 없지만, 나는 세상을 다 산 듯한 꼴로 살았다. 어느 순간 결심만 하면 삶을 중단시킬 수 있다고 믿었고, 굳이 서둘러 그렇게 하지 않아도 조만간 세계에 어떤 파국이 와서 내 삶을 끝내주리라고 생각했다. 죽음을 가깝게 느꼈고 미래를 생각하는 일에 죄의식을 느꼈다. 내가 무엇이 될지, 무엇이 되고 싶은지 생각하지 않았다. 미래를 생각하지 않고 사는 일은 마치 몸이 뒤집힌 채 거꾸로 치달려가는 느낌이었는데 그러다 보면 결국 과녁에 정통으로 박히리라는 느낌, 그러면 끝장이라는 시원하고 원통한 예감만 들었다. 아무도 묻지 않았지만 혹시라도 누군가 내게 왜 그렇게 사느냐고 물었다면 나는 아무 대답도 하지 못했을 것이다. 이유가 있다면 나도 그렇게 속수무책이었을 리가 없다. 내 머릿속은 그냥 그러니까 그런 거고, 그런 식이니까 그런 식이라는, 생생한 색채를 잃어버린 덧없는 그림자 같은 기운들로 가득했다.

당시의 나는, 그런 모호하고 어두운 기운을 가만히 품고 있기만 했던 게 아니라, 스스로에게도 타인에게도, 있는 그대로 때로는 더 과장해서 드러내곤 했다. 스물넷이었으니까, 위험한 무엇을 가만히 갖고 있는 것으로는 안 되고 그걸 어떻게든 뱉어내거나 발산하지 않으면 견딜 수 없는 나이였으니까, 그 내용이나 표현이 기괴하고 언짢아서 누구에게도 제대로 가닿지 못하리란 걸 알 수도 없고 신경도 못 쓰는 나이였으니까.

아니, 완전히 그렇지는 않았을 것이다. 내가 그렇게까지 아무것도 알지 못하고 누구에게도 신경 쓰지 않는 초연한 괴짜는 아니었을 것이다. 어쩌면 마음 한구석에서는 그림자와 유령으로 가득한 세계에서 빠져나가고 싶어 발버둥을 쳤을 것이다. 하지만 어느 시점까지는 나도 내 삭막한 기운을 어떻게 해볼 수가 없었던 것 같다. 그런 삶의 방식이 얼마나 진심에 가까웠는지 지금의 나로서는 판단할 수 없다. 진심이면 어떻고 포즈였으면 어쩔 것인가. 중요한 건 그 당시의 내가 실제로 고통을 겪었고 시시각각 이상한 불안과 충동에 시달렸다는 사실이다.

그러는 와중에도, 아니 그렇기 때문에 더 나는 하루하루의 삶에 탐욕스러울 만큼 집착했다. 나의 하루는 정신없이 바쁘고 촘촘하고 변덕스럽고 공허했다. 나는 자주 다쳤고 누군가를 공격하거나 누군가에게 모욕당했으며 전혀 모르는 사람들과 어울리다 어처구니없는 일을 당하기도 했다. 특히 술에 취해서 좋지 않은 일을 당할 때가 많았는데 술에서 깨고 나면 내가 당한 일을 떠올리고 가끔 내가 미치지 않았나 하는 생각을 할 때가 있었다. 하지만 나는 곧 잊었다. 잊으려고 노력했다. 노력하면 잊히는 듯했다. 아무 일도 아니다 생각하면 아무 일도 아니게 되는 듯했다. 내일을 생각하지 않듯 어제도 생각하지 않으려 했다. 내 손에 쥔 확실한 패는 오늘밖에 없었고 그 하루를 땔감 삼아 시간을 활활 태워버리면 그만이라고 생각했다.

그런 나와 달리, 라고 말하긴 그렇고, 도무지 나에 비할 바가 아니었지만, 경서는 대학원 동기들 중에 가장 철이 든 축에 속했다. 그는 미래의 연구자가 되기 위한 과정을 착실히 밟아나가고 있었고 그 모습은 교수들의 인정과 동기들의 존중을 받기에 충분했다. 경서는 하루도 빠짐없이 오전 아홉시쯤 연구실에 나와 끈기 있게 자료를 읽거나 이론서를 공부했고, 월수금 화목토 요일별로 정해놓고 늦은 오후나 저녁에 외국어를 배우러 다니거나 스터디그룹에 참여했다. 물론 나는 당시엔 이런 사실을 알지도 못했고, 알았더라도 그게 뭐 어쨌다는 거냐고 생각했을 것이다. 경서와 나는 학부 때도 그랬듯이 대학원에서도 친밀한 관계를 맺는 사람들의 그룹이 달랐고 교내외를 불문하고 겹치는 동선이 거의 없었다. 그 당시의 우리는 서로가 가장 멀다고 생각되는 곳, 가장 대척적인 별자리에 존재하고 있었다.

경서와 내가 처음 대화를 나눈 건 5월 어느 날 도서관 통로에서였다. 육층짜리 도서관 건물은 비탈진 땅에 지어진 까닭에 거대한 반지하 건물이나 다름없었다. 일층부터 삼층까지의 정면은 남향으로 빛이 들어오는 창이 있었지만 북쪽 벽은 지하였다. 사층은 필로티 구조로 터널처럼 뚫려 있고, 오층과 육층은 역시 정면으로는 빛이 들지만 뒤는 어둡고 축축한 땅이었다. 언덕에 반쯤 처박힌 거대한 사각형 블록 중간에 사각 빨대로 뚫어놓은 사층 통로가 있는 셈이었다. 사층 통로는 공항고속도로처럼 시원하게 뚫려 있었고 고속도로의 방벽처럼 양쪽에 투박하고 못생긴 시멘트 방벽이 세워져 있었다. 방벽 아래의 넓고 평평한 안전 턱은 도서관에서 공부하던 학생들이 잠깐 나와 앉아 휴식을 취하거나 담소를 나누기 적당한, 육중하고 서늘한 벤치 역할을 했다. 그래서 도서관 통로를 지나가는 사람들은 누구나 양쪽 시멘트 턱에 도열하여 앉은 고시생과 취준생, 느긋한 대학원생과 호기심 많은 신입생들의 눈요깃감이 되지 않을 수 없었다.

그날 오후에 내가 무슨 일로 그 통로를 지나가고 있었는지는 기억나지 않는다. 확신하건대 도서관과는 관련 없는 일이었을 것이다. 통로를 지나다 누군가 내 이름을 부르는 소리를 듣고 걸음을 멈추었다. 그때 나는 다리를 절름거리며 천천히 걷고 있었는데 만약 그러지 않았다면 청력이 좋지 않은 내가 그토록 웅웅거리는 소음으로 가득한 통로를 지나가며 나를 부르는 소리를 알아들었을 리가 없다. 때마침 급한 일도 없었는지 나는 멈춰 서서 주위를 찬찬히 둘러보았다.

왼쪽 통로 안전 턱에 앉아 나를 향해 손을 흔드는 사람은 예전에 술자리에서 몇 번 마주친 적이 있는 구 선배였다. 아는 사람은 맞지만 좀 애매한 친분이었고 그에게는 일행도 있었기에 나도 그저 손만 흔들고 지나가려 했다. 그러자 구 선배가 이리 와보라고 추임새를 넣듯 어서, 어서, 하는 식의 팔짓을 했다. 나는 그의 일행들을 향해 절름절름 걸어갔다. 구 선배 왼편에는 경서가, 오른편에는 승희가 앉아 있었다. 둘 다 소원한 관계인 건 마찬가지였지만 그래도 여자 동기인 승희가 편하게 생각돼 그 옆에 앉으려는데 갑자기 경서가 훌쩍 일어나 옆으로 비켜 앉으며 자리를 만들어주는 바람에 나는 본의 아니게 경서와 구 선배 사이에 끼여 앉게 되었다. 내가 앉자마자 경서가 담배를 내밀며 피우겠느냐고 물었고 나는 나도 있다고 말했다. 그게 우리가 나눈 첫 대화였다.

피울래……

나도 있……

내가 가방에서 꺼낸 담배를 본 구 선배가 왜 이런 담배를 피우는 거냐고 했고 나는 많이 피우니까 싼 걸 피워야 한다고 했다. 내가 담배에 불을 붙여 한 모금 내뿜고 또 한 모금 내뿜었을 때 경서가 또 말을 걸었다.

근데 다리가 왜……

그제야 구 선배도 그러게 왜 절름대고 다녀, 했고 승희도 몸을 내밀며 다리를 다쳤느냐고 물었다. 나는 담배를 피우며 아, 이게 있잖아요, 이게 말이지, 하고 이쪽저쪽 경서와 구 선배와 승희를 번갈아 보며 사흘 전에 학생회 출범 기념 체육대회에서 있었던 작은 사고에 대해 이야기했다. 체육대회에 스크럼 깨부수기 종목이 있었는데 거기에 참가했다가 내가 넘어져 밑에 깔렸는데 웬 남학생이 허공에서 날아와 머리로 내 종아리를 들이받는 바람에 근육이 뭉쳤다고, 종아리 뒷부분이 시커멓게 죽었는데 의사 말로는 멍이 다 풀리는 데 한 달쯤 걸릴 거라고 했다고, 다행히 뼈에는 이상이 없어 깁스는 안 했는데 근육이 굳고 당겨서 잘 디뎌지지 않아 자꾸 절게 된다고 했다.

　얘기를 듣고 난 구 선배가 미치겠네, 하더니 그 머스마 놈 대가리는 괜찮냐고 물었고 경서가 큭 웃었다. 그 웃음에서 나는 구 선배가 아닌 나를 향한, 내가 한 이야기에 대한 경서의 호감을 감지했다. 그래서 나는 더욱 경서를 보지 않으려고 애쓰면서, 그 머스마는 국사과 놈인데 머리가 워낙 단단해 땅에 박았어도 아무 문제가 없을 판인데 하필 내 종아리가 쿠션 역할까지 해줘서 더 아무 문제가 없는 것 같더라고 말했다. 구 선배가 국사과 놈들이 머리가 돌이긴 하지, 그냥 돌도 아니라 차돌 수준이니까, 하며 웃었고 승희도 따라 웃었다. 그러나 이번에는 경서가 웃지 않았다. 흘깃 보니 그는 아주 골똘한 생각에 잠겨 있었다. 조금 전에 내가 감지한 호감 같은 건 전혀 찾아볼 수 없고 자신만의 상념에 완전히 빠져든 얼굴이었다.

그 순간 나는 스스로도 알 수 없는 구슬픈 패배감에 휩싸였는데 왜 그런 느낌이 드는지 알 수 없었다. 하지만 나는 이내 슬픈 감정에서 빠져나와 속으로 코웃음을 치며, 내가 왜 친하지도 않은 사람들과 앉아 시간 낭비를 하고 있느냐고, 어디로든 한시바삐 가야겠다고 생각하고 엄지로 불똥을 탁 튕겨 담배를 껐다. 그때 놀랍게도 경서가 낮은 소리로 노래를 흥얼거리기 시작했다.

내 머릿속으로 차돌멩이로

슬픈 노래 부르지 마라

나도 어느새 경서의 노래를 따라 부르고 있었다. 심지어 그가 가사를 모르는 부분에선 혼자 부르기도 했다. 노래가 3절까지 완벽하게 끝났을 때 구 선배가 뭐 이런 빌어먹을 노래를 끝까지 다 부르고 난리냐고 술이나 먹으러 가자고 했다. 승희가 좋아요, 하고 일어났다. 경서도 좋죠, 하고 일어나더니, 같이 가도 되는지 빠져줘야 하는지 몰라 멀뚱멀뚱 앉아 있는 내게 기묘한 손짓을 했다. 다리가 불편한 숙녀에게 춤이라도 권하는 듯한, 우아하고 장난스런 초대의 손짓을.

요즘도 나는 젊은 날 도대체 왜 이런 노래들만 부르고 살았을까 싶은, 그러나 하도 불러 아직도 가사를 완벽하게 외우고 있는 노래들을 이따금 불러보곤 한다. 내 머릿속으로 차돌멩이로 슬픈 노래 부르지 마라 한 사람이 죽으려고 태어난 것 같다 산산이 부서져라……이런 노래를 경서가 알고 있을 줄은, 그래서 국사과 머스마의 차돌 수준의 머리 얘기를 듣고 가사의 첫 부분을 골똘히 생각하고 있을 줄은, 당시의 나는 꿈에도 몰랐다.

그날 이후로 경서는 수업 시간에 뒷자리에 앉은 나를 찾아와 같이 담배를 피우자거나 커피를 마시자거나 밥을 먹으러 가자거나 했고 그러다 술도 마시자고 했다. 둘이, 하고 물으니 구 선배 부를까, 했고 떠들썩한 것을 좋아하는 내가 부르자, 했다. 구 선배는 승희를 대동하고 나타났고 그렇게 우리 넷은 자주 술을 마시러 다녔다.

둘이 있을 때나 넷이 모인 술자리에서나 경서는 한결같았다. 그는 자신이 하루하루 부지런히 축적한 이론적 틀이나 용어로 다양한 문화현상이나 예술 작품을 새롭게 해석하고 설명하는 걸 좋아했다. 술에 취해 듣다 보면 그의 말은 능란한 주술사가 읊어대는 심란한 주문처럼 들렸다. 제대로 알아듣지 못해 괴롭긴 했지만 그렇다고 내가 경서의 말이나 대화의 주제들을 폄하하거나 경멸한 적은 없다. 차마 승희처럼 대놓고 흠모하고 존경까지는 못했지만 책을 영 읽지 않는 나도 어렴풋이는 경서가 하는 말이 첨단의 문화 이론에 기초한 것이라는 걸 알고 있었다. 하지만 기껏 용기를 내어 '코드화된 시선'이 뭐냐고 물었다가 경서가 '약호화된 시선'이라고 말해서 더는 뭐라고 물어볼 의지를 상실하고 말았다. 경서는 자기과

시를 위해 떠드는 사람들과 달리 진심으로 세상의 모든 텍스트들을 정교하게 읽고 분석하는 걸 즐기는 사람처럼 보였고, 자신이 읽고 분석해낸 것들이 얼마나 타당한지 타인들에게서 검증받고 비판받기를, 그런 과정을 통해 더 정교해지기를 바랐다. 드물지만 때로 자신의 해석이 깊고 정확한 공감을 얻었을 때면 경서는 어린애처럼 입을 벌리고 기뻐했다. 물론 나는 그런 의미에서 그를 웃게 만들 수는 없었지만 다른 방식으로는 가끔 가능했다.

어느 날 경서가 내게 너 좋아하는 국수를 먹으러 가자며 캠퍼스 안에서 가장 먼 곳에 외따로 떨어져 있는 식당에 데려가려 한 적이 있었다. 나는 교내에 그런 식당이 있는 줄도 몰랐다. 경서도 얼마 전에 지도교수를 따라갔다 처음 알게 된 식당이라고 했다. 원래는 교수들 차를 운전하는 기사들이 주로 이용하던 허름한 휴게소 같은 곳이었는데 국수 잘한다고 소문이 나서 이제는 교수들이 가는 어엿한 식당으로 탈바꿈했다고 했다. 경서는 내가 전날 발톱을 너무 짧게 깎았더니 신발이 닿을 때마다 거슬려서 아프다고 말한 건 까맣게 잊고 오직 내게 맛있는 국수를 먹이겠다는 일념으로 교정 위쪽으로 하염없이 올라가더니 하늘까지 닿을 기세로 이어진 계단 앞에서 저기만 다 올라가면 식당이 있다고 했다. 그때 모든 인내심이 바닥난 내가, 국수고 나발이고 내가 지금 이 계단을 어떻게 올라가냐고, 내가 지금 발톱이 빠질 것 같다고, 아까 내가 발톱 얘기할 때 뭘 들은 거냐고 울먹이며 분개했을 때 경서가 갑자기 웃음을 터뜨리던 게 기억난다. 마치 자신의 독창적인 문제 제기가 깊고 정확한 공감을 얻었을 때처럼 입을 크게 벌리고 어린애처럼 말이다. 어리둥절한 내가 왜, 왜 웃느냐고 물었더니 그는 여전히 웃으면서 너는 참 이상하게 웃긴다고, 갑자기 네 속에서 이상한 게 발사되는 것 같다고 했다.

그건 무엇이었을까. 내 속에서 예기치 않은 순간에 발사된 것은.

지금의 내 생각에 그건 아마 내가 당시에 가지고 있던 어두운 정념과 그럼에도 불구하고 스물네 살의 삶이 품을 수밖에 없는 경쾌한 반짝임 사이에서 빚어지는 어떤 비틀림 같은 것, 그 와중에 발사되는 우스꽝스러움이 아니었을까 싶다. 나는 어지간한 고통에는 어리광이 없는 대신 소소한 통증에는 뒤집힌 풍뎅이처럼 격렬하게 반응했다. 턱없이 무거운 머리를 가느다란 목으로 지탱하는 듯한 그런 기형적인 삶의 고갯짓이 자아내는 갸우뚱한 유머가 때때로 내 삶에서 나도 모르는 사이에 발사된 건 아니었을까.

지금 나는 내 어두운 청춘의 한 시절에서 경서가 발견해 건져내준 유머 몇 조각이, 그 연약한 의미의 빛이 애틋해 미소를 짓지만, 당시의 나는 그렇지 않았다. 경서는 내게 특별한 감정을 드러내지 않고 편하게 대했다. 구 선배나 승희를 대하는 것과 크게 다르지 않았다. 아무것도 강요하지 않았고 내 삶의 방식에 대해 가타부타 말하지 않았다. 하지만 시간이 지날수록 나는 그를 대하는 게 썩 편하지만은 않았다. 나는 그의 눈빛, 그의 경청에서 그가 나를 흥미진진하게 읽고 해석하려 한다는 느낌을 받았고 서서히 두려움에 사로잡혔다. 한편으로는 혹시 그가 내 내부에서 치명적인 진실들을 캐낼까 두려웠고 다른 한편으로는 그가 내게서 아무것도 캐내지 못할까 두려웠다. 그러나 무엇보다 두려운 건 내가 그를, 경서라는 인간을 도저히 읽어내지 못하리라는 절망감이었다.

내 속엔 그를 해석할 능력도 의지도 욕망도 없었다. 내 속엔 경서를 향한 아무것도 없었다. 경서 아닌 다른 누구를 향한 것도 없었다. 나는 스스로 내 내부에 아무것도 없다는 걸 알고 있었다. 그 당시의 나는 감정적으로 완전히 폐허였고 욕망이 소진된 폐광이었다. 그런데도 나는 그냥 그러니까 그런 거고, 그런 식이니까 그런 식이라며 흘러가는 대로 내버려두었다. 이건 좀 이상한데, 뭔가 문제가 있는데, 라고 느끼면서도 꺼떡꺼떡 경서가 만나자면 만났고 그를 만나면 내 주변에서 일어난 일들이나 만난 사람들 얘기를 있는 대로 털어놓곤 했다. 내가 굳이 뭔가를 결정하지 않아도 어차피 어떤 파국이 와서 끝내줄 테니까 뭐, 그런 식이었다.

3

동생과 제부는 보리비빔밥을, 나는 잔치국수를 시켰다. 나물 반찬과 도토리묵이 나오자 제부가 한잔하실래요 물었고 나는 좋다고 했다. 소주를 마시면서 나는 오래전 이곳이 어떤 모습이었는지, 그때 여기서 경서와 무엇을 먹었는지 떠올리려 했지만 기억나지 않았다. 그때도 국수를 먹으며 소주를 마셨을까. 당시에는 이 식당이 지금처럼 세련된 돔형의 유리 건물이 아니라 거무죽죽한 천으로 둘러친 가건물이었던 것 같은데 그 내부나 외관이 상세히 기억나지 않았다. 경서와 나 이외에 누군가 더 있었는데, 아마 구 선배나 승희였을 테지만 그들의 존재감도 가물가물했다.

하지만 그 당시에 본 몇 가지 장면들은 놀랄 만큼 선명해서, 국수를 먹다 문득 몸을 돌려 유리 벽 너머 앞마당을 바라보면 정확히 그때의 풍경과 상황이 코앞에 펼쳐진 듯 생생히 떠올랐다. 왼편 시든 옥수숫대가 있는 밭두둑 가장자리에 노란 플라스틱 과일 상자가 놓여 있고 상자 안에서 가늘고 긴 낑낑거림이 환청처럼 들려온다. 어디서 나타났는지 기괴한 차림새의 여자가 꾸물꾸물 돌아다니며 무엇을 찾고 있다. 누군가 손가락을 곧게 뻗어 펌프 쪽을 가리킨다. 펌프 아래에 흰 강아지 한 마리가 젖은 땅에 코를 댄 채 바르르 떨고 있다. 나는 양손을 으스러지게 쥐고 꿈에서처럼 속으로만 목이 터지라 외친다. 도망쳐! 가! 어디로든 가버려!

식사를 마친 후 제부가 한 대 피우실래요 하기에 나는 그럽시다 했다. 우리는 식당 왼편 옥수숫대 근처에서 담배를 피웠다. 어디선가 물 흐르는 소리가 들려왔는데 아마 보이지 않는 둔덕 너머에 작은 시내가 있나 보았다. 동생이 계산을 마치고 우리 쪽으로 오면서 어머, 여기 너무 싸다, 했고 제부가 그렇다니까, 했다. 동생이 오다 말고 왜 해가 비치는 데서 그러고들 있느냐고 이쪽으로 오라고 했을 때 나는 이미 거기에 누런 잎을 매단, 잿빛 기둥처럼 곧게 뻗은 나무들이 빽빽이 서 있으리란 것을 보기도 전에 알았다. 제부와 나는 그쪽으로 가 그늘진 나무 아래에서 담배를 마저 피웠다. 이 근처 어딘가 오래전 내가 붙들고 토한 나무가 있을 것이었다.

우리는 소화도 시킬 겸 산책 삼아 나무들 사이를 거닐었고 걷는 동안 가늘게 흘러내리는 물소리가 점점 분명해지는 걸 느꼈다. 작은 언덕을 넘어가자 역시 산에서 흘러내린 물줄기가 평평하고 우묵한 곳에 고여 커다란 웅덩이를 만들어놓았다. 웅덩이 근처에 날벌레가 너무 많아 우리는 턱 밑으로 내려놓았던 마스크를 썼다. 날벌레가 많은 만큼 주변 나무 곳곳은 거미들이 쳐놓은 거미줄로 빈틈이 없었다. 햇빛이 비치는 곳에 쳐진 거미줄은 은빛으로 허공을 예리하게 가르며 마치 나뭇가지들 사이를 잇는 얇은 은막처럼, 투명한 물갈퀴처럼 보였다. 그늘에 드리운 오래된 거미줄에는 자디잔 벌레들이 점점이 검게 굳어 있고 누런 고치들이 매달려 너풀거렸다. 중간중간 수놓은 무늬처럼 비틀린 채 말라가는 붉은 고추잠자리들이 보였다. 나는 햇빛에 비친 은빛 베일과 그늘진 곳의 삼베 같은 거미줄을 보며 결혼과 죽음에 대해 생각했다. 누군가는 저렇게 빛나는 베일을 쓰고 결혼을 하고 누군가는 저토록 날긋한 삼베를 수의처럼 덮고 죽는지도 모르지. 아니, 어쩌면 그 여자는…… 결혼할 때조차 저 삼베 거미줄을 쓰고 했는지도 모르지.

뭐라고? 동생의 말에 놀란 나는 어어, 했다. 동생이 혼자 뭐라는 거냐고 물었고 나는 내가 뭐라고 했느냐고, 늙어서 그런가 보다고 했다. 제부가 이만 갈까요, 차 막히기 전에, 했고 우리는 그 웅덩이를, 숲속 식당을 떠났다. 차를 타면서 동생이 여기 또 오자고 했다.

그때 경서도 그랬다. 또 오자, 겨울 되면.

그 가을 우리 넷이 소풍 삼아 숲속 식당을 찾아갔던 날을 찬찬히 떠올려본다. 아마 구 선배가 어디서 그 식당을 알아내 와서 가자고 했던 것 같다. 오전에 시외버스터미널에서 만나 시외버스를 타고 한 시간쯤 가서 거의 종점에서 내려 따가운 햇빛을 받으며 꽤 걸었던 것 같다. 식당에 도착하자마자 우리는 앞마당 펌프에서 펌프질을 해 세수를 하고 햇빛에 얼굴을 말리며 담배를 피웠다. 주변을 빙 두른 산을 바라보며 구 선배가 아 좋다, 했고 경서가 나를 보며 또 오자 겨울 되면, 했고 나는 겨울에 눈 와도 좋겠다고 했다. 왼편에 시든 옥수숫대가 있는 밭두둑이 있었고, 밭두둑 가장자리엔 목줄에 묶인 개 두 마리가, 왜 저렇게까지 짧은 줄로 묶어놓았을까 싶을 만큼 바투 묶여, 힘없는 염소 조각상처럼 서 있었다.

승희는 밭둑 아래에 놓인 노란 플라스틱 상자 앞에 쪼그려 앉아 있었다. 상자 위에 벽돌이 얹힌 널이 덮여 있어 승희는 거의 엎드리다시피 하여 상자 틈으로 안을 들여다보려 애쓰고 있었다. 상자 안에서 낑낑거리는 소리가 들려왔다. 뭐냐고 내가 묻자 승희가 강아지야, 했다. 그쪽으로 가 승희처럼 몸을 낮추고 안을 들여다보니 상자의 뚫린 틈으로 희끗희끗한 털들이 보였다. 몇 마리인지 알아볼 수 없는 강아지들이 꼬물거리며 끼잉 끼잉 울어대고 있었다.

내가 담배를 피우던 자리로 돌아왔을 때 구 선배와 경서는 식당 안으로 들어가고 없었다. 곧 승희도 상자 앞에서 일어나 안으로 들어갔지만 나는 잠시 그 자리에 서 있었다. 상자 안에서 계속 끼잉 끼잉 하는 소리가 들려왔다. 그 소리는 연약하지만 처절한 고통을 담고 있어 들으면 들을수록 막 태어난 생명체가 아니라 곧 죽어갈 생명체가 내는 소리처럼 들렸다. 대낮에 이런 소리를 듣다니 오늘도 취하고 말지 생각하는데 갑자기 자지러지는 듯 깽 깨애앵 하는 소리가 들렸다. 상자 쪽을 돌아보니 주먹만 한 강아지 몇 마리가 흙바닥에서 비실비실 일어나고 있었다. 어디서 나타났는지 모를 작고 마른 도깨비 같은 여자가 상자를 뒤엎는 바람에 바닥에 내동댕이 쳐진 강아지들이 놀라 비명을 지른 것이었다.

여자는 상자 바닥에 깔아놓았던 두꺼운 깔개를 끄집어내 땅바닥에 털었는데 깔개는 강아지들의 분뇨로 차마 보기 역겨울 정도로 더러웠다. 여자는 개의치 않고 맨손으로 아무 데

나 움켜잡고 털었다. 터는 동작이 굼뜨고 엉성한 게 깔개가 무거워서인지 팔이 불편해서인지 알 수 없었다. 털었다고 전혀 나아지지 않은 깔개를 여자는 다시 상자에 깔고 주변에 우왕좌왕하는 강아지 중 한 마리를 아무렇게나 잡히는 대로 움켜잡아 상자 안에 던져 넣었다. 깨갱깨갱 소리가 났다. 그다음 강아지도, 그다음 강아지도 등이건 꼬리건 뒷덜미건 잡아채서 바구니 안으로 힘껏, 나는 정말 그녀가 없는 힘을 다 짜내어 있는 힘껏 던진다는 느낌을 받았는데, 그렇게 작은 강아지들을 그렇게 폭력적으로 던져 넣는 이유를 도무지 알 수 없었다. 여자가 가느다란 목을 돌려 주위를 두리번거렸다. 뭔가 더 있어야 하는 모양이었다.

나는 천천히 주머니에서 담배를 꺼내 새 담배에 불을 붙였다. 앞마당 울타리 밑을 슬름슬름 뛰어가는 작고 흰 물체가 보였다. 나는 그게 여자가 찾는 대상임을 알아보았다. 마르고 더러운, 털이 반 이상 빠져 쥐꼬리처럼 보이는 꼬리를 가진, 쥐보다 조금 큰 강아지였다. 강아지는 그나마 그늘이 지고 물기가 있는 펌프 근처에서 멈추더니 작은 웅덩이에 고인 물을 핥아먹었다.

이 새끼…… 어디……

어디론가 팔짝팔짝 뛰어갈 듯하던 강아지가 여자의 중얼거림에 주문이라도 걸린 듯 그대로 멈춰 섰다. 여자가 나를 보았다. 여자의 작고 주름진 얼굴은 햇볕에 그을려 진한 갈색이었고 표정이 없었다. 머리칼은 이상하리만큼 까만데 숱이 적고 군데군데 뜯긴 듯 헐어 대충 빗어 찐 쪽이 호두만 했다. 보면서도 나는 여자의 나이를 도저히 가늠할 수 없었는데, 나보다 고작 몇 살 더 많다고 해도, 마흔이 넘었다고 해도, 설사 환갑이라 해도 그럴 법했다.

어딜…… 갔어……

여자가 내게 문득 중얼거렸다. 나는 펌프 쪽을 보지 않으려고 반대쪽 능선으로 고개를 돌렸다. 여자는 어딘가를 향해 휘뚝휘뚝 걸어갔다.

죽여, 버릴까…… 죽여, 버릴까……

여자의 목에서 끊어 말한다기보다 끊어 짖는 듯한 쉰소리가 튀어나왔다. 여자는 햇빛이 하얗게 내리는 마당에 서서 눈이 부신 듯 손을 들어 이마를 가리고 사방을 둘러보았다. 여자는 알록달록한 무늬의 스웨터에 헐렁한 붉은 바지를 입었는데 바지 밑단은 까만 장화 속에 들어가 있었다. 여자의 눈길이 마당 이쪽저쪽을 향할 때마다 나는 긴장했다. 담배를 쥔 손이 오그라들었다. 가. 멀리 가버려, 도망쳐, 제발. 나는 속으로 간절하게 속삭였다. 그러나 어디로 간단 말인가. 자신에게 아무 희망이 없다는 걸 아는지 강아지는 물이끼가 낀 펌프 옆에서 여자를 향한 채 꼼짝 않고 있었다. 여자의 존재만으로 그 자리에 붙박여버린 듯했다. 그러나 강아지의 그런 꼼짝 못함 때문에 무언가 움직임을 포착하려는 여자의 눈은 더 강아지를 발견하지 못하는 듯했다.

어딜…… 갔어…… 어딜……

나는 알고 있었다. 갈색 피부에 덧씌워진 붉은 기운으로 얼룩덜룩한 얼굴, 초점이 잡히지 않는 눈, 혀와 목을 눌러 짜내는 어눌하고 찐득한 말들, 허우적대고 휘청대는 걸음. 여자는 대낮에 이미 만취해 있었다. 저 정도 취하면 절대 강아지를 찾지 못할 거라는 안도감이 들었다.

그때 깜짝 놀랄 일이 벌어졌다. 언제 내 옆에 와 있었는지 모르는 승희가 저기요, 저기, 하고 손을 뻗어 펌프 쪽을 가리켰기 때문이다. 여자는 승희의 말을 듣고 승희가 가리킨 쪽을 흘깃 보았다. 그때까지만 해도 여자는 확신하지 못한 듯 펌프 쪽으로 두어 걸음 떼놓다 말았다. 그러나 다가오는 여자를 보고 강아지가 겁에 질려 낑낑거리는 소리를 내는 바람에 여자는 알아차렸다. 여자는 비틀거리며 걸음을 빨리했다. 마치 춤을 추듯이.

드디어 여자가 펌프 앞에 섰고 강아지는 불안하여 앞발을 들었다 놓았다 하며 제자리에서 빙빙 돌았다. 여자는 허리를 구부려 한 손으로 강아지 뒤통수 털을 움켜쥐고 낚아챘다. 놓칠까 봐 그런지 더 난폭한 기운이 서린 손길이었다. 강아지가 끼이이잉 울었다. 여자는 낚아챈 손으로 강아지를 허공에 매달아두고 서툰 복서가 펀칭볼을 갈기듯이 다른 손으로 강아지 머리를 비스듬히 후려갈겼다. 강아지의 긴 비명소리가 적막한 마당에 울려 퍼지는 것과 동시에 학, 하는 승희의 짧은 비명이 들렸다. 나는 승희를 비난하듯이 돌아보았다. 그러나 승희는 그런 내 눈길엔 아랑곳없이 미간을 잔뜩 찡그린 채,

저기요, 저기, 하고 방금 전에 펌프를 가리키던 손으로 입을 틀어막고 있었다. 그렇게 입을 막은 승희의 손은, 강아지를 움켜쥔 여자가 비틀거리며 걸어와 노란 플라스틱 상자 널 뚜껑을 열고 그 안에 강아지를 집어 던질 때까지, 그래서 던져진 강아지뿐만 아니라 안에서 그와 충돌한 다른 강아지들의 비명이 합창으로 울려 나올 때까지, 여자가 만족한 듯이 상자 위에 널 뚜껑을 덮고 벽돌을 얹은 후 잠시 허공 어딘가를 노려보며 서 있을 때까지, 여자가 몸을 돌려 느린 걸음으로, 우리의 관심과 시선을 다 알고 있다는 듯, 그걸 마음껏 즐기며 희롱이라도 하듯 감질나게 가다 서다 허공을 노려보다 하면서 옥수수밭 너머로 천천히 사라질 때까지, 얼굴에 그대로 달라붙은 듯 내려오지 않고 있었다.

그 후에 있었던 일은 거의 기억나지 않는다. 하지만 우리가 그 식당에 밤늦게까지 머물렀던 건 분명하다. 해 질 무렵 내가 어쩐 일로 직접 토하는 대신 토하는 승희의 등을 두드려주던 게 기억나고, 그다음 차례로 내가 식당 오른편에 기둥처럼 서 있는 나무 둥치를 붙들고 토하던 기억이 난다. 까만 어둠 속에서 내가 죽어, 버릴까…… 죽어, 버릴까…… 토막난 말을 내뱉던 것과 경서가 내 등을 두드리며 그러지 마, 그러지 마, 달래던 기억도. 그런데 그 밤 그토록 만취한 상태에서 우리는 어떻게 오랜 시간 시외버스를 타고 집으로 돌아왔던 걸까.

취기 때문에 차에서 잠깐 잠들었나 보다. 깨어보니 차는 길에 막혀 서 있고 해는 뒤편 차창에서 지고 있었다. 깼느냐고 묻는 동생의 말에 나는 현실감을 되찾았다. 아이, 잤나 보네, 했더니 제부가 더 주무시지 않고요, 하면서 하품을 했다. 차창 너머로 희끄무레한 하늘을 배경으로 한 무리의 검은 새 떼가 날아가고 있었다. 흐르는 잿빛 강물 위로 비스듬한 햇빛이 떨어져 반들거렸고, 언뜻 보면 그것은 마치 도로와 평행한 또 하나의 도로처럼 보이기도 했다.

대학원 시절, 내가 경서와 만난 시기는 그해 5월부터 그 가을 소풍까지였던 것 같다. 그 뒤로 두어 번 더 만난 것 같은데 잘 기억나지 않는다. 종강을 하고 겨울방학이 된 후로 우리는 연락이 끊겼고 다음 해 새 학기에 나는 대학원에 등록하지 못했다.

그해 겨울 우리 가족에게 일어난 일들에 대해서는 길게 이야기하고 싶지 않다. 아버지가 간암 판정을 받고 수술을 받은 후 보름 만에 돌아가셨다. 의료사고를 의심할 만했지만 어머니는 소송을 하지 않겠다고 했다. 병원 측으로부터 소를 제기하지 않겠다는 각서를 쓰고 합의금을 받은 것 같았지만 어머니는 펄쩍 뛰며 부인했다. 유산 문제를 협의하는 과정에서 나와 동생은 어머니와 오빠로부터 의절을 당하고 집에서 쫓겨나다시피 나와야 했다. 급히 짐을 싸서 지하 월세방으로 이사하면서 경서에게 돌려주어야 할 것들을 상자에 담아 우편으로 보냈던 게 기억난다. 우편물을 보낼 때 내가 아무 연락을 하지 않았듯 경서 역시 우편물을 받고도 아무 연락이 없었다.

나는 돈을 벌기 위해 지도교수의 추천으로 공단급 기관의 홍보실에 인턴으로 들어갔고 일 년 뒤에 정직원이 되었다. 그때는 곧잘 그런 조건으로 채용이 되었다. 소송을 통해 나와 동생 몫의 유산을 받는 데 삼 년이 걸렸다. 그 돈으로 나는 작은 아파트를 샀고 동생은 제부와 결혼했다. 몇 년 뒤에 내가 다니던 기관이 정식 공단으로 승격되면서 나는 공무원 신분이 되었고 재작년에 은퇴할 때까지 삼십 년 이상 근속했다. 살면서 몇 번 결혼할 뻔한 적도 있었지만 결국은 혼자 사는 편을 택했다.

길이 좀 뚫렸는지 차가 다시 달리기 시작했다. 나는 자세를 고쳐 앉았다. 대학원 이후 우연히라도 경서를 만난 적은 없다. 승희나 구 선배도 만난 적이 없다. 그러니 그렇게 까맣게 잊고 살았을 것이다. 의절한 모자와도 지금껏 만난 적이 없다. 까맣게 잊고 싶은데 그들은 이상하게 쉽게 잊히지 않는다. 나는 지금의 삶에 만족하고 동생은 나를 혼자 사는 노모처럼 챙긴다.

4

자다 가끔 경련을 일으키며 깨어날 때가 있다. 누구나 자기가 한 일에 대해서는 최소한 받아들일 만한 수준으로 만들기 위해 그 처참한 비열함이라든가 차디찬 무심함을 어느 정도

가공하기 마련인데, 나 또한 그렇게 했다. 경서와 내가 멀어지게 된 데 특별한 이유나 계기는 없었다고 생각했으니까. 그당시 내 상황이 안 좋게 흘러갔고 대학원이라는 접점이 없어지면서 자연히 멀어지게 되었다고. 하지만 어느 순간 번쩍 몇가지 일들이 떠오르면서, 그것들이 뜻밖의 별자리를 만들면서 내 정신은 깊은 어둠과 무지에서 파르르 경련을 일으키며깨어났다.

어느 날 아침에 눈을 뜨자 멀쩡하게 생각이 났다. 도서관통로에서 만나 처음으로 같이 술을 마셨던 날 경서가 수박을샀던 일이. 5월에 수박이라니. 그렇다. 5월의 수박이었다.

그날의 일에 대해서는 체질하듯 기억을 거듭해서 이물질을걸러내고 정확하다고 생각되는 부분만을 남기고 싶지만, 그건 애초에 불가능하다. 일차와 이차에서 빠른 속도로 술을 마신 내가 거의 실신 지경에 이르러 대부분 잠들어 있었기 때문이다. 마지막 술집에서 어떻게 나왔는지 모르지만 내가 겨우정신을 차렸을 때 승희가 나를 힘겹게 부축하고 있었다. 나는눈을 뜨고 제대로 걸으려고 애쓰다 수박을 발견했다.

늦은 밤 불을 켜둔 과일 가게의 가판대에 알록달록한 과일들이 쌓여 있고 그 복판에 철 이른 수박이 늠름하게 빛나고있었다. 내가 몸을 버팅기자 승희가 왜 그래, 다리 아파, 물었고 나는 쭈박, 이라고 혀 짧은 소리를 냈다. 승희는 알아듣지 못했고 나는 계속 쭈박, 쭈박, 했다. 승희는 이 상황이 좀 당혹스러운 듯했고 그 탓에 나를 부축하던 손길이 느슨해졌다. 그 틈을 타 나는 과일 가게 쪽으로 비틀거리고 절름거리며 걸어가 수박 앞에 섰다.

쭈박…… 쭈박……

어떤 신호가 반짝 켜진 것 같았다. 거리의 어둠 속에 오롯이 불을 켜고 있던 과일 가게처럼 내 안의 어둠 속에서도 징그러운 그 신호가 반짝 켜져 영롱하게 빛나기 시작했다. 지금은 울어도 된다고, 이 순간만은 떼를 써도 된다고 허락받은 아이처럼. 사랑에 굶주린 아이가 타인의 친절을 눈치채고 과분한 요구를 하듯이, 당신은 친절한 사람이니 이런 정도의 부탁을 들어주는 게 그리 어려운 일은 아니잖아요 영악한 술수를 부리듯이, 나는 선 채로 흐느끼기 시작했다. 아무도 사주지 않을 거라는 마음과 그래도 누군가는, 경서는 사줄지 모른다는 마음이 반으로 쪼개져 얼굴이 수박 속처럼 달아올랐고 그 위로 눈물이 흘러내렸다.

누군가 내 옆에 섰고 나는 고개를 돌렸다. 구 선배가 수박을 손가락질하며 이게 그렇게 먹고 싶냐고 했다. 왜 경서가 아니라 구 선배인지 의아해하면서도 나는 고개를 끄덕였다. 구 선배가 이거 지금 철이 아니라 맛없다고, 비싸기만 하고 맛없을 거라고 했지만 나는 귀먹은 사람처럼 가만히 흐느끼기만 했다. 과일 가게 주인 남자가 참다못해 끼어들어 이게 왜 맛이 없냐고, 저렇게 먹고 싶다고 우는데 참, 하면서 여자한테 수박 하나 못 사주는 위인 같으니 하는 얼굴로 구 선배를 아래위로 훑었다. 나는 울면서도 경서가 뭐라고 할 것인 지에만 온 신경을 곤두세우고 있었다. 형, 제가 살게요, 하는 목소리가 들려온 순간 나는 찬란한 승리감에 휩싸였다. 경서 는 내가 눈물 젖은 감사의 눈길을 보내는 걸 알면서도 과일 가게 남자에게 돈을 건네고 빨간 노끈 그물에 담긴 수박을 건 네받을 때까지 내 쪽을 부러 보지 않는 것 같았다. 대신 승희 가 의혹에 찬 눈길로 나를 흘깃거리던 게 기억난다.

내가 그 수박을 먹은 기억은 없다. 그 비싼 수박이 어떻게 되었는지도 모른다. 쭈박, 쭈박 하고 울면서 내가 원한 건 무 엇이었을까. 어처구니없는 걸 요구해서 상대를 끝내 시험에 들게 해 그걸 얻어내고 말겠다는, 결국 이겨먹고 말겠다는 그 악착한 마음은 어디서 왔을까. 그리고 선물을 쉽게 잊듯 그 선물을 준 사람도 이겨먹었으니까, 먹어버리듯 이겼으니까 까맣게 잊고 마는 그 잔혹한 무심함은.

동생 부부와 숲속 식당에 다녀오기 전까지만 해도 아득한 망각의 저편에 던져두었던, 경서가 준 또 다른 선물에 대해 이제 이야기할 때가 되었다. 이건 수박과는 아주 다른, 훨씬 위험한 선물이다. 나는 나만 들여다보느라 경서가 내게 준 것 들에 대해 대부분 잊었지만, 이것마저 잊고 있었다는 데서는 할 말이 없다.

어느 날 경서가 내게 집 주소를 알려달라고, 우편으로 뭔가 보내줄 게 있다고 했다. 뭐냐고 물어도 말해주지 않았다. 며칠 뒤 집으로 덕지덕지 테이핑된 큰 박스가 도착했는데 고급 스러운 선물이 아니라는 것은 낡은 박스의 꼬락서니만 봐도 충분했다. 박스를 뜯자 크기도 모양도 다른, 오래되어 나달나 달한 것부터 가죽 장정의 새 것까지, 각종 노트들이 들어 있었다. 경서는 동봉한 편지에서 자신이 중학교 때부터 지금까지 십 년 동안 써왔던 일기들을 하나도 빼놓지 않고 보낸다고 썼다. 그리고 이런 모험은 평생 해본 적이 없다고, 마치 미사일의 발사 버튼을 누르는 심정인데 그 미사일이 돌아와 터질 장소는 어쩌면 자기 자신이 될지도 모르겠다고 썼다. 나는 지금에 와서야 그 편지를 쓰던 경서의 떨림을 감지할 수 있다. 그러나 당시의 나는 그저 기가 찰 따름이었고 나야말로 무슨 폭탄을 받은 기분이었다. 나보고 이걸 어쩌라는 거지? 설마 다 읽으라는 거야?

나는 오래된 공책 몇 권을 꺼내 중학교 때 일기를 들춰보다 포기하고 아무래도 최근 것부터 읽는 게 좋을 것 같아 최근 것들을 읽었다. 읽으면서 아니 이게 일기인가 학습장인가 싶었다. 그나마 옛날 일기들 중에는 가끔 성에 얽힌 부끄러운 상상이나 일화들이 토로되어 있었는데 최근 일기들은 사적인 기록이라고는 볼 수 없을 정도로, 술자리에서 그가 떠들던 얘기들을 더 조리 있게 또는 과감할 정도로 극단까지 밀어붙인 내용들이 기록되어 있었다. 물론 과감할 정도로 극단까지 밀어붙였다는 것도 내가 스스로 알아낸 게 아니라 경서가 어떤 부분에 밑줄을 치고 이건 너무 과감할 정도로 극단적인 전개인가, 라는 메모를 해놓아 알게 된 것이다. 나는 보다 효율적인 방식으로 읽기 위해 흥미로울 듯한 부분, 이를테면 나와 처음 술을 마신 날엔 뭐라고 써놓았나 싶어 찾아봤지만 그날의 일기는 없었고, 술을 많이 마셔서 못 썼나 싶어 다음 날 일기를 보았는데 거기에도 내 얘기는 전혀 없고 그날 공부한 스케줄만 간단히 기록되어 있었다. 그 뒤로 쓴 일기에도 내 얘기는 물론 구 선배나 승희 얘기도 거의 없다시피 했다.

나는 실망하여 이걸 언제 다 보나, 천천히 보자, 하고 방구석에 밀어놓았다. 어느 날 경서가 내게 일기를 다 읽었느냐고, 다 읽었으면 돌려달라고 했다. 그때가 아마 학기말쯤 되었을 것이다. 그러니까 경서가 내게 일기 상자를 보낸 시기는 숲속 식당에 다녀온 직후쯤이었고, 그는 그때부터 내가 읽을 일기와 그로 인해 자신에 대해 내가 어떤 마음을 갖게 될지 몰라 모종의 불안과 후회와 두려움에 휩싸여 내가 일기를 다 읽고 응답할 때까지 연락을 못하고 기다리기만 했던 것인데, 나는 학기가 다 끝날 때까지 그것을 읽지 않고 있었다. 그런데도 나는 마치 그때 서로가 바빠서 만남이 뜸했다는 둥, 그러다 종강을 하고 겨울방학이 되고 내게 이런저런 일들이 터지는 바람에 연락이 끊겼다는 식으로 기억하고 있었다.

다 읽었으면 돌려달라는 말. 그 말을 할 때의 경서의 굳은 얼굴과 쭈뼛한 말투를 이제야 나는 아프게 떠올린다. 나는 어어, 놀라는 시늉을 하면서 그거 아직 다 안 읽었는데, 그거 나 준 거 아니냐고, 다시 돌려줘야 하는 거냐고 물었다. 그때 경서가 할 말을 잃은 듯 나를 망연히 바라보던 얼굴을 생각하면 지금도 뼈가 저릴 듯 부끄럽다. 당시의 나는 정말 아무것도 모르는 사물, 과장된 연기만 하도록 태엽 감긴 무(無)였다. 잠시 뒤 그가 다 안 읽었다면, 아니 다 안 읽었어도 이제는 돌려달라고, 그리고 잠깐 한숨을 쉰 뒤, 내 일기를 왜 네가 가지고 있어야 한다고 생각하느냐고 물었다. 나는 아, 그래, 그렇구나, 돌려줘야 하는 거였구나, 웅얼거리다 놀라 입을 다물었다. 경서가 머리끝까지 화가 났다는 걸 알았기 때문이다. 그가 내게 그렇게 무서운 얼굴을 한 적은 없었다. 그는 무서운 얼굴로 또박또박, 그럼 너는 내가 일기를, 내 일기를 너한테 버린 걸로 알았느냐고 물었다. 나는 아니, 그건 아니고, 아무튼 알았다고, 미안하다고, 곧 보내겠다고 했다. 그러나 나는 일기 상자를 곧바로 보내지 않고 석 달 넘게 갖고 있다가 다음 해 2월 중순쯤 집에서 쫓겨날 때에야 아무 연락도 없이 그에게 우편으로 보냈다. 그리고 우편물을 받았을 텐데도 그가 아무 연락도 하지 않았다고, 우리는 그렇게 헤어졌다고 생각했다. 물론 그 당시 아버지가 돌아가셔서 장례를 치러야 했고 그 이후엔 어머니와 하루걸러 싸우고 대들고 울고 엎드려 비는 일들이 반복되었고, 심지어 오빠에게 얻어맞아 병원과 경찰서에 가는 일까지 벌어진 사정이 있지만, 그런 게 내가 경서에게 한 짓의 변명이 될 수는 없다.

그 당시 내게 경서를 향한 특별한 감정과 욕망이 결여되어 있었던 건 맞다. 경서에 대한 연애 감정이나 욕망이 없었던 건 어쩔 수 없다. 문제는 내가 지키는 줄도 모르고 지키려 했던 무내용이다. 아무것도 없는 개미굴 같은 폐광을 절대 굴착 당하지 않으려고 철통같이 지켜내려 했던 그때의 내 헛된 결 사성은 그의 입장에서 볼 때 얼마나 끔찍한 모순이며 기망인 가. 나는 경서에게 최소한의 존중과 예의를 지키지 않았다. 그러니 두려웠던 것이다. 내가 그렇게 비열하고 무심한 인간 이라는 걸 명민한 그가 읽어낼까 봐. 내가 집요하게 수박을 원할 때 경서는 수박을 사는 대신 등을 돌렸어야 했다. 하지 만 그도 짐작은 하고 있었을 것이다. 수박을 사준 데 대한 내 감사의 눈길을 그렇게 한사코 피했던 건 어쩌면 잘못 엮인 노 끈처럼 나와 엮이는 것이 그도 무섭고 불안해서였을 것이다.

5

눈을 감으면 환영처럼 떠오르는 장면이 있다.

가을 햇살이 하얗게 내리는 마당 한복판에 여자가 서 있다. 이마에 흘러내린 가느다란 머리카락 몇 올이 바람에 날리자 여자는 손을 들어 거칠게 이마를 훑는다. 빛 아래 단풍 같은 옷차림에도 여자는 누가 오랫동안 창고에 넣어두었다 꺼내놓 은 기묘한 인형처럼 빛바랬다. 발밑에 드리운 짧고 짙은 그림 자 때문에 그녀는 더 스페셜한 오브제처럼 보인다.

여자를 둘러싼 찬란한 햇빛이 공중에 은빛 거미줄처럼 반짝인다. 하지만 서서히 어둠이 내리고 잿빛 음영이 드리우면 빛나던 베일은 수의처럼 뻣뻣해진다. 생명의 어두운 결정체들이 점점이 박히고 누런 고치들이 매달려 흔들리는 검은 그물은 그녀 자신이 내뿜었지만 이미 그녀 자신을 가두는 거대한 망이 된다. 이윽고 그녀 스스로 고치가 되고 캄캄한 밤이 그녀를 덮는다.

내가 여자를 잊지 못하는 건, 여자의 환영을 꿈에서도 보는 건 내 속의 무엇을 그녀가 여전히 쥐고 흔들기 때문이다. 젊은 날 숲속 식당에서 여자를 처음 보았을 때 내가 느낀 감정은 결코 분노가 아니었다. 오히려 연민과 공감에 가까웠다. 꼬리털이 반쯤 벗겨진, 여자의 존재만으로도 꼼짝 못하고 여자가 휘두르는 폭력의 자장 안에서 벌벌 떠는 강아지는 나의 과거 같았고, 머리숱이 적고 군데군데 뽑힌 듯한 헌 자국이 있는 술 취한 여자는 나의 미래 같았다. 나는 여자가 될 것이고, 지나온 삶 만큼이나 살아갈 여생도 끔찍할 것이다. 사는 내내 나와 유사한 행로를 살아갈 누군가의 기억 속에 섬뜩한 이미지로 출몰하면서, 그렇게 삶에서 오래 겉돌다, 날파리 떼가 달라붙은 거미줄 같은 수의를 입고 홀로 죽게 될 것이다. 여자를 본 순간 나는 미래를 기억하는 듯한 착란에 사로잡혔고 어마어마한 공포를 느꼈다.

죽어, 버릴까…… 죽어, 버릴까……

나는 여자의 말투를 흉내 낸 게 아니라 내 속에 오랫동안 고

여 있던 가래 같은 말을 내뱉은 것뿐이다. 학대의 사슬 속에는
죽여버릴까와 죽어버릴까밖에 없다. 학대당한 자가 더 약한
존재에게 학대를 갚는 그 사슬을 끊으려면 단지 모음 하나만
바꾸면 된다. 비록 그것이 생사를 가르는 모음이라 해도.

　경서에게 일기 상자를 돌려보낼 때 그에게서 받은 모든 것
을 담아 보내서 내게는 경서와 관련된 어떤 것도 남아 있지
않다고 생각했는데 그게 아니었다. 경서의 편지가 기억난 건
동생 부부와 숲속 식당에 다녀온 지 한 달쯤 지난 어느 날,
저녁 뉴스를 보면서였다. 코로나로 수능이 연기되어 12월 3
일에 실시된다는 뉴스였는데 화면에 뜬 1 2 3이란 숫자를 보
고 나는 외우기는 좋겠다고 생각했다. 그 순간 하나 둘 셋,
왈츠, 그런 말이 쓰여 있던 편지가 생각났다.
　스물다섯 살 2월에 집에서 쫓겨 나올 때 나는 짐을 싸면서
책상 서랍의 것들과 위에 있는 것들을 모조리 닥치는 대로 박
스에 쓸어 담았는데 몇 년이 지나도록 그걸 열어볼 여유가 없
었다. 내가 그 안에서 뜯지도 않은 경서의 편지를 발견한 건
아마 유산을 받고 작은 아파트를 사서 이사했던 때가 아닌가
싶다. 편지는 그해 1월 초쯤, 그러니까 내가 그에게 일기 상
자를 보내기도 전에 그가 써 보낸 편지였다. 누가 내 책상 위
에 던져둔 게 박스에 쓸려 들어갔고 거기서 오랫동안 잠자고
있었던 것이다. 경서의 편지에는 그해 1월 23일 몇 시에 시외
버스터미널에서 만나자는 내용이 적혀 있었지만 편지를 읽었

을 땐 이미 사 년이나 지나 있었다. 하지만 지금도 1월 23일이라는 날짜를 기억하고 있는 건 경서가 편지에 하나 둘 셋이라고 쓰고 왈츠가 어떻다는 식으로 써놓았기 때문이다. 1 2 3으로 연결되는 날짜를 왈츠의 박자와 연결지었을 경서를 생각하고 그때 서른 즈음의 나는 잠시 웃었던 것도 같다.

그런데 삼십 년이 더 지난 세월이 흘러 이제 내가 12월 3일이라는 또 다른 왈츠의 날을 알아낸 것이다. 1월 23일 말고 12월 3일이라는 새로운 왈츠의 날도 있다고, 그러니까 일 년에 왈츠의 날은 두 번인 셈이라고, 나는 당장 경서에게 편지라도 써 보내고 싶은 기분이었다. 꽤나 의기양양한 기분이던 나는 갑자기 편지의 어떤 내용이 떠올라 자리에서 벌떡 일어났다. 휴대전화를 집어 들고 양력음력변환 프로그램에 들어가 그해 1월 23일을 입력했다. 음력으로 변환하는 버튼을 톡 치고 나서 나는 가만히 숨을 참았다. 음력 12월 3일, 정축월 임술일. 나는 화면을 오랫동안 들여다보았고 그러자 그가 쓴 편지의 내용이 사진처럼 또렷이 떠올랐다. 그는 이렇게 썼다.

하나 둘 셋.

둘이 함께 왈츠의 스텝을 밟는 날.

두 겹의 차원이 동일한 무늬로 만나는 날.

그날 우리 숲속 식당에 가자.

나는 흰 종이를 꺼내 큼지막하게 1 2 3이라고 써보았다. 마주 서서, 인사하고, 빙글. 세 숫자는 볼수록 춤을 추기 위해 준비하는 사람처럼 보였다. 음력과 양력이라는 두 겹의 차원이 1 2 3이라는 동일한 무늬로 만나는 날, 마주 서서 인사하고 빙글, 마주 서서 인사하고 빙글, 마주 서서 인사하고 빙글.

나는 한참 눈을 꾹 누르고 있었다. 내 생애 한 번밖에 없었을 그날에 나는 어디에서 뭘 하고 있었나. 어머니 앞에 엎드려 울며 다시 착한 딸이 되겠다고 빌고 있었나, 끝장을 보자고 대들다 오빠에게 머리를 펀칭볼처럼 두드려 맞고 쓰러져 있었나. 세상은 그날 왜 나를 원하지 않는 장소에서 원하지 않는 짓을 하도록 내버려두었나. 오래전 젊은 날에, 걸리는 족족 희망을 절망으로, 삶을 죽음으로 바꾸며 살아가던 잿빛 거미 같은 나를 읽고 이해해주는 사람이 있었다면. 아니, 그런 사람을, 나를 알아본 사람을, 내게 그러지 마, 그러지 마, 하던 사람을 내가 마주 알아보고 인사하고 빙글 돌 수 있었다면. 그랬다면 그 사람은 나와 춤추면서 넌 거미가 아니라고, 너는 지금 너에게 덫을 치고 있는 거라고, 그렇게 작고 딱딱한 결정체로 만족하지 않아도 된다고, 너는 더 풍성하고 생동적인 삶을 욕망할 수 있다고, 이 그물에서 도망치라고 말해주었을까. 나는 그 말에 귀를 기울였을까. 그 뜻을 알아채고 울었을까. 수박 앞에서가 아니라 일기 상자 앞에서, 두 겹의 차원이 동일한 무늬로 만나는 날 숲속 식당에 가자는 편지를 읽고 내가 울 수도 있었을까.

아직 희망은 있다. 내가 팔십오 세까지 산다면 육십 년마다 돌아오는 진정한 왈츠의 날을 다시 맞이할 수 있을 것이다. 그날 나는 숲속 식당의 마당에 홀로 서 있지 않을 것이다. 다리가 불편한 숙녀에게 춤을 권하듯 누군가 내게 손을 내밀 테고 우리는 마주 서서, 인사하고, 빙글, 돌아갈 것이다. 공중에서 거미들이 내려와 왈츠의 리듬에 맞춰 은빛 거미줄을 주렴처럼 드리울 것이다. 어둠이 내리고 잿빛 삼베 거미줄이 내 위에 수의처럼 덮여도 나는 더는 도망치지 않을 것이다. 기억이 나를 타인처럼, 관객처럼 만든 게 아니라 비로소 나를 제자리에 돌려놓았다는 걸 아니까.

수상 후보작

손보미

해변의 피크닉

ⓒ이지은

2009년 『21세기문학』 신인상을 받고 2011년 동아일보 신춘문예에 당선되며 작품 활동 시작. 소설집 『그들에게 린디합을』 『우아한 밤과 고양이들』, 장편소설 『디어 랄프 로렌』 『작은 동네』 등이 있음. 젊은작가상 대상, 한국일보문학상, 김준성문학상, 대산문학상 수상.

열한 살 때부터 나와 어머니가 살게 된 건물의 이름은 정우맨션이었다. 당시에는 '맨션'이라는 단어가 무언가 고급스러운 주거 공간을 의미했었다. 지금은 다르다. 지금 사람들은 '맨션'보다는 '아파트'라고 이름 붙인 장소에 사는 걸 더 선호할 것이다. 지금은 아무도 정우맨션이 고급스러운 거주지라고 말하지는 않을 것이다. 우리가 이사한 계절은 가을이었다. 갑자기 학교를 옮기고 친한 친구들과 헤어졌다는 생각 때문에 한동안 나는 밤마다 이불 속에서 울었지만, 시간이 지나면서 그런 날은 점차로 줄어들었고, 일 년 후 가을쯤에는 친구들 때문에 우는 것이 완전히 시들해져버렸다.

정우맨션은 십오층짜리 복도식 건물—나는 지금 '아파트'라는 단어를 쓰지 않으려고 노력하고 있다—세 개가 서로 대각선 방향으로 이어져 있고, 세 동이 만나는 지점에는 층마

다 커다란 공용 공간이 있었다. 그전까지, 그러니까 주공아파
트에 살았을 때에는 이웃집에 누가 사는지, 그들이 무슨 일을
하는지 잘 몰랐다. 다만, 어머니가 일을 하러 거의 매일 외출
을 하던 시절 나를 돌보아주던 아주머니 남편의 직업만 알고
있을 뿐이었다(어머니나 아주머니는 사실 그것마저도 애매
모호하게 표현했다. "시내에 있는 공장에 나가셔").

　정우맨션에 이사한 후로 어머니는 달라지기 시작했다. 눈
에 띄는 변화 중 하나는 이웃과 잘 지내려고 노력하기 시작했
다는 점이었다. 어머니는 가끔 사람들을 집에 (어머니의 표
현에 따르면) 초대하거나, 다른 사람들 집으로 (역시 이번에
도 어머니의 표현에 따르면) 초대되었다. 한번은, 우리가 이
사하고 나서 반년 정도가 지났을 때의 일인데, 장을 보러 나
간 어머니가 식료품이 가득 든 장바구니 대신, 어떤 아주머니
와 돋보기안경을 쓴 남자아이를 집으로 데리고 온 일이 있었
다. 어머니와 함께 온 아주머니는 다른 층에 사는 주민이었고
옆에 서 있는 아이는 아주머니의 아들이었다. 아주머니는 그
날 처음 본 것이었지만 남자아이는 이미 몇 번 본 적이 있었
다. 대여섯 살처럼 보이는 그 애는 머리통이 컸고 머리카락
이 굽슬굽슬했다. 돋보기안경 렌즈 너머의 눈동자는 언제나
저 너머를 바라보고 있는 것 같았다. 팔다리는 가느다랬지만,
배에는 살이 쪄 있었다. 항상 줄무늬가 들어간 폴로 티셔츠
를 입고 있었는데, 배 부분이 너무 꽉 끼어 있어서 불편해 보
인다고 느꼈고, 그 애의 부모가 왜 좀 더 큰 치수의 옷을 입

히지 않는 건지 궁금해했던 기억이 난다. 말하는 걸 본 기억은 별로 없었다. 그 애가 괴상한 소리를 내며 공용 공간을 뛰어다니면 어디선가 할머니가 나타났고 그 애는 순순히 할머니의 손을 잡고 사라졌다. 그런 모습을 본 건 나뿐만이 아니어서 같은 맨션에 사는 또래 친구들 사이에는 그 애를 둘러싼 소문들이 돌았다. 그 애가 더 어렸을 적에 납치를 당한 적이 있고 그 충격 때문에 키가 자라지도, 유치원에 가지도, 말을 제대로 하지도 못한다. 그 이야기는 언제나 두루뭉술하고 애매모호한 단어들로 이루어져 있었고, 미심쩍고 불미스러운 느낌을 남겼지만 우리는 우리 자신이 어떤 궁금증을 가져야 하는지조차 알지 못했다.

애매모호하고 두루뭉술하고 미심쩍고 불미스러운 그 느낌—그 당시에 나는 언제 어디서나 그런 낌새를 느낄 수 있었다. 그러니까 어떤 일이 벌어지고 있다는 느낌이 있었다. 하지만 그것이 무엇인지, 정확하게 무엇을 궁금해해야 하는지는 알지 못했다. 남자애들은 갑자기 키가 컸고, 골격이 자랐다. 여자애들 중 일부는 가슴이 나오고 엉덩이가 커졌다. 크고 작은 소동이 있었다. 여자애들은 남자애들과 실수로 팔꿈치라도 닿으면 오염이 된 것처럼 호들갑을 부렸고, 실제로 그런 말이 입에서 튀어나왔다. "악, 더러워!" 어제까지만 해도 아무렇지 않게 여자애들과 어울리던 남자애가 다음 날 갑자기 여자애들에게 알 수 없는 손짓을 하며 승리자처럼 굴거나 브래지어를 한 여자애의 뒤에 가서 끈을 잡아당기고 소리를 질렀다. 괴롭힘과 증오심. 교실 안에는 마치 그 두 감정만이 격렬하게 소용돌이치는 것처럼 느껴졌고 때때로는 알 수 없는 긴장감마저 돌았다. 남자와 여자는 서로를 미워하기 위해 태어난 존재들인 것처럼. 서로 영원히 섞이지 않을 거라고 맹세라도 한 것처럼. 하지만, 놀랍게도 아침마다 교실 칠판에는 그런 문장들이 한두 개쯤은 꼭 적혀 있었다. 누가 누구를 좋아한대요! 누가 누구를 사랑한대요! 이름의 주인공들은 추문에 휩싸였다는 듯 펄쩍 뛰며 난리를 쳤다.

내가 그 이름의 주인공이 되는 경우는 없었다.

솔직히 고백하자면 나는 그 이름의 주인공이 되고 싶다는 열망을 품고 있었지만 그런 사실을 입 밖에 낸 적은 없었다. 그건 마치 용서받지 못할 생각인 것 같았고, 그런 열망을 품고 있는 건 나밖에 없는 것 같았다. 칠판에 적힌 이름을 이루는 직선과 곡선들은 칠판 지우개로 박박 지워진 후에도 하루 종일 내 머릿속에 잔상처럼 남아 있었고 쉽사리 사라지지 않았다.

어느 날, 나는 어머니에게 이렇게 말했다.

"아무래도 난 별로 예쁘진 않은가 봐요."

어머니는 진지한 표정으로 잠시 생각에 잠겨 있다가 입을 열었다.

"괜찮아, 네 나이 때는 다 그래."

어떤 이유로 그런 것들이 가능했는지 알 수 없지만, 그 당시 우리들 사이에서는 숙직실을 청소하는 건 하나의 특권으로 받아들여졌다. 그 여자애들, 청소 시간이 되면 숙직실로 사라져버리는 여자애들이 있었다. 그 애들은 숙직실 열쇠를 가지고 있다가 청소가 끝난 후에도 거기에 남아 있곤 했다. 허리까지 내려오는 머리카락에서 진한 샴푸 향을 풍기고, 연두색 바지나 보라색 스타킹을 신고 다니던 애들. 연약하지만 다채롭고 위태롭지만 맹렬한 세계 속에 포함되어 있던 애들. 6학년짜리 오빠들이 숙직실의 문을 두드리면 여자애들은 그제야 숙직실에서 빠져나와서 그들과 어디론가로 사라져버렸다. 나는 그걸 알고 있었다.

내가 별 반응이 없자 어머니는 이렇게 덧붙였다.

"외모에 신경 쓰는 건 바보들이나 하는 짓이야. 꼭 예뻐질 필요도 없어."

나는 어머니가 내게 손쉬운 거짓말을 했다고, 어떤 것들을 숨기려고 애썼다고는 생각하지 않는다. 비약. 건너뛰는 것. 그것은 어머니의 신념이 작동하는 방식이었고, 단순한 눈가림이나 위장술과는 완전히 달랐다. 어머니의 세계에서 때때로 어떤 진실들이 힘을 발휘하기 위해서는 그런 식의 건너뜀이 필수불가결한 것이었다.

나와 어울리던 여자애들은 서로 최면을 거는 것에 몰두했다. 이런 식이었다. 한 명이 눈을 감고 벽에 가만히 붙어 있으면 최면을 거는 쪽이 이야기를 시작한다. 이야기 속 주인공은 우리 또래의 여자아이다. 그 애는 하얀색 원피스를 입고 맨발로 뒷산—어디에 존재하는 장소인지는 전혀 알 수 없는 장소―을 올라가고 있다. 그리고 누군가의 이름을 부르고 있다. 우리는 그 여자가 누구를 찾고 있는지도 전혀 알지 못한다. 거기에는 커다란 나무가 있고, 그 나무 위에는…… 이야기를 하는 역할을 맡은 아이는 계속 어떤 이름을 불렀다(이제는 그 이름이 잘 기억이 나지 않는다). 그러면 어느새 벽에 기대어 서 있는 아이의 팔이 허공으로 스르르 올라가는 식이었다. 그런 일은 언제나 실제로 일어났고 벽에 붙어 서 있던 아이는 눈을 뜨고 나면 허공을 향해 올라간 자신의 손을 보며 소리 질렀다. "맹세코 내가 일부러 그런 게 아니야!" 우리는 아무도 그 말을 의심하지 않았다. 나를 포함해서 최면이 통하지 않는 아이는 단 한 명도 없었다.

그 당시 우리들 사이에 유행하는 이야기도 있었다. 그건 계속 괜찮다고 말하는 충청도 여자에 대한 것이었다. 나는 그 이야기를 익살스럽게 할 수 있어서 친구들은 배를 잡고 웃었다. 어머니에게 그 이야기를 해준 적도 있었다. 내 기억에 어머니가 화를 내거나 다시는 그런 이야기를 하지 말라고 경고하지는 않았던 것 같다. 나는 어머니가 쩔쩔매고 있다고 느꼈고, (이유를 설명할 수는 없지만) 어른들 앞에서는 이 이야기를 하지 않는 게 좋겠다고 생각했던 기억이 난다.

어쨌든, 그날, 어머니가 그 애와 그 애의 어머니를 데리고 왔을 때 나는 충격을 받았다. 그 애는 그날도 배 부분이 딱 달라붙은, 불편해 보이는 폴로 티셔츠를 입고 있었는데, 그 애의 어머니는 너무 잘 차려입고 있어서. 그 애는 이상한 소리를 내며 불미스러운 소문을 사방팔방 흘리고 다니는데, 그 애의 어머니는 혹독한 비밀의 세계와는 동떨어져서 살아가는 사람처럼 보여서. 그 애의 어머니는 그저 예사롭고 평범한 방식으로 지치고 피곤해 보일 뿐이었다. 내가 기대한 것은 그보다는 훨씬 더 비현실적이고 번잡스러운 방식으로 아주 잠깐만, 얼핏 그 모습을 드러내는 고통이었다. 그들에게 인사를 한 후 나는 곧바로 방으로 들어갔다. 그들 때문이 아니라, 어머니 때문에. 남들에게 무언가 베풀고 싶어서 안달을 내는 것 역시 이사 후 어머니에게 생긴 변화 중 하나였다. 어머니는 다른 사람들에게 자신이 가지고 있는 것을 무엇이든 내주고 싶다는 듯이, 그게 자신의 진정한 모습이라는 듯이 굴었고, 나는 그런 어머니를 보는 게 싫었다. 어머니에 대한 반감은 아니었을 거라고 생각한다. 그저 내가 잘 알고 있다고 느낀 한 인간이 스스로를 미워하는 것처럼 보일 때 느껴지는 낯뜨거움과 관련된 감정이었을 것이다. 하지만, 결국 그게 그거였는지도 모른다. 나는 곧이어 어머니가 찬장을 뒤져서 우리집에서 가장 비싼 찻잔을 꺼내리라는 사실도 알고 있었다.

그들이 돌아가고 난 뒤 저녁을 먹을 때(어머니가 장을 보지 않았기 때문에 우리는 컵라면을 먹어야만 했다) 어머니는 내가 그런 식으로 방으로 들어가버린 것 때문에 잔소리를 늘어놓았다. 나는 졸려서 그랬다고, 버릇없게 군 것을 후회한다고 말했다. 후회한다—그 문장은 한동안 어머니의 마음을 쉽게 스르르 녹이곤 했다. 마치 마술처럼. 어머니는 젓가락을 내려놓은 후 한동안 얼굴을 찡그린 채로 어딘가를 응시했다.
그리고 낮은 목소리로 중요한 사실을 전달한다는 듯 말했다.

"걔네 가족은 오랫동안 외국 생활을 해서 그 애가 한국에
적응하는 게 어렵대."

그리고 슬쩍 나를 바라본 후 입을 열었다.

"그 애 엄마는 외국계 회사에 다닌다고 하더구나. 똑똑한
여자야. 남편은 회계사래. 오늘은 아이를 돌봐주는 아주머
니—그 할머니는 그 애의 핏줄이 아니었다—가 오지 못해서
급작스럽게 휴가를 얻었다는 거야."

여기까지 말한 어머니는 딱하다는 듯이 한숨을 쉬었다.

"이럴 땐 언제나 엄마가 희생하기 마련이지. 둘 다 부모인
데도 휴가를 얻어야 하는 건 엄마 쪽이잖아? 어쨌든 아들이
랑 너무 오랜만에 단둘이 시간을 보내는 거여서 뭘 해야 할지
전혀 몰랐다는 거야. 심지어는 눈물이 날 뻔했다지 뭐니. 나
보고 함께 시간을 보내줘서 고맙다고 하더라. 너도 앞으로 그
애를 보면 잘 대해줘야 해. 말을 걸어줘."

나는 어머니가 그 애를 둘러싼 소문을 알고 있는 건지 궁
금했고, 그 애의 어머니와 그런 주제로 이야기를 나누었는지
도 궁금했다. 질문을 하는 행위 자체가 어머니를 우쭐하게 만
든다는 사실을 알고 있었던 나는 짐짓 태연한 척을 하며 앉아
있었지만, 결국엔 이렇게 물어볼 수밖에 없었다.

"왜 그 애는 말을 잘 못해요? 그 애가 나쁜 일을 겪은 게
사실이에요?"

어머니는 (내가 결국 그런 질문을 던질 걸 예상하고 있었으면서도) 놀라움을 금치 못하겠다는 듯, 두 눈을 동그랗게 뜨고 반문했다.

"나쁜 일이 뭔데?"

나는 말문이 막혔다. 그래, 그게 뭐란 말인가? 이상했다. 그 애가 납치를 당하고, 부모님으로부터 멀리 떠나 있어야 했다는 것, 바로 그것이 나쁜 일이었다. 하지만 어머니가 나쁜 일이 뭐냐고 질문했을 때, 나는 뭐라고 대답해야 할지 알 수 없다는 기분을 느꼈다.

"걔는 외국에서 태어나서 그래. 영어랑 한국어 사이에서 갈팡질팡하는 거야. 그래서 지금은 한국어도 영어도 잘 못하는 거란다. 두 가지 언어를 다 구사하는 걸 이중 언어라고 하거든. 걔는 이중 언어에 실패한 거야. 혼란스러운 거지. 뇌 말이야, 뇌."

그 애의 어머니에게 들은 이야기를 마치 예전부터 알고 있었던 사실인 양 어머니가 말하는 동안, 나는 딱 달라붙은 폴로 티셔츠 아래에서 숨을 쉴 때마다 오르락내리락하던 그 애의 배의 움직임을 떠올리고 있었다. 그 옷 아래 숨겨져 있을 배꼽의 모양 같은 것. 잠시 후에 식탁 의자에서 일어난 어머니는 남은 라면 국물을 싱크대에 따라 버리면서 이렇게 중얼거렸다.

"이 세상에 모든 걸 다 가진 사람은 없어."

그러고 나서는 나를 향해 이렇게 말했다.

"그러니까, 너는 엄마에게 고마워해야 해. 엄마가 이렇게 너를 위해 희생하는 것에 대해 말이야."

가끔 어머니는 그런 식으로 엉뚱한 소리를 했다. 아, 그래, 엉뚱하다는 표현보다는 느닷없다는 표현이 더 맞을지도 모른다. 내가 중학교에 다니던 시절, 친구들이 우리 집에 놀러 왔을 때, 어머니는 그 애들에게 꿈을 가지라고 말했다. 무슨 일이 있어도 포기하지 말라고. 꿈을 포기하는 건 세상이 끝난 후 혼자 살아남는 것보다도 최악이라고.

"뭐든지 할 수 있다고 생각하란 말이야."

나는 창피해서 죽을 지경이었다. 게다가 세상이 끝나긴 왜 끝난단 말인가(어떤 친구는 우리 어머니가 종말론자라고 말하고 다녔다). 하지만 그 자리에서 나는 하나도 창피하지 않다는 듯이 초연하게 굴었고, 심지어 완전히 동의한다는 듯이 고개를 끄덕이기까지 했다. 나는 나중에, 아무렇지 않은 척하는 것, 내 외부에서 벌어지는 그 어떤 일도 내게 아무런 영향을 미칠 수 없다는 듯이 행동하는 것의 핵심에는 언제나 허영심이 자리 잡고 있다는 것을 깨달았다.

어머니의 느닷없고 엉뚱한 소리는 할머니네 집으로 가는 날, 말 그대로 폭발했다. 일곱 살 이후로 나는 거의 10년 동안 여름방학이 되면 부산에 있는 할머니네 집으로 가서 한 달가량을 머물렀다(열 살 여름은 서울에서 보냈는데 그해에 대해서 어머니는 다시는 이야기하려고 하지 않았다). 일곱 살

이전에는 할머니—물론 할아버지도—를 본 적도 없었다. 나는 내가 태어나기 전, 그리고 그 이후 몇 년 동안 일어난 일에 대해서 잘 몰랐다. 내가 알고 있었던 것은 할머니와 할아버지가 아버지와 어머니의 결혼을 반대했다는 것, 어머니와 이혼한 아버지가 부산으로 내려간 후 갑작스러운 사고로 돌아가셨다는 게 전부였다.

할머니는 '맨션'도 '아파트'도 아닌 '건물'에 살았다. 그런 종류의 건물을 뭐라고 해야 하지? 단독주택? 사실 지금 나는 저택이라는 단어를 사용하고 싶지만, 너무 호들갑스럽게 보일까 봐 주저하는 중이다. 그야말로 모든 것이 거대한 집이었다. 대문, 정원, 창문, 그 집의 모든 방, 화장실의 세면대와 욕조 등등. 하다못해 정원에 있던 멋들어진 바위와 나무들까지도. 미적인 고려 같은 건 전혀 없다는 듯이 그냥 지나치게 크기만 했다. 나중에, 대학에서 프로이트에 관한 교양 수업을 들을 때 나는 그 집을 지은 사람이 어쩌면 성적으로 콤플렉스가 있는 게 아닐까 하는 생각을 했고, (마치 누군가 내 머릿속을 들여다보고 있기라도 한 것처럼) 얼굴이 붉어진 채로 고개를 숙인 후, 그 생각을 머릿속에서 재빨리 털어냈다. 그 집의 부지를 선정하고, 건물의 기본적인 구조를 짜고, 정원에 들일 나무와 돌들을 선택한 사람이 다름 아닌 내 할아버지였다는 사실이 곧바로 떠올랐기 때문이었다. 그 생각을 털어내는 건 어렵지 않았지만, 죄지은 기분을 털어내는 건 쉽지 않았다. 그리고 (놀랍게도) 그 후로 그건 내 내부에 존재하는 일종의 스위치가 되었다. 죄의식을 느낄 때마다 나도 모르게 그 집의 거대한 돌과 나무들을 떠올리게 되는 식으로.

미래에 내가 어떤 죄의식을 가지게 되는지, 그게 어떤 식으로 작동을 했는지를 지금 이야기하려는 건 아니다. 내가 하고 싶은 말은 어머니가 부산까지 항상 차를 운전해서 나를 데려다주었다는 것과 운전하는 동안 내게 여러 가지 주의 사항을 (느닷없고 엉뚱한 방식으로) 늘어놓았다는 점이다. 그중 하나는 그 집에서 일하는 아주머니에 대한 것이었다. 할머니네 집에는 아주 오랫동안 일을 도맡아 하는 아주머니 한 명이 거주했는데, 그녀는 독실한 천주교 신자였다. 가끔 둘만 남아 있을 때, 아주머니는 그런 이야기를 하는 걸 좋아했다. 하느님이 6일간에 거쳐서 이 세계를 만들었다든지, 선악과를 먹은 아담과 이브에 대한 이야기라든지, 최초의 인간은 자신의 아들을 신에게 제물로 바쳤다든지 하는.

여덟 살 때, 서울로 돌아가는 어머니의 자동차 안에서, 아무 생각도 없이 아주머니의 이야기—하느님이 어떻게 이 우주를 창조했는지에 대해—를 전달했을 때, 어머니는 심하게 화를 냈다. "세상은 그런 식으로 만들어지지 않았어. 그 아줌마는 진화론이 뭔지 전혀 모르는 모양이구나. 세상에, 어떻게 그렇게 무식할 수가 있니?" 나는 어머니가 아주머니를 '무식하다'라고 말한 것 때문에 속이 상했다(그 말은 그 후로 내가 아주머니를 대할 때마다 어쩔 수 없이 여러 가지 방식으로 작동했다. 나는 어머니의 말에 오염되었다는 사실을 알고 있었지만, 그것을 걷어낼 수도 없었다). 어쨌든 그 집에서 할머니 다음으로 내가 많은 시간을 함께 보내는 사람은 아주머니였다. 어머니는 진화론에 대해 일장 연설을 늘어놓은 후에, 아주머니의 말을 믿어서는 안 된다고 경고했다. 운전에 열중하던 어머니가 다시 입을 열었다.

"아니다. 그런 생각조차 금지야. 생각도 하지 마. 네가 그런 생각을 계속하는지 안 하는지 엄마가 검사할 거야."

생각조차 하지 말라니. 게다가 그걸 어머니가 어떤 식으로 검사한단 말인가?

그해에, 우리가 정우맨션으로 이사를 하고 처음으로 할머니네 집으로 가던 그해에 어머니가 차 안에서 느닷없이 던진 말은 바로 이것이었다.

"너네 할머니가 이사 간 집이 어떻느냐고 물어보면 그냥 그렇다고 대답해."

나는 그 말의 의미를 알 수가 없어서 결국엔 이렇게 물어보고 말았다.

"왜요?"

어머니는 백미러를 흘긋거리다가 대답했다.

"그냥, 엘리베이터나, 네 방 이야기나, 새로 산 소파 이야기 같은 건 하지 마."

나는 의자에 몸을 기대고 창밖을 바라보며 말했다.

"할머니는 그런 거 안 물어볼 거 같아요."

"아니, 내가 장담하는데 너네 할머니는 분명히 물어볼 거다. 아마 너를 보자마자 물어볼걸? 진짜, 내가 확신한다."

부산에 도착한 후 약속된 장소에 할머니네 기사 아저씨가
나를 데리러 오기 직전에 어머니는 두 손으로 내 얼굴을 감싼
채 한숨을 쉬었다.

"할머니랑 할아버지를 사랑할 필요까진 없지만, 그분들 기
분을 거스르지 마라. 할 수 있지?"

이렇게 말한 후 어머니는 내 몸을 돌려세우고는 뒤에 붙어
섰다. 그러고는 마치 내가 경기에 출전하는 운동선수이고 자
신은 코치여서 선수에게 기합을 넣어준다는 듯이, 어깨를 주
물럭거린 후 조그만 목소리로 말했다.

"자, 이제 가."

기사 아저씨를 따라가면 한복을 곱게 차려입고 짧은 머리
를 잘 빗어 넘긴 할머니가 차 뒷좌석에서 나를 기다리고 있었
다. 할머니는 사시사철 한복을 입고 생활했다. 할머니는 바다
를 무척 좋아해서 적어도 일주일에 두세 번은 나를 데리고 해
변으로 피크닉을 갔는데 그럴 때에도 항상 한복을 차려입고
있을 정도였다. 할머니네 집은 바다와는 아주 동떨어져 있었
다. 바다에 동행하는 건 언제나 나와 기사 아저씨뿐이었고 그
러므로 그게 아주 신나는 경험이라고 말할 수는 없었다. 그
래도, 내가 기다리는 게 있었다. 바다에서 신을 새 샌들과 차
트렁크에 실려 있는 커다란 피크닉 박스 두 개. 할머니는 여
름마다 내 샌들을 새로 사두었고, 커다란 피크닉 박스 안에

는 복숭아나 먹기 좋게 자른 수박, 혹은 멜론 같은 과일과 단팥빵과 외국 쿠키, 얼음물과 각종 음료수들, 샌드위치, 아주머니가 만드느라고 불 앞에서 고생했을 닭튀김, 길게 자른 당근과 오이 같은 게 들어 있었다. 사실, 얼마나 많이 먹었던지 여름이 지날 때마다 나는 믿을 수 없을 정도로 살이 붙었고, 서울로 돌아오면 한동안 어머니는 나를 이렇게 불렀다.

"아이고, 사랑스러운 우리 돼지!"

기사 아저씨는 한적한 곳에 위치한 해변가에 우리를 데려다주었다. 어쨌든 계절은 여름이었고, 어디를 가나 (우리와는 다른 이유로 우리처럼 되도록이면 은밀한 장소를 찾는) 사람들이 몇 명쯤은 있었다. 수영복을 입고 손을 잡은 채 걸어 다니는 연인들을 볼 때마다 할머니는 그게 기사 아저씨의 잘못이라도 된다는 듯이 그를 돌아보고 혀를 찼다. 쯧쯧쯧. 그러고는 수영복을 입은 남녀들에게로 고개를 돌려 노골적으로 한숨을 내쉬며 고개를 절레절레 흔들었다. 마치 그들이 초대받지 못한 손님이라도 되는 것처럼. 하지만 지금 돌이켜 생각해보면 그들에게는 바로 우리가 불청객이었으리라. 기사 아저씨가 모래사장 위에 돗자리를 깔고, 휴대용 파라솔을 설치하고 피크닉 바구니를 옮겨주면, 여름 한복을 입은 할머니는 돗자리로 다가가서 정자세로 그 위에 앉았다(할머니가 물에 들어가는 일은 절대 없었다). 뜨거운 여름 공기 때문에 할머니의 이마에서는 땀이 흘렀지만 바람이 그것을 씻어내기도 전에 할머니는 재빠르고도 우아하게(정말로 그랬다. 할머니는 그런 식의 행동이 가능했다) 손수건으로 이마를 눌렀다. 하지만 저고리에 손을 넣어 겨드랑이까지 닦을 수는 없었기에 나는 할머니의 겨드랑이가 땀범벅이 되었을까 봐 걱정이 되곤 했다.

서울에 있는 동안 나는 할머니와 가끔 통화를 했고 그때마다 할머니는 여러 가지 질문을 했었다. 그건 대체로 숫자와 관련된 것이었다. 키는 얼마나 컸는지? 몸무게는 얼마나 늘었는지? 발 치수는 어떻게 되는지? 산수 시험은 잘 봤는지? 백 미터는 몇 초 만에 달렸는지? 할머니는 말을 천천히 했고, 모든 단어를 아주 또박또박 발음했는데(나는 나중에 노인이 그런 식의 말투를 구사하려면 얼마나 많은 힘을 들여야 하는 것인지 알게 된다), 높낮이가 느껴지지 않아서 엔간해서는 감정을 읽어내기가 어려웠다(이건 어머니와는 정반대인 특질이었다. 어머니는 말이 빨랐고 사용하는 단어 하나하나에 감정이 묻어났다). 나는 공부를 잘하는 편은 확실히 아니었다. 또래 애들보다 키가 많이 작았지만(그래서 때때로 사람들은 나를 나이보다 어리게 보았다), 몸무게는 더 나갔다. 할머니는 언젠가는 내가 '뛰어난 여성'이 될 거라고, 그 무엇도 걱정하지 말라고 했다. 나는 뭘 걱정해야 하는지, 뭘 걱정하지 말아야 하는지도 모르면서 고개를 끄덕이며 대답하곤 했다.

"네, 걱정하지 않을게요."

잠자코 고개를 끄덕이기—나중에, 할머니의 집에서 머물던 여름에 대해 누군가에게 이야기할 기회가 생길 때마다 나는 잠자코 고개를 끄덕이다, 라는 문장을 사용했다. 그 문장 속의 나는 어딘가 모르게 작고 흐릿하며 무언가를 망설이는 듯한 인상을 주는 것 같다. 그리고 나는 그런 모습이 마음에 든다. 어른들 등쌀에 못 이겨 어머니와 할머니 사이에서 갈팡질팡하는 소녀. 혼란스러움을 감추기 위해 조용히 고개를 숙인 채 침묵을 지키는 소녀. 하지만 실제로는 그렇지 않았다(나는 지금 내 모든 힘을 다해 진실되게 쓰려고 노력 중이다). 모든 행위는 씩씩하다 못해 사근사근하게 이루어졌다. 할머니는 (정우맨션에 살기 시작한 어머니가 노력하는 것처럼) 특별히 다른 사람에게 친절하게 군다거나, 자신이 가진 무언가를 내주고 싶어서 안달하지 않았다. 그래도 할머니는 내가 아는 그 누구보다 내게 훨씬 더 많은 것을 줄 수 있었다. 나는 어린아이에 불과했지만 그걸 알고 있었다. 할머니 집에서 머무는 동안 나는 방 안으로 숨지도 않았고 후회한다느니 어쩐다느니 그런 말을 하지도 않았다. 그러니까 어머니는 내게 할머니나 할아버지의 말을 거스르지 말라는 당부는 사실 할 필요도 없었다.

어머니의 예상과 달리 그날, 할머니는 정우맨션에 대해 물어보지 않았다. 새로 장만한 가구, 커다란 텔레비전, 내 방의 벽지나 침대보에 대해서도 물어보지 않았다. 평소와 달리 할머니는 심란해하는 것 같았고, 내 어깨에 손을 두른 채 무언가 다른 것에 정신이 팔려 있는 것처럼 보였다. 나는 최대한 할머니의 기분을 거스르지 않으려고 잠자코 앉아서 창밖을

바라보며, 밤에 통화를 할 때 어머니가 틀렸다는 사실을 알려
주리라는 생각을 하고 있었다.

하지만 그날 밤 어머니께 전화를 걸 때, 나는 그런 생각 따
위는 잊어버린 지 오래였다. 대신 나는 어머니에게 이렇게 물
었다.

"엄마, 아빠에게 동생이 있었다는 사실을 알고 있었어요?"

할머니는 차 안에서 내게 미리 그 사실을 알려줬었다. 집에
가면 삼촌이 있을 거라고. 그 말을 하는 할머니의 표정에는
관대함이, 체념한 사람의 억지스러운 관대함이 어려 있었다.
어머니는 금시초문이라고 했다. 사실, 어머니는 할머니네 가
족에 대해서는 금시초문인 게 많았다. 어머니는 할머니와 절
대 대면하지 않았고(부산에 도착하면 할머니의 기사 아저씨
가 나를 할머니 차로 옮겨 가는 식이었다), 할아버지의 얼굴
은 아예 몰랐다. 어머니는 할머니네 집에 방문해본 적도 없다
고 했다. 그렇지만 어머니는 자신과 이혼한 후 죽은 남편에게
동생이 있었다는 사실을 알지 못한다는 건 좀 다르게 받아들
이는 것 같았다. 어머니는 믿을 수 없다는 듯이 물었다.

"동생? 남동생? 여동생?"

"남동생이요!"

그래, 그날 나는 아버지의 남동생을 처음 보았다. 그는 집
에서 나를 기다리고 있다. 기다리고 있었다? 모르겠다. 여하
튼 집 안으로 들어가니까 그가 거실 소파에 앉아 있었다. 그
는 스물다섯 살로 자신의 죽은 형—그러니까 내 아버지—과

는 열댓 살 나이 차이가 났다. 4월에 제대를 했다고 했는데, 군대에 가기 전에는 외국에 있었다고 했다. 제대한 지 몇 달밖에 지나지 않았다지만 군인의 느낌은 전혀 없었다. 키가 크고 마른데다가 눈꼬리가 처져 있어서 병약하면서도 꿍꿍이가 있다는 듯한 느낌을 주었다. 왼쪽 새끼손가락에는 은반지(아니다, 은이 아니라 백금이었을 것이다)가 끼워져 있었다. 그가 다가와 나를 내려다보며 말했다.

"아, 네가 그 애구나."

그의 말투에서는 나를 반긴다거나, 나를 향한 호의 같은 건 찾아볼 수 없었다. 그렇다고 쌀쌀맞거나 꺼리는 듯한 기색도 아니었다.

"내가 누군지 알아요?"

내가 그에게 말을 걸었을 때, 할머니가 낮고 조용한 목소리로 말했다.

"그만해라."

곧바로 나는 입을 다물었다. 하지만 그는 아니었다. 그는 할머니의 말을 가볍게 무시해버렸다.

"너는 아빠를 별로 닮지 않았나 보다. 너네 아빠는 마르고 키가 컸는데…… 엄마를 닮은 건가……?"

"입 다물어라!"

"뭐 어쨌든 너희 엄마는 정말 대단해. 너희 엄마가 여름마다 너를 여기에 보내는 대가로……"

갑자기 무언가 와장창 쏟아지는 소리가 나서 그쪽을 돌아보니 할머니가 주먹을 쥔 채로 서 있었고, 화병이 옆으로 쏟아져 있었다.

"여기가 어디라고 함부로 입을 놀려! 네 아버지가 이런 걸 가만 두고 보실 거 같으냐?"

나는 할머니가 그렇게까지 소리를 지르는 걸 처음 봐서 그 자리에서 얼어버렸다. 그는 말을 멈추고 나를 바라보며 미소를 지었다. 그건 민망해하거나 겸연쩍어하는 미소가 아니었다. 그는 완전히 자신만만했다. 자신을 제외한 이 세상의 모든 이를 아둔하고 미욱한 존재로 만들어버릴 수 있다는 듯한, 말을 멈추는 건 자신이 선택하는 것이고, 자신이 원할 때마다 누구든지 상처를 입힐 수 있으리라는 자신만만한 미소. 나는 그때 그의 얼굴을 보며 무슨 생각을 했던가?

그해 여름 그 집에 머무는 동안 삼촌을 볼 기회는 그리 많지 않았다. 더 솔직하게 말하면 손에 꼽을 정도였다.

그를 다시 본 건 며칠 후였다. 할머니네 집에서는 정해진 식사 시간이 되면 누구나 단장을 끝낸 후, 자신의 자리를 지키고 있어야 했다. 8인용 식탁의 좁은 두 면 중 한쪽 면에는 할아버지가 앉았고, 할아버지의 오른쪽 면 중앙에는 할머니가, 그리고 왼쪽 면 중앙에는 내가 앉았다. 아주머니의 자리도 정해져 있었다. 혹시라도 생길지 모르는 요구 사항에 대비해서 아주머니는 우리의 식사가 끝날 때까지 부엌에서 기다렸다. 언젠가 내가 서울로 올라가는 차 안에서 이런 상황에 대해 이야기했을 때, 어머니는 고개를 절레절레 흔들며 비인간적이라고 했다. "누군가 밥을 다 먹을 때까지 그 자리에서 쳐다보며 기다리고 있으라니 그게 얼마나 끔찍한 일이니?" 하지만 그런 건 아니었다. 식당과 부엌은 분리되어 있었고 아주머니는 우리가 식사를 하는 장면을 바라보고 있을 필요가 없었다.

그날 아침 식사를 하러 식당에 갔을 때, 삼촌이 내 자리에 앉아 있었다. 그걸 보자, 갑자기 심장이 빨리 뛰기 시작했다. 그리고 그의 목소리가 떠올랐다. 너희 엄마는 정말 대단해. 너희 엄마가 여름마다 너를 여기로 보내는 대가로…… 나는 그가 우리 어머니에 대해 또 어떤 다른 표현을 사용할 수 있는지, 혹은 그가 할아버지나 할머니에 대해 어떤 식으로 이야기할 수 있는지 궁금했다.

나를 발견한 그가 자신의 옆자리를 손으로 두드렸다.

"거기는 내 자리가 아닌데요."

"괜찮아, 아무 데나 앉으면 돼."

나는 머뭇거리다가 그의 옆자리에 앉았다.

"휴식을 취한다는 말 알아?"

나는 조심스럽게 고개를 끄덕였다. 그는 장난스러운 미소를 띠고 내게 또 한 번 질문했다.

"영원히 휴식을 취한다, 는 말은 무슨 의미인 줄 알아?"

나는 이번에도 고개를 끄덕였다. 그는 눈을 가느다랗게 뜨고 마치 이런 식의 주제로 넘어오는 게 정해진 수순이라는 듯이, 할아버지에 대해 어떻게 생각하느냐고 물었다. 나는 그의 얼굴을 올려다보았는데, 어쩐지 그렇게 하기 위해서는 굉장한 용기를 필요로 했다. 구겨진 셔츠, 헝클어진 머리카락, 번들거리는 이마, 그리고 턱 아래에 남아 있는 희미한 수염 자국. 그에게서는 희미한 열기가 느껴졌다. 술 냄새와 땀 냄새, 그리고 내가 알지 못하는 체취 같은 것. 나는 금방 그에게서 시선을 떼고 대답했다.

"할아버지는 적막한 걸 좋아하세요. 무척 과묵하시거든요."

정말로, 할아버지는 놀라울 정도로 말을 안 했다. 나는 원하는 게 있으면 입 밖으로 드러내야 했지만, 할아버지는 그럴 필요가 없었다. 할아버지에게 언어는 불필요한 것, 소리는 낭비에 불과한 것 같았다. 때때로 할아버지는 그저 헛기침만으로 할머니의 말문이 막히게 할 수도 있었다. 이를테면 삼촌이 없는 자리에서 할머니가 삼촌에 대한 말들을 할 때(걔를 다시 외국으로 보내야 해요, 걔가 집안 망신을 시키고 있다구요, 걔는 정신을 차릴 기미도 안 보여요…… 기타 등등) 할아버지는 헛기침을 몇 번 했고 그러면 할머니는 입을 다물어버렸다.

삼촌은 내가 '과묵하다'라는 표현을 사용한 것 때문에 약간 놀란 것 같았다.

"그런 말도 할 줄 알아?"

"뭐가요?"

"과묵하다? 적막하다?"

그 정도는 식은 죽 먹기였다. 이상했다. 그전까지는 어른들이 나 때문에 깜짝 놀랄 때마다 언제나 뿌듯함을 느꼈지만 삼촌이 그런 식으로 말을 했을 때는 도리어 기분이 언짢아졌던 것이다. 그가 무언가를 더 말하려고 했을 때, 할머니와 할아버지가 식당으로 들어왔다. 할아버지는 삼촌을 보고 못마땅하다는 듯한 헛기침을 했고, 할머니는 잠깐 멈칫하는 것 같았지만, 아주 금방 평정심을 되찾았다. 할머니는 내게 간밤에 잠은 잘 잤는지, 어떤 꿈을 꿨는지 물어보았고, 그날 일정을 일러주었지만, 삼촌이 있는 쪽으로는 눈길도 주지 않았다.

자리에 앉은 할아버지가 숟가락을 들었을 때(우리는 할아버지가 숟가락을 들어야 식사를 시작할 수 있었다), 삼촌이 갑자기 부엌을 향해 큰 소리로 아주머니를 불렀다. 아주머니는 바로 식당으로 건너왔다. 당연했다. 그게 아주머니의 임무였으니까. 뭐가 필요하느냐는 아주머니의 질문에, 삼촌은 빈 의자를 가리키며 아주 정중한 투로 말했다.

"아주머니, 저희와 함께 식사하시죠."

그래, 함께 식사를 하자는 말. 그것뿐이었다. 어디에나 널려 있는 일상적인 그 말, 혹은 호의를 담은 그 말은 그 순간, 거기에 모여 있는 사람들을 가차 없이 흔든 다음에 순식간에 기진맥진하게 만드는 혹독한 주문처럼 느껴졌다. 하지만 어째서 그래야 하는가? 그가 욕설을 내뱉은 것도, 아주머니를 모욕한 것도 아닌데? 그의 말투에는 이루 말할 수 없는 격식이 깃들어 있었는데? 영문을 알지 못한 채로 나는 속절없이 삼촌의 주문에 걸려든 것 같았고, 멍하니 할아버지와 할머니,

삼촌, 그리고 아주머니의 얼굴을 번갈아 쳐다볼 수밖에 없었다. 아주머니는 어색하게 웃으면서 삼촌을 바라보며 말했다.

"아니…… 나는……"

삼촌은 아주머니를 똑바로 보며 아까보다 더 예의 바르게 말했다.

"여기 앉아서 같이 식사하시죠. 그런 식으로 저희가 밥을 다 먹을 때까지 혼자 기다릴 필요가 없으시잖아요."

아주머니는 곤란한 표정을 짓고 있었지만 시선은 빈 의자와 식탁 위의 음식들에 가 있었다.

"그래, 가서 밥 한 그릇 가지고 와. 같이 먹어보자고."

할머니가 그렇게, 차분하고도 엄숙하게 말했을 때, 그제야 아주머니는 퍼뜩 정신이 돌아온 사람인 양 고개를 들었다. 아주머니는 코를 한번 훌쩍이고는 꼿꼿이 서서 앞치마에 손을 닦은 후, 우리들을 향해 위엄 있는 말투로 이야기했다.

"필요한 게 있으면 부르세요. 저는 부엌에 가 있을 테니."

아주머니가 나가자마자, 할아버지가 분노 서린 목소리로 말했다.

"이 새끼, 한마디만 더 하면 혀를 잘라 집에서 쫓아낼 줄 알아라! 내 말 알아듣겠나?"

나는 잔뜩 주눅이 들어서 고개를 숙이고 있었지만, 삼촌의 표정이 너무 궁금해서, 참지 못하고 슬그머니 그의 얼굴을 바라보고야 말았다. 삼촌은 이번에는 웃지 않았다. 그는 자리에서 일어나 고개를 뻣뻣하게 들고 누구에게 하는지 모를 인사를 했다.

"식사 맛있게들 하세요."

식당을 나가기 전에 그는 나를 보고 이렇게 말했다.

"너도."

너도—이 뒤에 생략된 말은 명확했다. 너도 식사 맛있게 해라, 그러니까 그 식당에 앉아 있던 사람들에 나 자신을 포함시키는 말. 내 자리가 어디인지 분명하게 인식시키는 말. 하지만 그 후로 나는 그가 그 뒤에 붙이고 싶었던 말이 다른 종류의 것이었을지도 모른다고, 그랬으면 좋겠다고 간절하게 바랐다.

그날 우리가 식사를 마칠 때까지 부엌을 지키고 있던 아주머니는 거기에서 어떤 생각을 하고 있었을까? 내가 확실하게 알았던 것 한 가지는 아주머니는 단 한순간도 삼촌을 좋아한 적이 없다는 점이었다. 그날 오후에 나와 단둘이 남게 되었을 때(나는 아주머니가 빨래를 개거나 하는 일을 도와주었다), 아주머니는 코웃음을 치며 이렇게 말했다. "만날천날 밤이 되면 기어 나가기나 하는 게 뭘 안다고 지껄이는지 알 수가 없다. 뭐가 뭔지 천지 구분도 못한다 아이가……" 그리고 분통이 터져서 살 수가 없다는 듯이 덧붙였다. "자동차를 뺏어버리든가 해야지. 어째 저래 무르게 구는지 알다가도 모르겠네." 그리고 마침내 이렇게 말을 했다. "저러다가 저 난봉꾼 자식이 지 새끼라고 사내아를 데리고 오면 어쩔라고 저러노." 잠시 후 아주머니는 나를 돌아보며 물었다.

"니 난봉꾼이 뭔지 아나?"

나는 고개를 끄덕였다.

언젠가 아주머니는 이런 말을 하기도 했다. "아이고 참말로 우리 사모님이 불쌍해서 어쩌면 좋노…… 나라면 정말 못산다, 못 살아……" 아주머니는 할머니와 할아버지 둘 다에게 깍듯하게 굴었지만, 내가 느끼기에 아주머니는 언제나 할머니의 심기를 거스르지 않으려고 특별히 더 노력하는 것처럼 보였고, 어떤 사안에 대해서든 언제나 할머니의 입장에서 생각하는 것 같았다. 나는 아주머니가, 할아버지가 아닌 할머니를 자신의 '진짜' 주인이라고 받아들였기 때문에 그러는 것이라고 여겼지만, 훗날 시간이 많이 흐른 후에는 내 생각이 완전히 잘못되었다는 것을 깨닫게 되었다. 아주머니에게는 할아버지야말로 그 집의 진정한 주인이라는 사실이 뼛속까지 각인되어 있어서, 할아버지의 편을 들 수조차 없었던 것이다.

난봉꾼, 이 단어를 아냐고 아주머니가 물었을 때 고개를 끄덕였지만, 그건 거짓말이었다. 사실 나는 이 단어의 의미를 몰랐다. 다음 날 오후에 혼자 있어야 하는 시간이 되었을 때, 나는 할아버지 서재로 향했다. 책장에 꽂혀 있는 여러 권의 국어사전 중 가장 두꺼운 것을 꺼내서 '난봉꾼'이라는 단어를 찾아 소리 내어 읽기 시작했다.

"허랑방탕한 일을 일삼는 사람."

그다음으로는 '허랑방탕하다'를 찾아서 역시 이번에도 소리 나게 읽어보았다.

"언행이 허황하고 착실하지 못하여 주색에 빠져 행실이 추저분하다."

이런 식으로는 끝이 없을 것 같았지만 나는 참을성을 가지고 '주색'을 찾아보기로 했다.

"술과 여자를 아울러 이르는 말."

나는 삼촌이 술을 마시는 모습을 상상해보았다. 그리고 여자들도. 하지만 술과 여자에 빠진다는 그 말의 의미가 아주 선명하게 다가오지는 않았다. 나는 이번이 진짜 마지막이라는 심정으로 'ㅊ'으로 시작되는 단어 부분을 펼쳐 손가락으로 훑었다.

"추저분하다 : 더럽고 지저분하다."

나는 노트를 가지고 와서 이렇게 적었다. '난봉꾼 : 언행이 허황되고 착실하지 못하여 술과 여자에 빠져 행실이 더럽고 지저분하다.' 하지만 이번에는 소리 내어 읽지는 않았다.

그런 식으로 '난봉꾼'은 몇 번의 단계를 거쳐 결국은 '더럽고 지저분하다'에 도달했다. 집 바깥에서 밤을 보내고 돌아온 삼촌의 머리카락에는 기름이 끼어 있었고, 이마는 번들번들거렸다. 그의 특질들이 있었다. 은근하고 뻔뻔한 태도, 슬쩍 흘리는 듯한 눈길, 고개를 숙이지 않고 일부러 무시하며 주위 사람들을 아연실색케 하는 하찮은 권위. 난봉꾼의 권위. 문득, 반의 남자애들 손이 닿은 여자애들이 "더러워!"라고 소리 지르던 모습이 떠올랐다. 브래지어를 착용한 여자애를 향한 남자애들의 끈질긴 장난질, 무시와 괴롭힘, 칠판 위의 이름, 호들갑, 숙직실, 노크, 여자애들의 기다란 머리카락, 샴푸 냄새, 기합 소리들, 저절로 올라가는 팔과 충청도 사투리를 하는 여자…… 그해 여름 나는 그런 식으로 시간이 날 때마다 거대한 서재의 거대한 책상을 앞에 두고 거대한 의자에 앉아서 국어사전을 찾아보다가 멍하니 생각에 빠져들곤 했다.

내가 할아버지의 서재에서 국어사전만 주야장천 들여다본 것은 아니었다. 국어사전, 외국의 고전 소설들, 곤충 사진집, 때 지난 신문들, 유명 화가들의 화집, 의미를 알 수 없는 잡지들…… 나중에 나는 이 시기의 나에 대해 이렇게 설명하곤 했다. "나는 서재에 있는 책들을 탐닉했어."

잠자코 고개를 끄덕이던 그 유약하고 무구한 여자애가 책에 탐닉하다.

나는 이렇게 쓰고 마침표를 찍고 싶은 유혹을 느낀다. 이 문장 속에서 그 시절 내가 존재하는 방식이 마음에 들기 때문이다. 하지만 앞에서도 썼지만 나는 지금 이 글을 진실되게 쓰려고 노력 중이므로 이런 식으로는 쓰지 않을 것이다. 사실 내가 탐닉했던 건 책 그 자체가 아니라, 특정한 단어들이었을 것이다. 때 지난 신문들에서 발견한 '고르바초프'와 '공화국' '통제불능' '해빙' '방화' 기타 등등. 이런 문장들은 실제로 사용해보기도 했다. "할머니, 고르바초프가 소련을 해체시킬 거래요." 이런 유의 말을 하면 할머니는 감동받았다. "넌 정말이지 네 아빠를 꼭 빼닮았다. 넌 너네 아빠가 얼마나 훌륭한 사람이었는지 알아야 해." 할머니는 내게 뛰어난 '여성'이라는 단어를 썼지만 아빠를 지칭할 때는 훌륭한 '사람'이라는 단어를 썼다.

처음 보는 단어들은 노트에 적어두었는데, 그중에는 입 밖에 내서도 안 되고 그 의미를 애써 찾아봐서도 안 되며, 떠올리거나 어른들에게 물어봐서도 안 되는 단어들이 있었다. 놀랍게도 나는 거의 본능적으로 그것들을 가려낼 수 있었다. 나는 그런 단어들은 노트의 가장 뒷장에 아주 작은 글씨로 적어두었다.

나는 삼촌과 마주치면 어려운 단어들을 구사할 생각이었다. '과묵하다'나 '적막하다' 따위 내게는 아무것도 아니라는 사실을 알려주고 싶었다. 매일 밤, 잠들기 전 어둠 속에 누운 나는 삼촌을 떠올리며(내 머릿속의 그는 처음 만난 날 내게 보여주었던 미소를 짓고 있었다) 어려운 단어들로 만든 문장들을 속삭였다. 할아버지는 과묵해요. 할머니는 바다를 사모해요. 엄마는 모임을 주관해요. 친구들과 헤어진 것 때문에 나는 비통함을 느꼈어요. 납치당한 아이의 능력은 쇠퇴해요. 바닷가의 갈매기들은 하늘로 비상해요……

하지만 삼촌의 얼굴을 마주하고 그런 단어를 쓸 수 있는 기회는 쉽사리 찾아오지 않았다. 할머니와 삼촌은 되도록이면 집 안에서 마주치려고 하지를 않았고 마주치더라도 마치 서로를 투명인간 보듯 대했다. 아니다. 그건 투명인간을 보듯한 게 아니다. 그들은 서로의 모습이 보이지 않는 듯 굴었으면서도 서로에 대한 미움을 사방으로 뿜어댔다. 나는 거의 대부분의 시간을 할머니(그리고 때때로 아주머니)와 보내고 있었다. 그와 마주치더라도 쉽사리 인사를 한다거나, 말을 걸 수 없었다. 이상한 것은 내가 그들의 관계를 자연스럽게 받아들였다는 점이다. 아들을 증오하는 어머니와 어머니를 경멸하는 아들. 나는 그저 삼촌과 이야기할 기회를 얻지 못한 것 때문에 애가 닳을 뿐이었다. 한밤중에 어둠 속에서 이러저러한 단어들로 문장을 만들다가도, 문득 걱정이 엄습했다. 이러다가 삼촌과 말 한마디 하지 못하고 서울로 올라가게 되면 어떡하지? 그의 기억 속에 영원히 내가 그저 그런 여자아이로 남게 된다면 어떡하지(사실 이런 걱정은 이치에 맞지도 않았다. 나는 어쨌든 매년 할머니네 집으로 내려가야 했기 때문이었다).

그리고 며칠 후, 드디어 나는 삼촌과 대면할 기회를 얻을 수 있었다. 할머니가 할아버지와 단둘이 외출을 해야 했던 날이었다. 삼촌이 밤새 바깥에 있다가 아침부터 자신의 방에 머물고 있다는 사실을 알고 있었기 때문에 내 마음은 할머니와 할아버지가 외출 준비를 할 때부터 이미 삼촌의 방이 있는 건물의 삼층으로 옮겨 가 있었다. 점심 식사를 마친 후, 아주머니가 같이 장을 보러 가자고 했을 때 나는 집을 지키고 있겠다고 말했다.

"집을 지키고 있겠다고?"

"네, 개처럼요. 충직한 개처럼요."

어째서 그런 단어가 튀어나왔는지 알 수가 없었다.

"개? 충직한 개?"

"아아, 멍멍이 말이에요, 멍멍이."

아주머니는 신통하다는 듯이 내 머리를 쓰다듬었다. 그러고는 (마치 내가 집에 혼자 머물기라도 하는 것처럼) 누가 와도 문을 열어줘서는 안 된다고 신신당부를 한 후 장바구니를 들고 나갔다.

아주머니가 나간 걸 확인한 나는 위층으로 향하는 계단 앞에 섰다. 털털털 요란하게 소리 나는 에어컨 주위를 제외하고는 모든 것이 열기 속에서 입을 다문 것 같았다. 커다란 창문 밖으로는 지상의 모든 것을 부술 듯이 태양 빛이 내리쬐고 있었다. 내 등을 타고 땀방울이 굴러가는 게 느껴졌다. 내 방은 이층에 있었다. 일층에서 이층으로 올라가는 건 아무것도 아니었는데, 이층에서 삼층으로 올라가는 건, 고작 한 층을 더 올라가는 것일 뿐인데도 그 차이가 너무 맹렬하게 다가와서 약간 어지러울 지경이었다. 나는 난간을 꽉 붙잡았다. 어떤 이유에서든 내가 할머니를 속이고 삼촌을 만나려고 시도하는 것 자체만으로도 명백한 배신이었다. 그분들 기분을 거스르지 마라, 나는 어머니의 말을 떠올렸다. 그분들을 사랑할 필요는 없지만……

삼촌은 난봉꾼이었고, 악당이었고, 무뢰한이었다. 적어도 이 집안에서 삼촌을 사랑하는 사람은 아무도 없었다(물론 이건 사실이 아니었다. 그가 그 누구에게도 사랑을 받지 못했다면 어떻게 그 집에 그런 식으로 머무르고 있는 게 가능했겠는가?). 그럼에도 불구하고—아니다, 다름 아닌, 바로 그 이유 때문이었을 것이다—그 순간, 내가 가장 필요하다고 느낀 것, 갈급하게 열망한 것은 내 자신이 어리고 어리숙한 여자아이가 아니라는 그의 승인이었다. 그가 나를 보고 감탄하고 나에게 사과하게 만드는 것이었다. 그는 사과를 하고 나는 용서를 한다. 하지만 그가 도대체 내게 어떤 잘못을 저질렀단 말인가?

삼촌의 방은 삼층 복도의 가장 끝 쪽에 있었다. 복도를 얼쩡거리다가 나는 결국 그의 방문을 두드렸다. 딱 세 번이었다. 똑똑똑, 이렇게. 그 두드림 속에는 어떤 성급함이나 조급함, 망설임이 포함되지 않았다. 어쨌든 지금의 나는 그랬다고 믿고 있다. 문이 열릴 기색이 보이지 않았지만 나는 거기에 서서, 가만히 기다렸다. 품위를 지키려고 노력하면서. 하지만 결국 굴복하는 마음으로 한 번 더 문을 두드릴 수밖에 없었다. 이번에도 세 번만. 똑똑똑. 잠시 후, 방문이 열렸다. 그는 무언가 의심쩍다는 듯이 반쯤 열린 문 뒤에 서 있었다. 하지만 그는 놀라지도 않았고, 미소를 짓지도 않았고, 화가 난 것 같지도 않았다. 이 상황이 별로 대수롭지도 않다는 듯, 그는 뚱한 말투로 나를 내려다보며 물었다.

"왜? 무슨 일이 있니? 꼬마야?"

그의 목소리—나를 '꼬마'라고 부르는—를 듣자, 갑자기 초조해졌고, 조급해졌다. 나는 그가 나를 보고 펄쩍 뛰고, 놀라고, 소리를 지를 줄 알았는데…… 밤중에 어둠 속에서 그를 떠올리며 외웠던 문장들을 마음속으로 되뇌려고 애썼지만 하나도 떠올릴 수가 없었다. 어째서? 그 대신 그 순간 깨달은 것은 내가 백 개 넘는 단어로 문장을 만들어 외운다 한들, 애초부터 그런 건 아무 소용도 없었으리라는 사실이었다. 그런 단어를 줄줄 늘어놓더라도 그가 감탄하거나 나에게 용서를 구하는 일은 절대 생기지 않으리라는 사실이었다. 그것은 그에게는 아무런 의미도 없는 일이었다. 실수, 잘못된 판단을 내리는 무분별한 어린아이, 소녀—그게 바로 나였다. 초대받지 못한 곳의 문을 뻔뻔하게 두드리고 꿀 먹은 벙어리처럼 서 있는 어리숙한 소녀, 그게 나였다. 나는 그것을 통감했고, 기가 꺾인 채로 고개를 숙였다. 그의 발이 내 눈에 들어왔다. 맨발, 이제 막 깎을 시기가 된 것같이 자란 발톱, 발가락에 난 기다란 털 몇 가닥. 나는 절박한 심정으로 쥐어짜듯이 그에게 말했다.

"그때 삼촌이 우리 엄마가 나를 여기로 보낸 대가로 받는 게 있다고 했죠?"

그가 픽, 하고 웃음을 터뜨렸다.

"아, 아니야, 난 네 삼촌이 아니야."

나는 그가 거짓말을 하고 있다고 생각했고, 그 사실 때문에 안도감을 좀 느꼈던 것 같다. 그리고, 안도감을 느꼈다는 사실 때문에 어리둥절해지기도 했을 것이다. 상대의 입에서 거짓이 튀어나오게 하는 것 역시 하나의 권위라는 사실을 내가 깨달은 건, 아주 나중의 일이다. 우스꽝스럽고 참담하지만, 그래서 누군가는 거부하겠지만 그래도 권위는 권위였다.

"거짓말! 삼촌은 우리 아빠의 동생이잖아요! 할머니가 그랬어요!"

그는 하나도 당황하지 않았다. 마치 이 순간을 기다려왔다는 듯이 차분하게 대답했다.

"아, 동생. 넌 어려서 무슨 말인지 모르겠지만, 난 네 아빠의 반쪽짜리 동생이야. 알겠어?"

나는 그게 무슨 의미인지 알 수 없었지만, 알지 못한다는 사실을 그에게 드러낼 수는 없었다. 그건 죽기보다 싫었다. 그래서 나는 알고 있다고 대답했다.

"와, 너는 모르는 게 없구나."

반쪽짜리 동생이라는 말의 의미는 몰랐지만, 그 순간 그가 나를 비꼬고 있다는 사실은 확실하게 알 것 같았다.

"그럼 말해봐. 반쪽짜리 동생이라는 게 무슨 의미인데?"

그 순간 나를 가장 두렵게 한 건, 내가 할머니 몰래 삼촌의 방문을 두드렸다는 사실, 그러니까 내가 할머니를 배신한 정황을 들키게 되는 것이 아니었다. 내가 가장 두려웠던 건, 그 순간 그가 방문을 닫고 그냥 내 시야에서 사라지는 것이었다. 할머니를 배신했음에도 불구하고 내가 아무런 이득도 얻을 수 없게 되리라는 사실이었다. 실패한 악덕. 그것이야말로 가장 비천한 행위였다.

"너희 엄마가 받은 게 뭔지 궁금해? 잘 생각해봐. 스스로 말이야."

이상했다. 그가 그런 말을 던진 순간, 나는 그의 얼굴을 거의 처음으로 똑바로 올려다볼 수 있었다. 그리고 내 입에서 이런 말이 튀어나왔다.

"할머니와 내가 해변으로 소풍을 가는 거 알아요?"

그는 도통 영문을 모르겠다는 표정으로 나를 내려다보았다.

"거기에 삼촌, 반쪽짜리 삼촌을 초대하고 싶어요."

"뭐라고?"

이제 그는 방에서 완전히 빠져나와 방문을 닫고 서서 나를 내려다보았다.

그 순간 나는 그에게 감사하는 마음이 들었는데, 만약 그때 그가 나를 위해 무릎을 굽히거나, 허리를 숙였다면 나는 아마도 수치심을 느꼈을 것이기 때문이었다. 분명히 그랬으리라.

할머니와 함께 가는 바닷가의 위치를 시시콜콜 알려줬지만, 나는 삼촌이 절대로 그렇게—할머니와 바닷가에 함께 가는 것—할 수 없으리라고 확신하고 있었다. 그런 수고로움과 불쾌함을 감수할 리가 없다고, 그가 그런 식으로 자기 자신을 조롱거리로 만드는 위험을 감수하지는 않을 거라고 막연하게나마 생각하고 있었기 때문이었다. 내가 그에게 그런 요청을 한 것은 (지금 생각해도 놀라울 정도로) 깜찍한 속임수에 불과할 뿐이었다.

그 일이 있고 난 후에도 나는 밤마다 삼촌을 떠올리며 단어를 입으로 되뇌는 걸 계속했다. 그걸 도저히 멈출 수가 없었다. 내 상상 속에서 그는 살짝 열린 방문 틈으로 몸을 반쯤만 내민 채로 나를 내려다보고 있었다. 언제라도 문을 닫을 수 있다는 사실을 내게 알려주고 싶어 하는 것처럼, 자신의 힘 (이것 역시 남들이 나에게 거짓말을 하게 만드는 그런 종류의 치졸하고 졸렬한 권위에 불과하지만 그래도 권위는 권위였으므로)을 과시하겠다는 듯이. 한편으로 그런 식으로 삼촌을 떠올린 것 때문에 할머니에게 죄책감을 느끼기도 했다. 죄책감은 생각보다 강렬해서, 할머니와 단둘이 있을 때마다 언제나 나는 약간은 괴로운 마음이 들었다.

일주일 후, 그날은 그해 여름 들어 가장 기온이 높았던 날이었다. 할머니와 나는 여느 날처럼 바다로 떠날 준비를 하고 있었다. 맛있는 음식이 잔뜩 들어 있는 피크닉 박스가 트렁크 안에 들어 있었고, 나는 지퍼가 달려 있지 않은 헐렁한 거즈 원피스 안에 수영복을 입고 있었으며 내 발에는 그해 여름의 샌들이 신겨 있었다. 기사 아저씨는 더운 여름에도 언제나 긴 양복을 챙겨 입고 있었다. 차에 올라타기 전, 나는 삼층의 끝쪽, 삼촌의 방을 올려다보았다. 그토록 더운 날이었는데도 그의 방 창문은 꼭 닫혀 있었고 커튼까지 쳐져 있었다.

그날 해변가에는 우리밖에 없었다. 이상하리만치 그랬다. 하지만, 그리 멀지 않은 곳에서 사람들이 소란스럽게 떠드는 소리, 파도가 몰아칠 때마다 내지르는 유쾌하고도 과장된 비명 소리들이 들려왔다. 나는 어쩌면 그 소리들에 속하고 싶었을까? 나는 멀리서 들리는 유쾌한 소리에 귀를 기울이며 피크닉 박스에서 복숭아를 꺼내 먹은 후, 원피스를 벗어 던지고 수영복 차림으로 바다로 걸어갔다. 사실 나는 헤엄을 칠 줄 몰랐다. 모래사장 한쪽에 샌들을 벗어둔 나는 파도에 서서히 발을 담갔다가 천천히 바닷속으로 걸어 들어가곤 했다. 그러고는 두 손을 움직여(헤엄치는 척을 하는 것이 아니라, 그저 앞으로 잘 걸어가고 싶어서) 물속 바닥에 발바닥을 댄 채로 걸어 다녔다. 물속을 걷는다. 그게 전부였다. 하지만 그날, 바닷물에 발을 담갔을 때, 나는 이상한 기분을 느꼈다. 나는 머뭇거렸고 가만히 서서 하얀 포말을 실은 파도가 넘실거리며 지상의 모래를 흠뻑 적셨다가 아무 일도 없었다는 듯이 뒤로 물러나는 광경을 내려다보기만 했다. 지상의 구조를 헝클어뜨리고 뒤로 물러나는 것. 그리고 다시 돌아오는 것. 파도가 물러 나간 후 드러나는 지상의 새로운 모양은 언제나 방금 전보다 손상된 것이었다. 나는 고개를 돌려 할머니를 한번 보았다. 할머니는 바다에 들어가라는 시늉으로 손을 휘적휘적했고 그제야 나는 물속으로 들어갔다.

그날, 내가 뜨거운 여름 해를 맞으며 물속을 이리저리 걸어 다니고 있을 때, 삼촌이 나타났다. 나의 예상을 완전히 깨고 그가 나타난 것이다. 반팔 셔츠—그가 셔츠를 입은 건 처음 보았다—와 청바지를 입고서. 그의 얼굴과 셔츠는 땀으로 흠뻑 젖어 있었다. 아마도 우리가 있는 곳을 찾느라 이 근방을 헤매고 다닌 것 같았다. 삼촌은 혼자가 아니었다. 그의 옆에는 여자가 있었다. 쇼트 진과 크롭 티를 입은 여자. 격식 따위 상관없다는 듯한 모습으로, 긴 머리카락은 하나로 모아서 위로 올려 묶었고, 굽이 높은 하이힐을 신고 있어서 걸을 때마다 발가락에 힘을 주어야만 했을 것이다. 하지만 여자는 힘들어한다거나, 지친 것처럼 보이지는 않았다. 오히려 민첩하고 활력이 넘치는 것처럼 보였다. 그녀는 삼촌의 옆에 붙어서 걷는 게 자신에게는 식은 죽 먹기라도 된다는 듯이, 자주 입을 벌리고 허리를 꺾으며 웃었다. 물속에 서서 나는 그들을 멍하니 바라보았다. 삼촌과 내가 눈이 마주쳤던가? 마주쳤다. 그는 무표정하게 나를 바라보다가 옆에 서 있는 여자에게 뭐라고 말을 했다. 그러자 그 여자가 내게 손을 흔들었다. 이번에도 깔깔 웃으면서. 이리저리 살펴보다가 할머니를 찾은 삼촌은 그쪽으로 돌진하듯 서슴없이 걸어갔고 여자도 나에게 손을 흔들던 걸 멈추고 삼촌을 따라 걸었다. 나는 물속에서 빠르게 걷기 시작했다. 물속을 걷는 건 나의 장기였지만, 이번에는 발이 자꾸 꼬여서 헛딛는 바람에 몇 번이나 바닷물을 마셔야만 했다. 바다에서 빠져나왔을 때 완전히 젖은 내 머리카락에서 물방울이 뚝뚝 떨어졌다. 물방울은 모래사장에 흔적을 남겼다. 속은 울렁거렸고 숨이 찼다. 나는 잠시 거기에 서서 숨을 몰아쉬며 할머니가 있는 쪽을 바라보았다. 열기, 살갗을 파고드는 열기 때문에 물방울은 금방 증발되었고 피부에는 까끌한 소금기가 남아서 입속에 짠맛이 느껴졌다. 할머니는 앉은 채로 고개만 들어 손차양을 만들고(사실

이런 행동을 할 필요는 없었다. 왜냐하면 할머니는 커다란 파라솔 아래에 있었으니까) 삼촌을 올려다보고 있었다. 삼촌은 할머니를 향해 고개를 숙인 채, 무언가를 말하고 있었다.

할머니와 할아버지를 사랑할 필요는 없지만 그분들 기분을 거스르지는 마. 어머니는 내가 그분들 기분을 거스르면 무언가 나쁜 결과가 도출(어머니는 정말로 이 단어를 사용했다)될 거라고 말했었다.

앞으로 무슨 일이 펼쳐질지는 뻔했다. 할머니는 화를 낼 것이었다. 할머니에게 삼촌은, 그곳에서 수영복을 입고 서로 몸을 딱 붙인 채로 돌아다니는 낯모르는 젊은 연인들과는 비교도 안 될 만큼의 어마어마한 불청객이었으므로. 삼촌이 할머니에게 소리를 지를 수도 있었다. 서로에게 소리를 지르고 화를 내고 눈물이 터진다. 손찌검이 있을 수도 있을까? 하지만 할머니가 삼촌을 때리지는 않을 것이다. 무언가를 삼촌의 얼굴을 향해 던질 수는 있을 것이다. 결국 할머니는 내가 자신을 배신했다는 사실을 알게 되고, 어머니의 말대로 나쁜 결과—그게 대체 뭐란 말인가?—가 '도출'될 것이다. 그때 나는 두려움을 느꼈는가? 그랬다. 나는 두려움을 느꼈다. 하지만 그것만이 전부는 아니었다. 정말로 그랬다. 그때 나는 흡족함 또한 느꼈다. 수고로움과 불편함을 감수하고 자기 자신을 스스로 조롱하게 될지언정, 거기에 나타남으로써, 삼촌이 난봉꾼, 악인, 무뢰한의 권위를 지킨 것에 대해. 나는 그들이 주고받는 말, 서로를 완벽하게 상처 낼 수 있는 단어 하나하나, 서로를 향한 표정의 세밀한 내역까지 내 마음에 모두 새겨둘 작정이었다. 그것들을 모두 내 마음에 각인한 후에 죽을 때까지 잊지 않을 계획이었다.

그들에게 가까이 다가갔을 때, 제일 먼저 감지한 것은 할머니와 삼촌 사이를 떠도는 어떤 긴장감이랄지, 위선적이고 허위적인 분위기였다. 그것뿐이었다. 내가 기대한 감정의 폭발도, 폭발의 기미도 없었다. 아니, 이 정도 표현으로는 부족하다. 내가 그쪽으로 가까이 갔을 때, 할머니는 자리에서 일어나려고 하는 참이었다. 삼촌은 할머니가 편하게 일어날 수 있도록 할머니의 팔을 살짝 잡아주었고, 할머니는 삼촌에게 이렇게 말했다.

"고맙구나."

삼촌이 할머니를 도와주고, 할머니가 삼촌에게 고마움을 표시한다—나는 이 상황 때문에 당황했고, 심지어는 속이 쓰릴 지경이었다.

"아니, 왜 더 놀지 않구 벌써 나온 게냐?"

나를 발견한 할머니가 의아하다는 듯이 말했고, 내 앞에서 등을 보이고 서 있던 삼촌과 여자도 뒤를 돌았다. 여자는 선글라스를 벗어서 헤어밴드처럼 머리 위에 얹었는데, 삐져나온 잔머리가 바람에 흔들렸다. 나는 그 여자의 길쭉하고 가느다란 팔과 다리를, 그리고 홀쭉한 배를 보았다. 솔직히 말하자면, 그 여자는 그때까지 내가 만나본 성인 여자 중 가장 아름다웠다. 문득, 수영복이 내 몸을 너무 많이 압박하고 있는 게 아닌가 하는 불안감이 들기 시작했다. 나는 할머니가 건네 준 커다란 타월로 얼른 몸을 가렸다.

"얘, 신발을 어떻게 했어?"

할머니의 물음에 나는 그제야 샌들을 모래사장에 그대로 두고 왔다는 것을 깨달았다. 나는 몸을 돌려 모래사장 쪽을 바라보았다. 이리저리 살펴봐도 샌들이 보이지 않았다. 그쪽으로 다시 가보려고 했을 때, 삼촌이 말했다.

"넌 여기 있어. 삼촌이 갔다 올게."

삼촌, 그는 자신을 그렇게 지칭했다. 그러고는 나를 바라보고 미소를 지었다. 단순하고 무미건조한 미소. 나는 그의 진위를 파악할 수 없어서 순간적으로 얼떨떨해졌다. 삼촌이 뛰어가자 여자가 자연스럽게 하이힐을 벗어 손에 들고는 삼촌의 뒤를 따라 뛰었다. 저 멀리, 그들이 고개를 숙이고 모래사장을 걸으며 내 신발을 찾고 있는 게 보였다. 하지만 그들은 잃어버린 물건을 찾는 사람들 같지 않았고 재미 삼아 어슬렁거리는 것처럼 보였다. 해의 열기는 점점 더 강렬해지고 있었다. 끊임없이 밀려왔다가 밀려가는 파도와 수평선, 그리고 허공을 비상하는 갈매기. 나는 할머니에게로 고개를 돌렸다. 그들을 멍하니 바라보는 할머니의 이마는 땀범벅이었지만, 손수건으로 닦을 생각 같은 건 하지도 않았다. 이윽고 할머니가 중얼거리듯 말했다.

"네 삼촌의 여자라는구나."

믿을 수 없을 정도로 마르고 예쁜 저 여자. 그날 내가 깨달

은 것 중 하나는 어떤 여자를 '예쁘다'고 표현하기까지 아주
복잡한 과정들이 수반된다는 점이었다. 그건 단순히 얼굴의
어떤 한 부분—눈이나 코, 입—이 보기 좋다거나, 배열이 잘
되었다거나, 그런 것과는 다른 차원의 일이었다. 예쁘다는 것
은 매순간 자신의 어떤 요소들을 초월하는 행위나 마찬가지
였다. 네 삼촌의 여자, 나는 이 말을 속으로 되뇌었다. 이 말
을 속으로 되뇌자, 나는 마음 깊숙한 곳을 작은 바늘로 콕콕
찌르는 것 같은 기분을 느꼈다. 내가 밤에 외운 단어 중 하
나가 떠올랐다. 비통하다. 그 순간, 내가 느낀 감정이 정말로
비통함이었을까? 나는 옆에 서 있는 할머니를 바라보았다.
할머니의 치맛자락이, 간이 파라솔의 깃발이, 깔아놓은 돗자
리의 가장자리가 뜨거운 여름의 바람에 흔들렸다. 할머니는
언제나 눈부신 태양 아래 이런 식으로 바람을 맞으며 정자세
로 나와 바다를 바라보았었다. 나는 그럴 때마다 할머니가 그
시간을 충분히 즐기고 있다는 사실과 동시에 그 아름다운 풍
경과 바다의 냄새, 대기의 열기와 사방에서 들려오는 파도 소
리가 끊임없이 할머니 자신을 상처 내고 있으리라는 것을 알
아차릴 수 있었다. 아니다. 이건 사실이 아니다. 내가 그 당
시 할머니를 보며 그런 생각을 했을 리는 없다. (다시 한번
반복하지만) 나는 최대한 이 글을 정직하게 적으려고 노력하
는 중이므로, 이 점은 분명히 해야겠다. 할머니가 계속해서
상처받고 있었으리라고, 그렇게 함으로써 자신을 달콤쌉싸래
한 고통과 모순적인 자기만족 속으로 계속해서 밀어 넣고 있

었으리라는 생각을 하게 된 것은 최근의 일이다. 그 당시 나에게 세계는 심란할지언정 단순했고, 어수선할지언정 노골적인 것으로 존재했었으니까. 분명히 그 시절, 내가 할머니를 보며 그런 생각까지는 하지 않았을 것이다.

갑자기 할머니가 중얼거리듯이 이렇게 말했다.

"네가 남자아이였다면 좋았을 텐데."

나는 너무 깜짝 놀라서 할머니를 올려다보았다. 할머니에게서는 그런 말을 내뱉은 것을 당황해한다거나, 후회한다거나 그런 기색은 전혀 찾아볼 수가 없었다.

"없네요."

우리 쪽으로 다가온 여자가 어깨를 한번 으쓱거렸다. 그리고 내 얼굴을 보며 어린아이를 달래듯이 말했다.

"하지만 괜찮을 거야. 신발은 또 사면 되니까."

그러고 삼촌을 보며 말했다.

"이봐요, 삼촌, 여기 이 꼬마 아가씨 신발 하나 사줄 거죠?"

삼촌이 씩 웃으면서 고개를 끄덕였다.

"아, 그럼요. 그렇고 말고요."

나는 진심으로 그 여자가 미웠고, 삼촌에게 지독한 실망감을 느꼈다. 그가 너무 평범해 보여서. 난봉꾼의 자질은 찾아볼 수가 없어서. 완전히 무방비하고 속수무책인 것처럼 보여서.

잠시 후, 기사 아저씨가 어디서 구해 왔는지, 여러 개의 일회용 접시와 종이컵, 그리고 포크를 가져다주었다. 그것뿐만 아니라 스낵과 견과류, 그리고 나를 위한 케이크와 차가운 우유도 가져다주었다. 할머니는 한복 소매를 조심스럽게 접은 후, 각자 앞에 개인 접시와 포크를 놓아주었고, 그다음에는 피크닉 바구니에서 꺼낸 과일과 쿠키, 그리고 샌드위치와 초콜릿을 먹기 좋게 놓아두었다. 여자가 도우려고 하자, 할머니는 고개를 흔들며 말했다.

"아가씨는 손님이잖아요. 그냥 가만히 대접을 받다가 돌아가면 돼요."

나는 이번에도 여자가 웃을 줄 알았는데, 그런 일은 일어나지 않았다. 여자는 웃지 않았다.

할머니는 우리가 음식을 잘 먹고 있는지, 부족한 것은 없는지 주의 깊게 살피고 필요한 게 있으면 기사 아저씨를 불렀다. 아, 그래, 할머니는 마치 삼촌과 여자가 이곳을 방문하리라는 사실을 이미 알고 있었다는 듯이 굴고 있었다. 주인처럼 행동하는 것. 할머니의 세세한 보살핌 속에는 주인의 위엄이 서려 있었다. 그것은 할머니가 가지고 있던 자연스러운 생활양식이었다. 그러므로 그것을 꾸며진 것이라고는 결코 말할 수 없었을 것이다. 할머니는 이 해변가 피크닉의 주인이었고, 주최자였고, 책임자였다. 그렇다면 삼촌과 그 여자는? 그들은 뭐란 말인가? 초대장을 발부받은 사람들이란 말인가? 아니었다. 할머니는 초대장을 발부한 적이 없었으니까. 초대장을 발부한다 한들, 삼촌이나 그와 관련된 사람들이 그 대상이 될 리는 없었으니까. 하지만, 분명히 그들은 서로를 바라보며 이야기를 나누고 사려 깊게 듣고 가볍게 웃고 있었다. 영락없이 초대장을 발부하고 그 초대를 승낙한 사람들처럼 굴고 있었다. 불청객은 나밖에 없는 것 같았다. 그래, 불청객, 박탈당하는 것, 어디론가 한순간에 떠밀려 나가는 것.

"아까 보니까 헤엄을 못 치는 것 같던데? 너 수영할 줄 모르니?"

그녀가 말을 걸면, 무시하리라고 마음먹고 있었지만 정작 그런 상황이 오자, 그렇게 하는 건 불가능하게 느껴졌다. 그녀의 목소리가 너무나 달콤했기 때문에. 입술을 움직일 때마다 사용되는 얼굴의 근육이 너무 아름다웠기 때문에. 나를 바라보는 눈동자가 너무 반짝반짝 빛났기 때문에. 그래도 나는 그녀를 미워한다는 사실을 알리고 싶어서, 시선은 접시 위 케이크에 둔 채로 퉁명스럽게 대답했다.

"네, 하지만 물속을 걸어 다닐 수 있어요."

여기까지 말하고 재빨리 덧붙였다.

"예수님처럼요."

"예수님?"

할머니가 그게 무슨 말이냐는 듯이 되물었다.

"얘, 예수님은 물속을 걸어 다니는 게 아니라, 물 위를 걷는 거야."

여자가 웃으며 내 말을 바로잡아주었다.

"바다 수영은 하나도 어렵지 않아. 부력 때문에 물 위로 몸이 잘 뜨거든."

나는 뭐라고 해야 할지 몰라서 가만히 있었는데, 그녀가 한 마디를 덧붙였다.

"헤엄을 칠 줄 알면 훨씬 더 재미있을 텐데."

그 순간, 그녀에 대한 미움은 표현할 수 없을 만큼 커다란 증오심으로 바뀌었다. 그래, 나는 그녀를 증오했다. 그녀의 길게 뻗은 목과 쇄골, 꼿꼿한 등을, 바람에 흩날리는 윤기 나는 머리카락을, 새까만 눈동자를, 가지런한 치열을, 적당히 가볍고 경쾌한 웃음소리를, 기다란 손가락을, 드러난 배의 근육을, 귀걸이가 걸려 있는 작은 귓불을 증오했다. 내 목숨을 바칠 수 있을 정도로. 정말로 내 목숨을 다 바칠 수 있을 정도로. 그런 생각을 하자 갑자기 몸이 떨리는 것 같다. 살갗으로 올라오는 무수한 작은 돌기, 마른침을 꿀떡 삼키는 것, 순전히 신체적인 영역에 속하는 반응들.

그때, 문득 이런 생각이 들었다. 명징하고도 정확한 깨달음―나는 이 모임의 불청객이 아니었다. 불청객이 아닌 정도가 아니라, 여기에 삼촌을 초대한 것은 바로 나 자신이었다. 내가 이 바다 피크닉의 주관자였고 주인이었다. 그러므로 주인의 위엄은 내 것이었다. 진정한 불청객은 바로 그 여자였다.

"쟤는 되게 똑똑해."

삼촌이 말했다. 나는 삼촌이 비꼬는 것인지 아닌지 헷갈렸고 미심쩍은 마음이 들었다. 그는 쐐기를 박듯이 한 번 더 말했다.

"모르는 게 없거든."

나는 몸을 덮고 있던 타월을 꽉 여미며 삼촌을 바라보았다. 그는 여전히 멀끔하고 단순한 표정을 하고 있었다. 그런 그의 표정을 보자, 그 순간 내가 해야 할 일이 떠올랐다. 대놓고 배신자가 되겠다고 선언하는 것. 나는 어린아이에 불과했지만 뻔뻔하고 경박하게 타락할 수 있었다. 모두를 깜짝 놀라게 만들 수 있었다. 그렇게 함으로써 내가 있을 자리를 내가 결정할 수 있었다.

"나는 바보 천치예요. 삼촌도 알고 있잖아요?"

내가 말하자, 할머니가 있을 수 없는 일이 일어났다는 듯이 나를 보았다.

"세상에, 애야, 누가 그런 말을 너에게 알려줬니? 엄마가 알려줬니?"

나는 망설이지 않고, 여전히 삼촌의 얼굴에서 눈을 떼지 않은 채 입을 열었다.

"엄마는 나를 팔아넘겼어요."

이 말을 내뱉는 그 짧은 시간 동안, 나는 너무 짜릿해서 약간 흥분이 될 지경이었다. 이번에야말로 할머니는 삼촌을 비난할 것이고, 삼촌은 할머니에게 소리를 지를 것이었다. 나는 그들이 서로에게 화를 내는 장면을 기꺼이 맞이할 준비가 되어 있었다. 하지만 삼촌의 여자—내가 증오해 마지않은 그 여자—는 나와 달랐다. 그런 일이 일어난다면 그녀는 이곳으로부터, 우리로부터 달아날 것이었다. 나는 너무 흡족해서 승전보를 울리고 춤이라도 추고 싶은 심정이 되었다.

하지만 이상했다.

아무리 기다려도 내 승리를 뒷받침해줄 그 어떤 나팔 소리도, 화려한 색종이들의 흩날림 같은 것도 나타나지 않았다. 그 어떤 감정도 들끓지 않았고 그런 기미조차 보이지 않았다. 침묵. 할머니와 삼촌은 그저 두리번두리번하며 이해할 수 없다는 듯한 표정을 짓고 있을 뿐이었다. 내가 내뱉은 말에 대한 판단조차—불경하다느니, 경박하다느니, 경솔하다느니 기타 등등—내리지 못하겠다는 듯이. 도저히, 이해를 하려고 애써도 이해할 수 없는 말을 들은 것처럼, 내가 무슨 괴상한 소리라도 입 밖에 낸 것처럼.

잠시 후, 삼촌이 이제서야 겨우 모든 것을 어렵사리 파악했다는 투로 고개를 흔들며 천연덕스럽게 말했다.

"꼬마 아가씨가 꿈을 꿨나 보네. 엄마가 보고 싶어서 말이야."

"아, 악몽을 꿨구나."

여자가 진심으로 내가 안되었다는 듯이 말했다.

"나도 네 나이 때에는 가끔 꿈이랑 현실을 구분하지 못하곤 했었어."

모욕당한 기분을 느낀 나는 도움을 청하듯이 할머니를 바라보았다.

"그럴 때도 있는 거지."

할머니가 어이없는 일도 다 있다는 투로 웃으며 그렇게 말했을 때, 마침내 나는 낙담했고 패배를 인정했다. 순도 백 퍼센트의 패배였다. 빠져나갈 구멍이라고는 없었다. 방금 전까지 나를 고양시켰던 감정들은 순식간에 증발해버린 것 같았다. 자잘하고 성가신 소금기만을 남긴 채. 나는 알 것 같았다. 주인의 권위는 그런 식으로 간단하게 부여되는 것이 아니라는 것을. 나는 여전히 가짜 배신자, 작은 협잡꾼에 불과하다는 것을. 그들의 그러한 표정, 말투, 그들이 구사하는 문장은 그저 그런 속임수가 아니었다. 그래, 그건 진짜 마술이었다.

그들―할머니와 삼촌―은 서로를 사랑하게 된 것이었다.

누가 왜 그런 마술을 부렸는지 알 수 없었지만, 누가 왜 그런 마술을 필요로 하는지 알 수 없었지만 그들이 서로에게 다정하게 말을 걸고, 미소를 짓고, 고개를 끄덕이는 건 내 눈앞에 실재하는 일이었고, 다른 그 어떤 것으로도 대체될 수 없는 현실, 진실된 세계의 모습이었다.

삼촌이 여자에게 말했다.

"쟤한테 너 어릴 적 사진을 보여줘."

그 말을 들은 그녀는, 좋은 생각이라는 듯이 고개를 끄덕이고 자신의 지갑에서 사진 두 장을 꺼냈다. 그녀의 어릴 적 사진이었다.

"이 시절의 나를 좋아해서 이걸 들고 다니거든. 네 나이 때의 나야."

나는 마지막 자존심은 지키고 싶었으므로 그녀가 건네주는 사진을 모른 척하고 고개를 숙인 채, 케이크를 크게 떠서 입 안에 넣고 우물우물 씹었다. 나 대신 사진을 받아 든 사람은 할머니였다. 나는 몰래 사진을 힐긋거렸다. 사진 속 여자아이는 나보다 두세 살은 어려 보였다. 양 갈래로 머리를 딴 어린 그녀는, 분홍색 니트와 반바지를 입고 모델처럼 초록색 봉을 잡고 서 있었다. 할머니는 오랫동안 그 사진을 유심히 들여다보았다.

"아주 귀여운 아이군요."

이윽고 할머니가 여자에게 사진을 돌려주며 말했다.

"아휴, 내 정신 좀 봐, 아가씨에게 케이크 한 조각을 안 줬네."

그녀는 괜찮다고, 자신은 원래 케이크를 먹지 않는다고 했다. 체중 관리를 해야 한다고, 그건 여자의 숙명이라고 말했다.

"어릴 적에는 정말 예뻤거든요. 어릴 적에 알고 지냈던 어른들을 지금 다시 만나면 저에게 그런 말을 해요. 세상에, 애너에게 무슨 일이 생긴 거니? 옛날의 그 얼굴은 어디로 간 거야? 이렇게 말이에요."

할머니는 기어코 여자의 접시에 케이크를 담아주며 말했다.

"그렇게 무례한 사람들은 만날 필요가 없어요. 정말 그럴 필요가 없어요. 우리가 만나는 사람이 우리 자신이 어떤 사람인지 일깨워주곤 하죠."

할머니가 미소를 짓자 순간적으로 여자는 고개를 살짝 저었다. 그러고는 사진을 옆에 놓아두고 할머니가 건네주는 케이크 접시를 받아 들었다.

"정말 대단하세요."

할머니는 음식을 정리하는 것에 정신이 팔려서 여자의 질문을 뒤늦게 알아들었다는 듯이 되물었다.

"뭐가 말이요?"

"이 모든 게요. 이렇게…… (그녀는 잠시 망설였다) 아들을 훌륭하게 키우신 것하며, 손녀를 돌봐주시는 것하며…… 같은 여자로서 정말 대단하다고 생각해요."

갑자기 삼촌이 픽, 소리 내어 웃었다. 할머니는 손을 멈추고 삼촌을 바라보았지만 그 어떤 말도 하지 않았고, 곧이어 시선을 저 멀리 바다로 옮겼다. 그러고는 무언가를 기다리는 사람처럼 입술의 끝을 올려 미소를 지었다. 마치 밀랍 인형 같은, 미끈하고 밋밋하지만 절대 무너지거나 굴복하지 않을 그런 미소였다. 그 순간, 나는 내가 더 이상 할머니에게 미안함이나 죄책감을 느끼지 않아도 되리라는 생각을 하고 있었다. 그리고 내가 할머니를 사랑하게 되었음을 깨달았다.

어째서였을까? 그 순간 내 머릿속에 충청도 사투리를 하는 여자에 대한 이야기가 그토록 선명하게 떠오른 것은? 아이들의 배를 잡게 만들고, 어머니를 쩔쩔매게 만들었던 그 이야기.

"충청도에 사는 노처녀가 있었어. 뚱뚱하고 못생긴 여자여서 남자를 사귀어본 적도 없었어. 어느 날 그 동네에 사는 지혜로운 할머니가 그 여자에게 남자에게 사랑을 받고 싶으면 언제나 괜찮아유, 라고 대답하라고 시켰어. 그렇게만 하면 사랑을 받을 수 있을 거라고. 어느 날 선을 보게 된 그 여자는 마음 깊이 다짐했어. 남자가 뭐라고 하든 괜찮아유, 라고 대답하기로. 여자가 선을 보는 장소로 나가는데 비가 오기 시작한 거야. 우산이 없었던 여자는 비에 홀딱 젖어버렸지. 너무 젖어서 속옷이 다 비칠 정도였어. 여자는 물방울을 뚝뚝 떨어뜨리면서 호텔 커피숍으로 갔어. 거기에는 남자가 기다리고 있었어. 남자는 그 여자를 보고 말했어,

옷도 말릴 겸 방으로 가는 게 어떻겠어요? 괜찮아요?

괜찮아유.

방에 들어간 여자는 옷을 벗고 샤워를 한 후 샤워 가운을 입고 나왔어. 남자가 여자에게 한번 안아봐도 되겠느냐고 물었고 여자는 대답했어.

괜찮아유.

그 남자는 여자를 껴안았어. 그리고 숨이 막히지 않느냐고 물었어. 그 여자는 대답했어.

괜찮아유.

남자는 더 힘껏 그 여자를 껴안았어. 그리고 침대에 눕혔어. 그러면서 숨이 막히지 않느냐고 물었어. 그 여자는 대답했어.

괜찮아유.

남자는 더 힘껏 껴안았어. 여자는 계속 말했어.

괜찮아유, 괜찮아유, 괜찮아유.

여자는 너무 행복했어. 그래서 남자를 꽉 껴안았단 말이야. 정말로 꽉 말이야. 어느 순간에 여자는 남자가 아무 말도 하지 않는다는 사실을 깨달았어. 그제야 알게 된 거야, 여자의 품에

서 숨이 막힌 남자가 죽어버린 걸. 알겠어? 그 여자는 그 남자를 죽여버린 거야! 자신을 사랑해준 최초의 남자를 말이야!"

나는 언제 어디서고 이 이야기를 할 수 있었고, 몇 번이나 반복할 수 있었다. 학교에서 쉬는 시간에 교실 안에서, 체육 시간에 선생님의 눈을 피해 친구들과 옹기종기 모인 운동장 구석에서, 집으로 돌아가는 길거리에서…… 충청도 사투리를 쓰는 여자는 몇 번이고 반복해서 남자를 죽일 수 있었다. 자신을 최초로 사랑해준 그 남자를. 자신을 최초로 포용해준 그 남자를. 그것은 만천하에 공개된 씻을 수 없는 죄였다. 그럼에도 불구하고 그 이야기 속의 어떤 요소는 끊임없이 우리를 웃게 만들었고 절대 사그라들지 않았다. 사그라들기는커녕 점점 더 커지고 부풀어서 우리를 들쑤시고 부추겼고 더 크게 웃게 만들었다. 이 이야기를 할 때 핵심은 "괜찮아유"라는 그 문장에 있었다. 그러니까, 바로 그 억양.

'괜'은 강조하고 '찮아'를 높은 어조로 재빠르게 발음한 후 '유'를 낮고 길게 뺀다.

우스꽝스럽고 천연덕스럽게. 무언가를 두려워한다거나 느즈러지는 느낌을 주어서는 절대 안 되었다.

그날, 그 기묘한 마술에 걸린 사람들 사이에서, 조근거리는 목소리와 웃음소리, 파도 소리와 저 멀리서 들려오는 희미하고도 유쾌한 비명 소리를 들으면서, 다디단 과자와 과일을 입에 욱여넣으면서, 여자가 결코 입에 대지 않아서 말라버린 케이크의 크림을 보면서, 나는 문득 이런 생각을 했다. 우리를 그토록 크게 웃도록 맹렬히 격려한 것은, 우리 스스로를 그 이야기 속에 포함시키지 않으리라는 열망이 포함된 본능적인 행위였다는 것을. 그 더럽고 지저분한 세계를 나와는 상관없는 것으로 만들고 싶다는, 나 자신은 그 세계의 바깥에 포함되고 싶다는 열망이 반영된 행위였다는 것을. 하지만 그 열망 역시 더럽고 지저분한 것이었다. 그것이 전부였다. 안과 밖이 모두 지저분한 세계. 그러므로 우리 자신을 지키기 위해 필요한 건 얼마간의 마술이었다. 진짜 사랑과 가짜 사랑, 진짜 증오와 가짜 증오. 그건 너무나 갑작스럽고도 선명한 깨달음이었다. 물론 내가 그 당시에 이 모든 것을 논리적인 언어로 (나 자신에게) 설명할 수는 없었을 것이다. 어쩌면, 지금 이 문장을 쓰고 있는 내가 그 당시를 회상하는 하나의 방식인지도 모른다. 하지만 확실하게 말할 수 있는 것은, 그러한 깨달음이 비록 뭉뚱그려지고 너무나 흐릿한 모습이어서 어떤 판단이나 추정이 불가능했을지언정, 아주 오랜 시간이 흐른 후에야 겨우 해석하게 되었다 할지라도, 분명히 그날의 내게 도달했다는 점이다. 단어들의 경로는 질서정연하고 계획적이었지만, 그런 깨달음은 아무런 인과적 관계도, 어떠한 조짐이나 머뭇거림도 없이, 그러므로 거부할 기회도 주어지지 않은 채 내게 도달했다는 점이다.

물론, 그날 내가 완전하게 깨닫게 된 사실도 있었다. 다시는 내가 그 이야기를 친구들 앞에서 입 밖에 내지 않게 되리라는 것 말이다.

집으로 돌아가는 차 안에서 할머니는 내내 입을 다물고 있었고, 나는 차창에 이마를 기댄 채, 창밖을 바라보고 있었다. 나는 맨발이었다. 어둠 속에서 모든 것이 밀려 나가는 창밖 풍경을 바라보고 있으니까, 여전히 해변가에 남아 있을 내 샌들이 떠올랐다. 이상하게도 그 모습—샌들 두 개가 어둑해진 모래사장 위에 덩그러니 놓여 있는—을 떠올리자 나는 기가 죽었고, 슬픈 마음이 들었으며, 갑자기 눈물이 터졌다. 내가 울자, 할머니가 깜짝 놀라서 나를 바라보았다.

"왜 그러는 거냐?"

나는 고개를 숙이고 옆으로 흔들었다. 할머니가 내 손등에 자신의 손을 얹고 나서 망설이다가 조심스럽게 입을 열었다.

"네 삼촌이 뭐라고 했는지 모르겠지만, 네 엄마는 너를 팔아넘긴 게 아니다."

나는 이번에는 격렬하게, 아주 격렬하게 고개를 흔들었다. 그 바람에 원피스가 말려 올라가 드러난 허벅지 부분으로 눈물 방울들이 툭툭 떨어졌다.

"그런 게, 아니에요."

나는 거의 악을 쓰듯이 말했다. 할머니에게 악을 쓴다는 건 이전에는 상상도 못한 일이었다. 할머니는 내 손을 꽉 잡고 나를 달래듯이 말했다.

"너희 엄마는 너를 팔아넘긴 게 아니다. 말도 안 되는 소리니까……"

"그런 게 아니라구요."

나는 훌쩍거리며 이번에도 소리 지르듯이 말했다.

"뭐가 아니란 말이냐?"

"엄마가 나를 팔아넘겨서 슬픈 게 아니라구요. 그런 게 아니라구요…… 나는…… 나는……"

"할미가 말하잖니, 네 엄마는……"

"그런 게 아니에요. 내가 우는 건…… 내가 슬픈 건…… 내가 마음이 아픈 건…… 내가…… 못생기고 뚱뚱하기 때문이에요."

한동안, 차 안에는 내가 훌쩍거리는 소리만 가득했다. 할머니는 가볍게 한숨을 쉰 후, 내 손을 놓았다. 잠시 후, 할머니가 내 어깨에 자신의 두 손을 올리고, 얼굴을 가까이 들이밀었다.

"할미 얼굴을 좀 봐라."

나는 여전히 훌쩍거리면서 할머니의 얼굴을 바라보았다. 차 안으로 스며 들어온 거리의 빛이 할머니의 얼굴과 몸에 잠시 머물렀다가 사라졌다가 머무르는 것을 반복했다. 할머니는 아주 낮은 목소리로, 마치 우리가 전화 통화를 할 때 그러는 것처럼 감정이 거의 담기지 않은, 정확하고 명확한 말투로 엄숙하게 말했다.

"너는 그런 생각을 할 필요가 없다. 이걸 명심해라. 너는 그런 여자들이랑은 달라. 너 같은 여자가 가진 건 그것보다 훨씬 더 대단한 거다. 너희 아빠가 얼마나 훌륭한 사람이었는지를 생각해봐라. 너는 뭐든지 할 수 있어. 내 말 알아듣겠니? 원한다면 너는 성형수술을 받을 수도 있어. 살을 빼기 위해 한의원을 갈 수도 있다. 키가 크기 위해서라면 무엇이든 먹을 수도 있다. 너는 뭐든 선택할 수 있다. 내 말 알아듣겠니? 네가 원하는 건 뭐든지 할 수 있다."

나는 무작정 고개를 끄덕였다. 할머니가 티슈를 건네주며 말했다.

"내 말 알아들었으면 눈물 닦고, 집에 도착할 때까지 좀 자두렴."

나는 할머니가 시키는 대로 티슈로 눈물을 닦고, 눈을 감았다. 할머니가 속삭이듯이 말했다.

"넌 그저 그런 남자들보다 훨씬 더 굉장한 삶을 살게 될 거야. 너희 삼촌? 난 그 애가 아무것도 가지지 못하도록 뭐든지 할 거다."

잠이 오지는 않았지만, 나는 그래도 계속 눈을 감고 있었다. 눈을 감은 채, 나는 할머니의 세계에 존재하는 사람들의 종류에 대해 생각했다.

그저 그런 남자들, 그런 여자들, 뛰어난 여성, 훌륭한 사람.

그날 밤, 나는 단어들을 적어놓은 노트를 찾아서 한 장 한 장씩 찢어서 쓰레기통에 버렸다. 마지막 페이지에 다다랐을 때, 내가 적어놓은 그 깨알 같은 글자들—음란하고 추잡한 단어들을 마주했을 때, 나는 그 단어들을 소리 내어서 읽기 시작했다. 쾌락, 젖가슴, 신음 소리…… 나는 그 마지막 페이지를 죽 찢어서 여러 번 접은 후, 내가 가지고 온 책가방의 바닥에 숨겨두었다. 불을 끄고 침대에 누운 나는 벌떡 일어나서 선풍기를 끄고 창문을 닫은 후, 커튼을 쳤다. 방 안이 열기로 가득 찰 수 있도록, 내가 땀범벅이 될 수 있도록. 나는 이불을 목까지 끌어올리고 눈을 감았다. 이번에도 내 눈앞에는 삼촌의 모습이 떠올랐다. 그건 단지 자동 반응 같은 것이었을까? 그렇다고 말하고 싶지만, 그건 사실이 아니다. (이렇게 말을 한다는 것이 굴욕스럽긴 하지만, 사랑은 원래 굴욕적인 것이 아닌가?) 삼촌에 대한 내 사랑은 그날 이후로도 조금 더 지속되었고 완전히 끝난 것은 더 훗날의 일이다.

8월 중순에, 언제나 그랬던 것처럼 어머니는 나를 데리러 몇 시간이나 운전을 해서 부산으로 내려왔다. 헤어지기 전에 할머니는 나를 꽉 안아주었다. 차를 옮겨 타자 이번에는 어머니가 나를 껴안았다.

"잘 지냈니? 우리 사랑스러운 돼지!"

이제 나를 돼지라고 부르지 말아달라고 하자, 어머니는 나를 더 꽉 껴안으며 이렇게 말했다.

"싫은데? 돼지를 돼지라고 부르지, 그럼 뭐라고 부르니?"

서울로 돌아가는 차 안에서 어머니는 이것저것 잡다하고 쓸데없는 질문을 늘어놓다가 결국 이렇게 물었다.

"그래서, 너네 할머니는 결국 이사 간 집에 대해서 아무것도 묻지 않은 거야?"

나는 그 말에는 대답을 하지 않고 대신 이렇게 말했다.

"엄마, 나 삼촌을 사랑하는 것 같아요."

어머니는 나를 한번 쳐다보았지만, 아무런 대꾸를 하지 않았고 한동안 우리는 침묵 속에 머물러 있었다.

휴게소에 들러 밥을 먹은 후, 어머니와 나는 벤치에 나란히 앉아서 아이스크림콘을 핥아 먹었다. 혀를 감도는 끈덕지고 달콤한 감각을 느끼며 나는 어머니의 어깨에 기대었다. 중요한 소식이 갑자기 생각났다는 말투로, 어머니는 내게 폴로 티셔츠를 입고 괴상한 소리를 내며 뛰어다니던 그 아이의 소식을 전해주었다. 그 애의 가족이 다른 곳(어머니는 "더 좋은 곳"이라는 표현을 사용했다)으로 이사를 갔다고, 그 애의 어머니는 회사를 그만두고 아이를 돌보는 데에 열중하리라는 것이었다. 어머니는 그들 모자를 한 번밖에 초대하지 못한 것을, 그 애의 어머니와 진정한 우정을 쌓지 못한 것을 안타까워하는 것 같았다. 나는 그들의 소식에는 별로 관심이 없었다. 그들 모자가 우리 집에 오고 난 후에도, 가끔 공용 공간에서 그 아이를 마주친 일이 있었지만, 말을 걸어본 적도 없었다. 그러므로 그 아이가 이사를 갔든 말든, 그 애의 어머니가 회사를 그만두든 말든 (적어도 그때의) 나와는 아무런 상관도 없는 일이었다. 하지만 시간이 흐른 후, 나는 가끔 그 애를 떠올리게 되었고 그때마다 이런 생각을 했다. (어머니의 말마따나) 누구도 모든 걸 다 가질 수는 없지만, 그게 곧 모든 사람의 삶이 공평하다는 것을 의미하는 것은 아닐 거라고.

어쨌든 이건 아주 나중에서야 할 생각이었고, 그날 그 소식을 전해 듣고 난 후, 나는 어머니에게 이렇게 물었다.

"엄마, 내가 커서 뭐가 되고 싶은 줄 아세요?"

"뭐가 되고 싶은데?"

"나는 커서 배신자가 될 거예요. 진짜 배신자."

어머니는 나를 힐긋 바라보더니 정말이지 아무런 흥미도 느끼지 못하겠다는 듯이 말했다.

"꼭 그렇게 되어라. 제발 꼭."

다시 서울로 향하는 차 안에서 나는 까무룩 잠이 들었다. 문득 눈을 떴을 때는 어머니의 차가 서울 시내로 진입한 후였다. 나는 우뚝 서 있을 내 집, 정우맨션이 곧 눈앞에 드러나리라는 것을 알고 있었다. 그때, 문득 한 가지 사실이 떠올랐다. 그건 그 애—한때 정우맨션에 살았고, 나쁜 소문의 주인공이었으며, 이중 언어 때문에 고생을 하고 있던—에 관한 것이었다. 더 정확하게는 그 애가 입고 있던 옷에 대한 것이었다. 그 애의 몸에 지나치게 꽉 맞던 그 옷. 정우맨션으로 달려가는 차 안에서 나는 그 애가 왜 그렇게 꽉 맞는 옷을 입을 수밖에 없었는지를 깨달을 수 있었다. 그건 그 아이 부모의 어쩔 수 없는 (동시에 합리적인 근거가 있는) 선택이었다. 그 애의 키에 옷을 맞추면 몸통이 끼고, 몸통에 맞추면 옷이 너무 길어질 터였으므로. 그 애의 부모는 그 애의 키에 옷을 맞추기로 한 것이었고, 그건 그 옷을 사주는 그 애의 부모만이 내릴 수 있는 고유의 결정이었다.

신종원

저주받은 가보를 위한 송가집

km/s 동인으로 활동 중. 소설집 『전자 시대의 아리아』 『고스트 프리퀀시』가 있음.

엘가는 악기의 이름이다. 단단한 목재 몸통에 가문비나무 무늬와 바니시 도료 자국을 간직하고 있는 이 바이올린은 북부 이탈리아의 작은 도시에서 제작되었다. 앵글로색슨 계통의 고상하고 교양 있는 이름은 사실 폴란드나 벨라루스 지방에서 수입된 슬라브어식 작명법을 따른 것으로, 정확히 발음하면 에르가, 에르가 옴네스가 된다. 엘가는 3센티미터 두께의 양면 유리벽에 둘러싸여 있다. 경화 고무로 조립된 직립형 좌대에 비스듬히 누인 채. 그리고 그 안으로 여덟 가지 각도의 조명 불빛이 드리운다. 위에서 내려다보는 시점의 매립식 천장등 네 개, 아래에서 올려다보는 시점의 돌출형 장식등 네 개. 누르스름한 색온도의 LED 전구들은 나직하게 웅성거리는 그림자들을 전시용 진열함 바깥으로 쫓아낸다. 관객들은 어두운 바닥에 널린 플러그와 전깃줄에 걸려 주춤거리고, 불쑥 튀어나온 등기구들에 이따금 복사뼈를 다치면서 알맞은 관람 거리를 학습하게 된다. 오직 엘가만이 이 외진 장소에 어울리는 정물이다. 전시 공간의 모든 장치가 그렇게 말하고 있는 듯하다.

한편, 엘가의 건너편에 마련된 전시지킴이용 좌석에는 한 노인이 앉아 있다. 등받이 없는 의자 위에 노쇠한 몸뚱이를 한껏 욱여넣은 모습이다. 거기서 그녀는 전시물 주위에 붙인 라인테이프를 밟거나 종종 큰 소리로 떠드는 관객들에게 간단한 신호들을 건넨다. 한쪽 검지를 입술 위에 가져다 붙이기, 라인테이프의 바깥 구역을 손바닥으로 지시하기, 소리 없이 조준된 카메라 렌즈 옆에서 두 팔로 X를 만들거나 전시 종료 시간을 손가락 숫자로 나타내기와 같은 무성의 제스처들이다. 이런 동작들은 정맥류 질환으로 반점이 돋고 부풀어 오른 사지 일부를 거무튀튀한 어둠 바깥으로 잠깐씩 이끌어낸다. 다시 그늘 밑으로 돌아오면 그녀는 의자 위에 엎어둔 책을 어김없이 올바로 펼쳐 든다. 콧대에 앉은 원시 안경을 고쳐 쓰거나 페이지를 넘길 때마다 홀연히 드러나는 순금 반지. 만듦새가 투박한 주조 장식물에는 그동안 그녀가 읽고 넘긴 낱장의 종이책들이 음각 장식처럼 새겨져 있다. 그런 종류의 흠집들은 엘가에 의해 보존된 셀 수 없이 많은 양의 파손 흔적들과 몹시 닮았다. 그래서 노인은 전시 공간 중앙에 외롭게 밝혀진 17세기 바이올린과 처음 만나던 날, 양손을 모으고 속삭였는지도 모른다. 안쓰럽기도 하지. 엘가는 그 말을 듣고 기뻤을까?

　서울역사박물관 1층 기증유물전시실의 가장 작고 구석진 공간은 전체 전시물 1,025점 가운데 유일한 악기인 엘가 앞으로 주어졌다. 전시 안내 프로그램의 종점인 이곳에서 관객들은 각기 다른 소감을 남기고 돌아갔다. 일부는 엘가의 제작 연대 앞에서 사뭇 숙연해졌고, 일부는 같은 공방에서 제작된 형제자매 악기들의 낙찰가를 듣고 서너 걸음 물러났으며, 일부는 헐거나 부서진 몸통에서 엘가의 생을 짐작했다. 노인은 관객들이 모두 빠져나간 빈방에서 멀찌감치 놓인 엘가를 가만히 건너다본다. 엘가의 구성품이 볼록렌즈 안에서 하나둘 고배율로 확대된다. 새끼 양의 창자로 만든 네 개의 현과 줄걸이 틀에 배어 있는 마단조 에테르, 오랜 장력을 불평 없이 견디어온 버드나무 지판이나 아치 모양으로 마름질된 크로아티아산 단풍나무 울림판 같은 것들. 노인은 피로한 눈을 손등으로 닦아내거나 시종 깜빡이다가 악기 옆 판에 조그맣게 조각된 동물 부조를 알아본다. 거대한 날개 골격 말단의 꽁지깃과 작은 머리, 그리고 날렵하게 발달한 등 근육이 수평을 이루는 이 맹금류 포식자는 정지 비행 중이다. 평지에서 그를 조준하고 있는 익명의 사격수에 의해 포착된 모습 그대로.

　[브루흐, 「바이올린협주곡」 1번, 작품 26] 1871년 봄, 조지아주 북부의 블루리지 산맥. 기억은 산지 아래에 조성된 석탄 광산을 보여준다. 십수 피트 높이의 인공 동굴 바깥으로

방수포를 덮은 막사들이 다닥다닥 붙어 있고, 한때 산의 아랫부분을 이루던 토양과 암석 파편들이 그 사이로 굴러다닌다. 동굴 입구의 벽면 일부는 아직도 검게 그을려 있는데, 취급 주의 인장이 큼지막하게 프린트된 화약 상자들에 둘러싸인 모습이다. 지하 채굴장을 따라 부설된 참나무 침목은 동굴 바깥의 하역장과 곧바로 이어진다. 광산 수레 몇 개가 레일 위에 줄지어 도착해 있고, 석탄 검댕과 채굴 먼지로 새까맣게 더럽혀진 구리 선로를 따라 희끄무레한 노을빛이 잠깐 나타났다가 사라진다. 아마도 이 광경을 놓치지 않았을 법한 백인 남자는 천막 기둥에 어깨를 기댄 채 일터에서 쏟아져 나오는 광부들을 넌지시 건너다본다. 건조시킨 암송아지 가죽으로 천장을 대고 인도산 고급 방직물이 깔개로 덮인 그의 막사는 외따로 떨어져 있다. 그곳은 가공육과 통조림을 섞은 양념 스튜의 향신료 냄새, 싸구려 럼으로 위장을 축인 양키 주정뱅이들의 고함과 몸싸움, 운 좋은 도박꾼들이 종종 외치는 블랙잭! 같은 불협화음들이 하나둘 잦아드는 장소다. 산맥 그늘 아래 가까스로 가려지는 광산 변두리에서, 남자는 편지를 읽거나 쓰는 일로 격오지의 무료함을 쫓아내며, 베차라츠 리듬의 크로아티아 민요를 흥얼거린다. 예컨대 슬라보니아 억양이 짙은, 10음절의 시행들.

남자는 자그레브의 브란즈고바 21번가에서 송달된 우편 봉투를 들고 있다. 내용물은 고가의 필름지에 인화된 사진 한 장과 길이에 알맞게 가위질된 전지 묶음이다. 소다펄프로 제작된 종이에서는 제지 공장의 짚단 냄새가 물씬 풍긴다. 편지는 그의 여덟 살배기 아들과 세 살배기 딸이 시삭에서의 첫 번째 협연을 성황리에 끝마쳤다는 내용으로 시작된다. 이어서 공연을 흥미롭게 지켜본 오스트리아 작곡가 레오폴드 알렉산더 질녀의 추천장 덕분에 장남 프란조가 비엔나 콘서바토리에 입학하게 되었음을 알리고 있다. 남자는 삐뚤빼뚤한 모양의 서간용 필체를 더듬더듬 읽어나가는데, 종이를 잡은 손끝에서 들뜨고 감격에 찬 감정마저 짚이는지 내내 웃음을 감추지 못한다. 그의 아내는 편지의 끝에 이르러 생략된 획의 일부와 비뚤어진 줄맞춤에 관해 양해를 구한다. 오는 여름에 돌아오거든 함께 기숙사에 가보자는 문장 바로 다음에. 한편, 입학 기념식의 일부로서 촬영되었을 것이 분명한 흑백사진 속에는 이제 머리가 많이 자란 아들이 거의 울 것 같은 표정으로 붙잡혀 있다. 벨벳 재킷과 학장 조끼, 실크 소재의 과장된 리본 넥타이는 아내의 복식 취향을 드러낸다. 어깨 안에 놓인 ¾ 사이즈 오스트리아산 바이올린은 이제 아들에게 완전히 제압당한 물건처럼 보인다. 사진을 뒤집자 작은 잉크 자국이 눈에 띈다. 독특한 강세 표기법이 고집스럽게 지켜진 로마자 문장은 읽으면 다음과 같이 발음된다. **사랑하는 나의 두 남자, 아드리안 크레즈마와 프란조 크레즈마에게. 축복을 담아. 니나. 10. 9. 1870.**

총성이 처음 울렸을 때, 아드리안은 꼬리가 흰 수사슴 꿈을 꾸고 있었다. 그는 촛대 위에 쌓인 동물성 지방과 밀랍 껍데

기로 어렴풋이나마 시간을 짐작해보려 애쓴다. 그러는 동안 베개 밑에서 서늘하고 무거운 쇳덩어리 하나를 꺼내 드는데, 황동 프레임이 매끈하게 손질된 콜트 아미 한 자루다. 아드리안은 바람을 불어 촛불을 끈다. 어둠 속에서 자욱한 왁스 연기가 차츰 흩어져간다. 인기척에 놀라 달아나는 우제류 산짐승을 빼닮은 모습으로. 발굽이 두 갈래로 나누어진 이 동물은 막사 입구를 가린 방수포 휘장을 소리 없이 빠져나간다. 아드리안은 따각따각 비슷한 발굽 소리에 홀리듯이 이끌려 쫓아간다.

막사 바깥에는 지옥이 찾아와 있다. 인부용 막사에 놓은 불길이 주위 산림으로 옮겨붙으면서 피칸나무, 비자나무, 구상나무와 낙엽성 오크들을 쓰러뜨렸고, 여름철 뙤약볕조차 끝끝내 파고들지 못했던 우듬지들은 저택 지붕 높이에서 화산재처럼 우수수 떨어져 내린다. 담 큰 용병들이 손가락을 올려놓고 나이프 게임을 벌이던 그루터기들과 원목 테이블 위에 마련된 포커 카드 한 벌, 도미노 패, 체스 판과 흑요석 나이트, 감람석 비숍도 모조리 불길에 집어삼켜졌다. 열기 속에서 흠뻑 젖은 광부들이 잿개비를 맞으며 뛰어다니고, 점박이 애팔루사에 올라탄 원주민 기수들이 그 뒤를 쫓는다. 야, 야카, 야카! 침목에 걸려 넘어진 남자들 위로 화살 다발과 한 탄창의 총알이 퍼부어진다. 짧은 비명과 때때로 악다구니. 잦은 총성 때문에 일찍이 귀가 먼 용병들이 무쇠 주발이나 곡괭이 따위로 간신히 맞서는 모습 따위가 화약 연기에 실려 날

아온다. 외따로 멀찍이 떨어진 장소에서 이 모든 풍경은 지역 신문의 삽화 연작처럼 지나간다. 이 순간 아드리안은 2중주 협연을 앞둔 아들이 맹렬하게 켜곤 했던 바이올린협주곡 한 곡을 떠올린다. 알레그로 모데라토의 1악장은 아드리안의 유년기를 공포로 몰아넣었던 이탤릭 문장 한 줄을 보통 빠르기로 불러일으킨다. 동시에 지옥의 입구를 지키는 육중한 석조 문짝도 함께 그려지는데, 장식 몰딩에 새겨진 외마디 글귀는 다음과 같다. **여기 들어오는 자, 모든 희망을 버려라.** 그는 조끼 주머니 속 은제 회중시계에 입을 맞추고, 총부리로 이마에 성호를 그리면서 이렇게 기도한다. **오직 하나뿐이시며 전능하신 나의 아버지, 이 문을 닫아주실 수만 있다면……** 그런 다음 무기력하게 주저앉는 막사 잔해들 사이로 파이프 총열을 겨눈다. 모친에게 물려받은 사파이어 빛깔의 눈동자가 가늠자 크기만큼 확대된다. 그리고 그 안으로 다년초 덩굴줄기처럼 얽힌 사슴뿔 한 쌍이 나타난다. 수사슴은 잿더미 속에서 새끼라도 찾는지 한동안 긴 목을 숙였다가 꼿꼿이 치켜든다. 한 발의 총성이 울리고, 아드리안이 풀썩 쓰러진다. 사슴 가죽을 뒤집어쓴 체로키 전사는 사체에서 노획한 헨리 라이플을 어깨 위에 받치고 있다.

막사 내부의 이동식 금고에서는 7백여 파운드 상당의 금괴, 희귀한 보석 장신구, 값비싼 성합과 가톨릭 패물들, 흰 피륙으로 장정된 성서 한 권과 어마어마한 양의 광산 채권이 두루 거두어진다. 약탈자들은 광산 곳곳에서 긁어다 모은 재물들을 불쏘시개처럼 쌓아놓고 횃불을 던진다. 다만 이국적인 양식으로 제작된 목재 악기 하나만은 전소될 위기에서 벗어나는데, 그것을 처음 발견한 체로키 전사의 호기심과 고집 때문이다. 그는 흡사 거대한 불기둥처럼 타오르는 모닥불 앞에 서서 손톱만으로 악기 줄을 튕겨본다. 얼굴에 새빨간 전쟁 물감을 칠한 동료들이 널브러진 주검들 사이로 뛰어다니며 소리 지른다. 와중에 광산 입구에서는 화약 상자가 하나둘 폭발하기에 이른다. 동굴이 흔들리는 과정에서 지하 작업장 안의 통로들과 널빤지를 댄 격벽, 각재 들보들이 잇따라 부러진다. 석탄이 매장된 암석층과 철 광맥, 석회 가루 따위가 흙모래에 섞여 쏟아진다. 산 밑과 주위 지역을 송두리째 뒤흔드는 무시무시한 굉음 탓에 앞서 지나간 모든 소음이 따분한 예고쯤으로 남게 된다. 겁에 질려 바짝 엎드린 등허리들 위로 마침내 먼동이 튼다. 동시에 맹금 한 마리가 타다 남은 하늘을 가로질러 나는데, 황도의 기울기와 정확히 일치하는 궤도이다. 체로키 전사는 벨트에 차고 있던 칼집에서 조각칼을 빼든다. 이때 새는 북대서양 해풍에 맞서 정지 비행 중인 모습이다. 그래서 이후로 150년 동안 어느 북반구 신화의 두 마리 늑대 성좌처럼 영원히 저물지 않는 자오선 궤적을 좇아 쉬지 않고 날아가게 된 것이다.

이튿날 노인은 출근길에 몇 번이나 버스를 멈춰 세운다. 좀처럼 잦아들지 않는 이명 때문이다. 환청은 25분 길이의 독일 낭만주의식 현악 협주곡과 파형이 같다. 아주 오래전에 녹음된 LP판 음반처럼 일부 구간이 뭉개져서 들리거나 불명확한 소음으로 남겨져 있다. 노인은 낯설고 갑작스러운 공연 실황에 당황해서 귓바퀴를 후비거나 귓불을 잡아당긴다. 정류장 벽에 붙인 순환 노선 지도처럼 음악도 종착지 없이 끊이지 않고 반복된다. 시작하고 끝나는 것은 오로지 음의 강약과 장단, 고저, 빠르기와 같은 율격들뿐이다. 음악은 버스의 도착 정보를 알리는 안내 음성들 사이의 어디에도 침몰하지 않은 채, 노인의 쭈글쭈글한 달팽이관 주름을 따라 돌아다닌다. 이 볼품없이 작달막하고 나선 모양으로 굽은 귓속 복도들은 음악으로 인해 가득 차서 점점 커지고 늘어나게 된다. 노인은 70년 가까운 세월 동안 변함없이 평온했고 대부분은 비어 있었던 자신의 청각기관이 바야흐로 시험에 처했음을 깨닫는다. 온 청각 신경이 심장과 같이 맥동하는 가운데, 부푼 혈관들이 툭툭 전정기관 밑을 건드리며 지나가자 노인은 마침내 멀미를 참을 수 없는 지경에 이르게 된다. 보행로 한쪽에 웅크려 앉아 고통스럽게 구토를 쏟아내는 동안 시내버스 여러 대가 경적 없이 지나간다.

박물관에 겨우 도착했을 때, 로비의 벽시계는 10시를 가리키고 있다. 노인은 1층 기획전시실 앞으로 잘 듣지 않는 몸을 이끈다. 입구를 지나자 넓고 밝은 전시 공간이 나타난다. 전시 주제에 관한 관객들의 기억을 처음 결정짓는 장소인 만큼, 주의를 기울여 보관된 핵심 유물들이 나란히 놓여 있다. 노인은 자기 앞으로 맡겨진 작고 구석진 공간을 찾아 걷는다. 산업용 안전색으로 도색된 전시 안내 스티커가 매끈하게 걸레질된 바닥재를 따라 이어진다. 멀미와 현기증 때문에 종종 가벽을 짚으며 쉬어 가는데, 한두 명으로 이루어진 관객 그룹이 몇 차례 옆에서 앞서간다. 노인은 그녀 외에도 다섯 명의 자원봉사자가 선발되었다는 사실을 알고 있지만, 함께 교육받은 전시지킴이 가운데 누구도 그녀를 돕거나 신경 쓰지 않는다. 아니다. 기획전시실의 실내 배치도 안에서, 전시지킴이용 좌석은 조명 바깥의 외진 자리에 가장 어울리는 법이다. 흔해빠진 실천 사례들을 곱씹어볼 때, 다른 전시지킴이들은 어둠 속에 있을 수도 있고 없을 수도 있다. 노인은 무엇도 단정 짓지 않는다. 다만 어기적어기적 뒤처지는 한쪽 신발 뒤축을 힘껏 당겨올 뿐이다.

월요일 오전의 기획전시실은 젊은 애인 한두 커플이나 줄곧 정숙한 일인 관객들, 박물관 주위의 주민 몇몇만이 다녀간다. 그마저도 가장 안쪽의 외딴 공간까지 찾아오는 관객은 몹시 드문 편이다. 노인은 배정받은 전시 공간에 다다르자 음악이, 아침나절 동안 고막 안을 틀어막고 있던 저주스러운 음률이 한결 느슨해지는 기분을 느낀다. 그녀는 한쪽 모퉁이에서 자신의 좌석을 찾아 백팩과 5백 밀리리터 용량의 생수를 내려놓고, 말없이 어둠 속에 들어가 앉는다. 엘가는 노인의 좌석에서 열두 걸음쯤 떨어져 있다. 어둡고 단출한 벽지로 장식된 가벽들과 달리 여덟 구의 조명 불빛에 둘러싸인 채. 노인은 엘가를 비스듬한 관점으로만 바라볼 수 있다. 전시용 진열함의 전후좌우 사면이 전시 공간과 일치하는 각도로 조정되어 놓였기 때문이다. 흡사 입방체 내부의 또 다른 입방체처럼.

　노인은 안경집에서 원시 안경을 집어 든다. 콧등에 쓰지 않고 안경다리만 귀 뒤에 가져다 대는데, 눈앞에 고정된 볼록렌즈 안으로 엘가의 허리 몸통이 맺힌다. 잘록하게 마름질된 옆판에는 전날 들여다본 독수리 부조가 똑같이 남아 있다. 노인은 불현듯 그녀를 사로잡았던 25분 길이의 기억, 말하자면 19세기 미국 남동부 산골짜기 어딘가에서 일어났던 일련의 사건을 다시 한번 떠올려보려 애쓴다. 노인의 기억 속에서 미국은 여전히 바다 위를 떠다니는 거대한 군사 요새 같은 모습이다. 한국전쟁 당시에, 저물녘이면 항공 폭탄을 가득 실은 B-29 폭격기 편대가 가마우지 떼처럼 나타나 북쪽으로 날아갔다가 다시 공해로 사라지곤 했기 때문이다. 노인은 한평생 나라 밖으로 나가본 일이 없었다. 한편, 전쟁 이후 오랫동안 대부분의 가정에서는 여자아이를 학교에 보내지 않았기 때문에 굵직굵직한 내용의 서양사마저도 배우지 못했다. 무엇보다 1871년에 노인은 존재하지도 않았던 것이다. 하지만 부조를 들여다본 순간, 그 기억은 노인의 두뇌 주름 사이에 기입되었다. 마치 오랫동안 잊고 지냈던 기억이 저절로 되돌아온 것만 같이. 너무나도 반갑고 그리운 기억이. 심지어 노인은 생전 들어본 적도 없는 크로아티아 민요를 흥얼거리기에 이른다. 예컨대 슬라보니아 억양이 짙은, 10음절의 시행들. 의미도 전래도 알 수 없는 이국의 가사를 흉내 내는 사이 노인은 엘가와 부쩍 가까워져 있다. 진열함 주위를 가만히 떠도는 동안 누렇게 부어오른 손가락 사이에는 내내 안경다리가 쥐여 있다. 눈높이에 놓인 17세기 바이올린은 크고 작은 훼손 흔적들과 영구적으로 분실된 부품들 때문에 노쇠하고 나약해 보인다. 악기로서의 수명은 진즉 끝났고, 목재 방부제가 꼼꼼하게 발린 고물 주검의 외양만이 보존되어 있을 뿐이다. 붕사, 크롬, 염철 성분을 띤 화학약품들은 오래된 매장 양식들을 떠올리게 한다. 지하 왕릉에서 누운 채로 발굴된 왕실 미라들에 비하면 터무니없이 모자란 세월만이 지나갔을 뿐이지만, 악기 제작자는 자신의 창조물이 오랫동안 사랑받는 가운데 불멸하기를 바랐던 것이 틀림없다. 정성 들인 방부 작업 때문에 시간은 앞으로도 엘가를 내버려둘 수밖에 없을 것이다. 다만 그조차도 충격에 의한 손상만은 막지 못했음이 이어서 드러난다. 악기의 몸통과 이어지는 지판 뒤편 원목 무늬에서 노인이 한 가지 정보를 읽어낸 것이다. 버드나무를 잘라 붙인 지판은 다른 구성품들과 다르게 유독 낡았고 색이 변해 있다. 마치 그 부분만 다른 기술자가 작업한 것처럼.

[파가니니, 「24개의 카프리스」 작품 1] 1917년 겨울, 리투아니아 남동부의 빌니아 강변. 서리를 머금은 안개 속에서 빅토리아풍 저택 한 채가 홀연히 나타난다. 너비 10미터의 좁은 지류와 너도밤나무 삼림이 두루 내려다보이는 이 복층식 목조 건축물은 붉게 칠한 돔형 지붕과 십자가 장식을 머리에

이고 있다. 현관 앞에는 마구에 매인 라트비안 드래프트 네 마리와 남자 둘이 서 있는데, 열 살 남짓한 아이가 말들을 달 래다 말고 아빠! 외친다. 검은 경기병 군모를 눌러쓴 아버지 는 챙 바깥으로 아들 쪽을 한번 쳐다봤다가 외투 안쪽에 담배 쌈지를 도로 집어넣는다. 다시 한번 문을 두드리자 안쪽에서 문이 열린다. 안주인을 따라 걷는 동안 그는 늑재 궁륭으로 장식된 응접실 통로를 지난다. 박엽지처럼 얇은 유리창을 통 해 12월 우기의 어둑어둑한 자연광이 내리쬔다. 거미줄이 빼 곡하게 드리운 놋쇠 샹들리에 위에는 겨우 서너 개의 촛불만 이 밝혀져 있어서, 복도 양옆으로 나란히 놓인 여섯 성상— 성 요한, 성 바오로, 아시시의 성 프란치스코와 성 아우구스 티누스, 성 베네딕트, 성 도미니크—의 일부만이 벽감 바깥 으로 드러나 있다. 소년의 아버지는 아연실색한 표정으로 깃 펜을 들고 있는 성 요한 옆을 지날 때 묵시록의 첫 장면을 떠 올려본다.

안주인은 그를 2층 거실로 이끈다. 목조 계단을 모두 오르 자 희미한 악기 소리가 흘러나온다. 소년의 아버지는 벽난로 불길로 구석구석이 밝혀진 천장을 올려다본다. 저택 내부의 난방용 배관을 따라 옮겨 다니는 음악은 틀림없이 현악 연주 곡이며, 성미가 급하고 과시욕에 사로잡힌 괴짜 작곡가에 의 해 완성되었음이 분명하다. 안주인이 방문 하나를 벌컥 열어 젖힐 때, 그는 확신에 찬 의심이 실제로 나타나는 순간을 목 격하고 만다. 소년의 아버지는 이 불쾌한 경험이 죽을 때까지 그의 뒤를 쫓아다니게 될 거라는 사실을 미리 인정하게 된다. 고통스럽고 괴기하기 짝이 없는 운궁법 앞에서 그는 두려움에 휩싸인다. 안주인이 그의 옆에서 바락바락 고함친다. **클라라! 당장 그만두지 못해!** 방 안에는 아들과 나이가 비슷한 소녀가 서 있다. 「카프리스」를 몇 곡이나 쉬지 않고 연주 중인데, 소년의 아버지는 그 저주받은 연습곡의 작곡가를 기어코 기억해내고는 꿀꺽 침을 삼킨다. 단단한 각질층만이 가까스로 매달려 있는 손가락은 거의 뼈마디에 가까워 보이고, 지판 위에서 당겨진 네 줄의 창자를 마구 쥐어뜯고 있다. 손가락 근육 조직을 찢고 마비시키기 위해 만들어진 더블 트릴과 양손 피치카토, 악마들의 비명을 빌려 온 인위적 하모닉스, 중음주법을 강요하는 보잉 테크닉이 실패할 때마다 소녀는 목청껏 부르짖거나 악기를 집어 던진다. 화가 풀리면 다시 악기를 주워 들고 연주를 이어간다. 오랫동안 갈아입지 않은 잠옷이 장대비라도 맞은 듯 땀줄기로 흠씬 젖어 있다. 꾀죄죄한 몰골의 십대 바이올리니스트는 일련의 연주 동작을 형벌과 같이 받아들이는 듯하다. 활을 기울일 때마다 형편없이 야윈 몸이 휘청휘청 앞뒤로 흔들리는데, 장시간 연습으로 뻣뻣해진 목 관절 때문에 춤추는 목각 인형 따위가 저절로 연상된다. 바닥 위에서 엎어지거나 내던져진 채로·방치된 기물들은 상트페테르부르크 음악원 입학 증서가 끼워진 액자와 콩쿠르 우승 상패 두 개, 그리고 지판이 부러진 바이올린 세 개와 털이 다 끊어진 활이다. 안주인은 방으로 들어가 악기 잔해들을 주워 담는다. 이때 연주되는 곡은 「카프리스」 13번으로, 수많은 연주자의 좌절 속에 악마의 미소라는 별명을 받아낸 바로 그 노래다. 스무 마리 사탄의 웃음소리를 닮은 3도 화음은 방문을 닫고 다시 계단을 내려와 여섯 성상 사이로 걷는 동안에도 좀처럼 사라지지 않는다.

그 아이는 바이올린을 그만두게 될 거예요. 현관 앞에서 안주인이 불쑥 이야기를 건넨다. 소년의 아버지는 계단 밑에 서서 지그시 안주인을 올려다본다. 압정 머리가 튀어나온 널빤지 상자가 두 팔 안에서 잠시 덜거덕거린다. **상트페테르부르크에서 아이를 데려올 때 들었어요.** 교내 보건의가 소아 영양실조라는 진단을 줬답니다. 살이 계속 빠지고 소변을 자주 본다고 하더군요. 온몸의 관절이 점점 약해지다가 종래에는 아주 작은 힘조차 들이기 어려울 거랍니다. 아이는 이 사실을 받아들이지 않으려고 해요. 다섯 살에 음악원에 입학한 이후로 줄곧 음악이 아이의 전부였으니까요. 가족들에게도 마찬가지였는지, 수도에서 일하는 아이 아빠와 시아버지는 이야기를 전해 듣고는 실망해서 우리를 떠났습니다. 클라라와 다르게 몸이 건강한 장녀 나디아를 데리고요. 연락이 끊긴 채로 올겨울 한 번도 이곳에 들르지 않았지요. 클라라는 고집이 상당해서 값비싼 악기만을 고집해요. 연습이 잘되지 않으면 던지거나 망가뜨리면서 화를 풀고요. 음악원과 기숙사 비용만으로도 충분히 난처했는데, 이제 혼자 악기 값을 대느라 물려받은 목축지와 농원들을 거의 팔았고 가정부와 산모, 농부들, 마구간

관리인과 정원사들을 비롯해 남은 일꾼들도 고향으로 돌려보 냈어요. 가끔 도붓장수가 들르면 가구 몇 채와 동양 고서, 미 술품을 팔아서 식료품을 구한답니다. 이 저택은 내 부모가 살 던 집인데 지금은 아이와 나, 그리고 저 마귀 들린 연주 소리 만이 남았습니다. 좋은 악기들을 소중히 다뤄주지 못해 미안 하군요.

소년의 아버지는 모자를 벗고 목례를 꾸벅 남긴 다음 말없 이 돌아선다. 퇴비를 먹고 자란 엉겅퀴, 수국, 쇠채아재비가 한때 정원으로 꾸며졌던 마당 가득 자라 있다. 둘레를 따라 늘어놓은 돌담과 쇠창살 위로는 담쟁이덩굴과 야생오이들이 엉켜 있고, 오래전에 가지를 친 관목형 살구나무와 자두나무 같은 재배종 과일나무들은 녹음마저 이루었다. 말들에게 박 하 잎을 먹이던 아들은 아버지가 다가오자 얼른 마부석에 오 른다. 아버지는 이륜마차 뒤에 화물을 싣고 돌아와 털썩 앉는 다. **제가 끌면 안 돼요?** 그는 아들의 손에 들린 고삐를 잠깐 내려다보다가 무심하게 턱짓한다. 그러고는 아들이 들떠서 고함치는 사이 담배쌈지를 꺼낸다. **이랴!** 엉덩이를 얻어맞은 말들이 너도밤나무 숲길로 부자를 이끈다. 아들이 묻는다. **부 러진 악기들은 어디에 쓰시려고요?** 아버지는 담배를 말다 말 고 느닷없이 마차 뒤쪽으로 머리를 돌린다. 수레바퀴 주위로 뿌옇게 피어오르는 흙먼지 안에서, 구불구불한 오솔길과 붉 은 지붕의 저택이 마술 혹은 환영처럼 흩어진다. 고쳐서 비싸 게 팔아야지. 이제 악기상은 정리해야겠구나. 아들이 대꾸한다. 하지만 악기를 좋아하시잖아요. 아버지는 조심스럽게 지켜낸 성냥불을 입가로 가져온다. 담배의 마른 부분을 쥐고 있는 두 손가락이 덜덜 떨린다. **맹세한다, 애야. 넌 내가 저 집에서 뭘 봤는지 알고 싶지 않을 거야.**

전시 해설은 관객들이 하나둘 모여드는 점심 이후 일과에 몰려 있다. 박물관의 실내 일정 가운데 가장 바쁘고 소란스러운 사건들이 이때 일어난다. 입구 옆에 마련된 잡지 선반에는 박물관에서 운영 중인 전시 팸플릿이 층별로 놓이는데, 중요한 행사 정보들은 대부분 종이 날개 밑부분에 감추어져 있다. 시간 단위로 요약된 전시장 일과에 따르면 평일에는 오후 1시와 3시, 5시에 관람 행렬이 돌아다닌다. 주말에는 같은 시간표 안에 아침 일정이 한 시간 더 보충되는 방식이다. 사전에 도슨트 교육을 이수한 자원봉사자 둘이 번갈아 출근한다. 하나같이 노인과 나이대가 비슷한 고령자들이다. 오늘 전시 해설을 맡은 담당자는 나긋나긋한 어투의 서울 말씨로 종종 노인의 주의를 끌었던 사람이다. 언제나 말끔하게 다림질한 붉은색 원피스를 입고 근무하는데, 조명 밑으로 걷는 동안 어깻죽지 안쪽 봉제선 위로 덧붙인 프릴 장식이 산호처럼 흔들린다. 노련하고 입심 좋은 이 베테랑 길잡이는 까마득하게 모여든 머리 가죽 앞에서도 전혀 주눅 들지 않으며, 청어 떼 같은 청중들을 기어코 마지막 그물까지 몰고 간다. 관람 행렬이 마침내 엘가 앞에 다다르자 노인은 살며시 이마를 든다. 읽던 페이지의 양쪽 면이 무릎 위에 가지런히 놓인다.

여러분, 제가 소개해드릴 마지막 유물이에요. 보시다시피 바이올린인데요, 의아하신 분들이 많으실 거예요. 한국과 러시아의 수교 30주년 기념 전시에 웬 바이올린이? 앞서 둘러보신 유물들이 대부분 연대별 전통 미술품이었잖아요. 어떤 게 있었나요? 선사 시대 빗살무늬토기들. 통일신라 시대에 만들어진 기마인물형토기, 불상도 보고 왔고. (칼이요!) 좋아요, 장식보검도 있었어요. 그다음 고려 시대는? 당연히 고려청자. 그리고 바로 이전 방에서 조선 시대 백자, 분청사기, 풍속화, 산수화 봤고. 한약재, 나전, 복식이랑 장신구까지 봤나요? 눈치 빠른 분들은 벌써 짐작하셨겠지만 시대적으로 가장 가까운 유물이라 마지막에 놓였어요. 이 악기는 표트르 대제 박물관에서 기증되었는데, 현지 연구자와 학예사들이 내부를 촬영해보니까 글쎄 이름 두 개가 나왔답니다. 먼저 나온 게 안토니오 스트라디바리. 유명한 악기 장인으로 죽을 때까지 천백여 개의 악기를 만들었다고 해요. 남아 있는 악기는 바이올린이 육백 개, 비올라가 열두 개, 첼로가 쉰 개, 기타와 하프가 각각 셋, 비올라 다모레가 하나인데, 그중 하나가 지금 여러분 앞에 있는 거예요. 이 악기들은 희소성 때문에 값을 매길 수 없을 만큼 비싸게 거래된다고 해요. 그러니까 너무 가까이 다가가면 안 되겠죠? 그럼 다음에 나온 이름이 뭘까요. 놀라지 마세요. 누군가 한국어로 김은정, 이렇게 적어놓았더래요. 그 밑에 서울, 1923이라는 서명도 함께 남아 있었고요. 1923년은

캐슬린 팔로, 프리츠 크라이슬러, 야샤 하이페츠 같은 세계적인 바이올리니스트들이 서울에서 첫 연주회를 가진 해로 알려져 있어요. 학자들은 당시 연주자들을 따라 서울을 방문한 악기상들에게서 누군가 이 값비싼 악기를 사들인 걸로 추측하고 있어요. 학술 조사 결과 김은정이라는 기명 외에는 악기의 소유권을 확인할 만한 사적과 출처를 찾을 수 없었다고 합니다. 그래서 이번 전시를 기념해 다시 서울로 돌아오게 된 거예요. 여기 이 흔적들을 좀 보세요. 스트라디바리우스와 같이 오래된 악기들은 오히려 홈집이 남아 있어야 가치가 올라간다고 해요. 뒤포르(Duport)라는 첼로에는 아직까지 나폴레옹의 부츠 자국이 남아 있어서 가격을 매기려는 시도조차 이루어지지 않고 있답니다. 여기 이 바이올린에서 홈집을 찾아보는 것도 재미있는 관람 방법이 될 것 같아요. 어쨌거나 이 비싼 악기가 돈 한 푼 안 들이고 우리나라로 돌아왔으니 참 경사스러운 일이죠?

노인은 전시용 진열함 주위로 줄 맞춰 서 있는 관객들의 얼굴 면면을 건너다본다. 악기에 가까이 다가갈 때면 수많은 이목구비 조합이 공평하게 알아보기 어려워진다. 노르스름하게 밝혀진 조명 불빛이 양면 유리 대신 관객들의 피부와 직접 부딪히기 때문이다. 설치된 LED 전구 여덟 개 안에서 관객들의 얼굴은 흡사 집광경처럼 새하얗게 달아오르며, 종래에는 빠짐없이 불태워진 인간의 두개골만이 진열함 앞에 둥둥 떠있게 된다. 이 체험은 결과적으로 눈이 먼 것 같은 착각을 안

긴다. 관객들은 하나같이 짜증과 실망감에 등 떠밀려 전시 공간을 떠나게 된다. 잠깐 동안 얼굴을 잃었었다는 사실은 영영 잊어버린 채. 오직 엘가만이 이 외진 장소에 어울리는 정물이다. 전시 공간의 모든 장치가 그렇게 말하는 듯하다. 관객들이 모두 빠져나가자 노인은 다시 혼자가 된다. 불과 몇 분 전까지 17세기 바이올린 앞에 바쳐졌던 경외심과 기대감은 겨우 잔해만이 남았다. 노인은 안경다리를 집어 들고 도슨트가 가리켰던 흠집들을 찾아본다. 고의적인 파손이 의심되는 흔적들은 수 군데에 흩어져 있다. 일부가 깎여 나간 목, 울림판 주위에 남은 그을림 같은 부분들. 그러나 사람의 손에 입은 손상 가운데 가장 눈에 띄는 것은 굄목 표면의 반듯한 칼자국이다.

[비발디, 「사계」 '여름' 3악장] 1761년 여름, 광저우 남쪽의 외국인 거주지. 건륭제의 명령에 따라 지난해 완공된 공관 앞 교역 시장이 인파로 들끓는다. 공관의 대문 입구 목판에는 공행(公行)이라는 한자가 적혀 있는데, 공무 차원에서 외국 상인들에게 관세를 걷고 허가서를 내주는 시설로서 구상된 것이다. 방대한 분량의 회계 기록들로 둘러싸여 있는 2층 복도에서 내려다보면 광둥 지방으로 흘러드는 수로들과 무인 삼각주들, 그리고 연안 부두에 정박된 무역 선박들이 하나의 산수화처럼 조망된다. 물론 서양식 박공지붕 위에 삼삼오오 걸터앉거나 노점용 좌판을 밟고 서서라도 돌담 너머를 들여

다보려는 구경꾼들도 한눈에 볼 수 있다. 한편, 공관 안뜰에서는 황제가 직접 주관하는 즉결재판이 진행 중인데, 피고는 사람이 아니라 악기이다. 궁궐 시녀, 환관, 출장 요리사와 공무 대신들이 모두 엎드려 숨죽인 가운데 오직 황제와 지방 군벌들의 깃발을 치켜든 호위 무사들만이 꼿꼿이 허리를 펴고 서 있다. **당장 저 악기의 목을 치라고 하지 않았는가!** 건륭제가 신하들에게 고함친다. 이때 그는 여섯번째 딸인 고륜화원 공주를 두 팔 안에 끌어안고 있다. 여섯 살을 겨우 넘긴 공주는 너무 작은 나머지 용포의 옷자락만으로도 몸뚱이 절반이 가려진다. 사후경직으로 온몸의 근육 조직이 오그라드는 가운데 시신에서 종종 불쾌한 음향이 튀어나온다. 예컨대 윗니와 아랫니가 저절로 맞부딪는 소리, 덜 여문 관절들이 딱딱거리며 끊어지는 소리. 황제는 공포에 휩싸여서 거의 절규에 가까운 비명을 지른다.

안뜰 가운데로 불려 나온 색목인 연주자는 공연이 중단된 자리에서 그대로 얼어붙은 채 벌벌 떨고 있다. 신장이 2미터에 달하는 황제의 무사 하나가 앞으로 걸어 나와 칼을 뽑는다. 날붙이가 겨누어진 부위는 악기의 네 줄짜리 현을 밑에서 받치고 있는 작은 나뭇조각이다. 먼 옛날 종자기가 죽자 거문고 현을 잘라버린 백아의 사례처럼, 아마도 현을 끊는 행위가 악기의 죽음으로 간주되는 듯. 이때 계황후 휘발나랍 씨가 건륭제에게 다가와 속삭인다. **폐하, 양인들의 악기란 참으로 섬뜩하고 무시무시합니다. 저 양인 남자가 악기를 켜자 별안간**

장마철 번갯불과 천둥소리가 나타나지 않았습니까. 한데 악기의 목을 치면 저 안에 숨은 재앙들이 놓여나 활개를 칠까 걱정됩니다. 광둥의 모든 백성들이 놀라서 숨이 가빠진 나머지 가엾은 공주처럼 가슴을 움켜잡고 쓰러질 겁니다. 천자께서 자비를 베풀어 저 마귀 들린 흉물을 멀리 추방하심이 어떻겠습니까. 분노와 무력감으로 일그러진 건륭제의 얼굴 주름들이 꿈틀거린다. 휘발나랍 씨가 황제의 가슴에서 의붓딸의 시신을 건네받아 대신들 손에 넘긴다. 건륭제는 황후의 손에 이끌려 연회용 상석으로 돌아와 앉는다. 황제의 문장이 공들여 자수된 비단 양산 수십 개가 다시 한번 좌석 깊숙이 기울어진다. 인공 그늘 밑에서 건륭제는 낙담으로 내려앉은 가슴을 달래다가 대뜸 귓바퀴를 후비거나 귓불을 잡아당긴다. 악기와 연주자가 포승줄에 묶여 공관 안뜰을 떠날 때, 황제는 급기야 멀미를 호소하며 바닥에 넙죽 엎드린다. 구역질과 고통에 찬 신음이 이어진다. 그렇게 악기는 중국 황제에게서 세 번이나 절을 받은 처음이자 마지막 유형수로 민간에 전해지게 된다.

감상이 끝나자 노인은 전시지킴이용 좌석으로 돌아와 앉는다. 그러자 어둠이 노인의 병든 체구를 다시 한번 감싸 안는다. 이렇게 하루를 보내고 나면 자원봉사에 따른 실비가 주어진다. 교통비와 중식비가 아슬아슬하게 포함된 금액이다. 시는 정부 부처에서 개발한 포털사이트로 자원봉사자들을 받는다. 성인 자원봉사자들에게 열려 있는 곳은 대부분 도서관,

박물관, 미술관 같은 문화시설들이다. 필요한 인력에 비해 시시때때로 예산이 부족해서 비정규직 근로자들로 사업장을 운영해야 하는 비인기 기관들. 다년간의 실비 봉사로 노인은 두 가지 공식을 스스로 익힐 수 있었다. 하나는 최저임금법을 공공연히 위반하는 공공기관들만이 실비 봉사활동을 장려하고 있다는 것. 그리고 관련 시설들에서 조명은 주로 우선순위를 나타내는 신호처럼 쓰인다는 것이다. 중요한 장소와 정보들은 언제나 밝은 불빛으로 안내된다. 실비 봉사자들이 보여주기 부끄러운 약점이 아니라면 왜 모든 기관에서 그들을 조명 바깥으로 밀어내려 애쓰는가? 노인은 책장 사이에 겨우 숨어서 쉬어야 했던 시립 도서관들, 비품 창고를 작업 공간으로 내주었던 장애인·아동복지센터들, 아무도 눈길 주지 않는 백시멘트 벽재 앞에 서서 네 시간씩 마른 입천장만 핥아야 했던 법률구조공단, 건강보험공단, 근로복지공단 등을 차례대로 떠올려본다. 그리고 전시 물품들로부터 가능한 한 멀리 떨어질 것을 주문했던 지역 박물관, 미술관까지. 만약 빛의 밝기만으로 서열을 나눌 수 있다면, 모든 조명을 독점하고 있는 엘가야말로 전부이다. 장소가 가장 앞세워 보여주고 싶어 하는 정보가 바로 그 악기인 셈이다. 게다가 엘가를 둘러싼 외관 장식과 전시용 시설들은 노인과의 권력 차를 끊임없이 확인시키지 않는가. 하지만 가까이서 보면 그 모든 꾸밈새들이 단지 부장품처럼 보이는 까닭은 무엇인가.

전시 운영 시간은 얼마 후에 종료된다. 봉사 시간을 적고 나오자 시가지 안으로 저물녘의 햇볕이 내리쬔다. 병원으로 가는 길, 노인은 처음으로 음악이 아닌 일에 귀를 기울여본다. 특히 사거리 횡단보도에서 신호를 기다리는 사이 무수한 목소리들이 채집된다. 예컨대 주변을 에워싼 저음질 통화 소음, 전광 패널에서 잇따라 흘러나오는 젊은 연예인의 광고용 내레이션, 옥외 스피커를 통해 울려 퍼지는 가요 가사와 미리 녹음된 종교 전도사들의 바리톤 웅변 같은 것들. 어떤 소리들은 거듭 되풀이되고 그러는 과정에서 일부가 누락되기도 한다. 청각 신경이 불필요한 정보들을 시시각각 잊어버리는 것이다. 어쩌면 세상은 거대한 음향의 무덤인가? 노인은 선택받지 못한 나머지 영원히 유실되고 만 소리들을 헤아려보려 애쓴다. 용적이 무한한 구체 모양의 분실물 매립장으로서 지구는 부연 먼지 속에 떠 있다.

자주 가는 병원은 횡단보도 바로 맞은편 건물 3층에 있다. 무뚝뚝한 표정의 혈관외과의 앞에서 노인은 다음과 같이 털어놓는다. **요즘은 내 몸이 무슨 악기 같아요.** 의사가 의아해하자 이렇게 덧붙인다. **평생 귀 같은 건 잘 안 쓰고 살았어요. 어떤 소리를 듣게 되면 그냥 멀리 치워놓기 바빴지요. 하지만 근래에는 그것들 사이로 지그시 가라앉는 기분이 들어요. 나의 늙고 병든 육체가 아무런 무게를 가지지 않은 것처럼.**

병원을 나서자 구두 한 켤레가 또각또각 노인을 지나쳐간다. 노인은 복숭아씨 크기의 연골이 매달린 발목 한 쌍을 등 뒤에 상상해본다. 모든 보행 습관, 호흡의 두 가지 과정, 율동하는 내장들—심장뿐 아니라 위장, 비장과 나아가 이자의 분비 작용까지—에 이어 손뼉을 마주 치는 양식, 수백 가지 식사 문화와 무수한 입속에서 이루어지는 저작 운동, 동시에 깜빡이는 홑겹의 눈꺼풀들은 왜 하나같이 박자와 관련 있는가. 노인은 건물 앞에 우뚝 서서 희미한 맥박을 잠자코 받아들인다. 노쇠한 핏줄들은 더 이상 심장 깊숙이 혈액을 밀어주지 못해서 종종 거꾸로 넘치기에 이른다. 그런 일들이 차츰 잦아지면 결국 정맥이 고무 튜브처럼 늘어나게 되는 것이다. 피부 밖으로 돌출된 혈관 지도는 주로 넓적다리, 종아리를 지나 발목까지 빈틈없이 뻗어 있다. 노인은 익사한 사체처럼 부풀어 오른 하반신을 내려다볼 때마다 기이한 기분에 사로잡힌다. 거의 검게 착색된 정맥들이 살가죽에 뿌리를 내린 로제트 식물 따위를 떠오르게 하는 탓이다. 혹은 노인의 피하 조직을 부식토 삼아 양분을 빨아들이며 밤마다 이불 속에서 증식하는 진균식물, 포자식물 따위를. 약한 맥박 때문에 불안과 공포 같은 경험은 오래전에 잊었음이 틀림없다. 의사는 정맥류를 절단하는 수술만이 유일한 치료법이라고 이야기했다. 하지만 몸 곳곳에서 툭툭 불거진 혈관들을 헐값으로 잘라내는 것도 불가능한 일이다. 노인은 다만 기다리기로 작정했을 뿐이다. 멀쩡했던 혈관들도 하나둘 손상되고 늘어난 나머지 온몸이 도드라진 실핏줄들로 뒤덮일 때까지. 혈액의 공급이 점차로 느려지고 그렇게 피가 흐르지 않는 부위들 위로 궤양과 건조부패, 반점들이 기괴한 형상을 그리며 나타날 때까지.

기다리면서 노인이 하는 일은 지급받은 실비로 약을 사 먹고 통증을 견디면서 쇠락한 육체의 종말을 가만히 감상하는 것이다. 어느 순간, 듣지도 말하지도 못하는 순간만은 오지 않기를 바라면서.

전시 마지막 날. 다녀갈 관객들은 이미 모두 다녀갔는지 점심이 지나도록 한 사람도 전시 공간에 나타나지 않는다. 지난 몇 주 동안의 노고를 격려하기 위해 음료나 빵을 전해주고 간 박물관 직원 한둘만이 인적을 남겼을 뿐이다. 노인은 사람 하나 없는 실내에서도 줄곧 전시지킴이용 좌석을 지키고 앉아 있다. 하나뿐인 배심원, 또는 면회객처럼. 불과 몇 시간만 지나면 엘가도 지하 수장고에 처박히게 될 것이다. 10년 단위로 찾아오는 수교 기념 전시나 아주 드물게 기획되는 근현대 전시를 제외하면 다시는 빛을 쬐지 못하게 될지도 모른다. 습도와 온도, 먼지 밀도가 매일 똑같이 지켜지는 대형 금고 안에서 단지 일련번호로 다뤄지게 되는 것이다. 가령 주먹도끼, 뼈 작살, 빗살무늬토기, 돌팽이, 청동거울과 청동 검, 절인 가죽, 추녀 장식과 기와, 유골함, 황금 왕관, 화강암 불상과 동양화, 해진 비단 복식, 고분에서 뛰쳐나온 왕가의 해골, 국궁, 비색 청자, 대나무 울타리, 동판에 장식된 금속활자, 연감 및 도감, 대장기와 성루 벽돌, 서양식 엽총, 대구경 포탄, 판옥선 판재와 칼집에 물린 장검 같은 구시대 송장들 사이에 섞인 채로 말이다.

노인은 어둠 속에서 엘가에게 말을 건넨다. **알고 있니?** 죽음에 가까운, 소통 불가능한 정물과 그 정물에게 말을 거는 이 우스꽝스러운 풍경을 가까스로 견디면서. **넌 이제 모두에게 잊히는 거야.** 둘 사이에 침묵이 찾아온다. 노인은 텅 빈 청각기관들로 적막의 부피를 가늠해본다. 작은 입방형의 전시 공간은 인공 호수 밑에 수몰된 한 칸 크기 방처럼 귀가 먹먹한 적막으로 가득 차게 된다. 그러자 실패한 음향의 사체들이, 아주 나직한 볼륨으로 조절된 음악 잔해들이 하나둘 들려온다. [생상스, 「서주와 론도 카프리치오소」 작품 28] 기차역, 쏟아져 나오는 승객들 틈에서 엄마를 놓친 아이가 홀로 남겨진다. 바이올린 케이스를 툭툭 치고 지나가는 어른들. 아이는 울음을 터뜨리는 대신 바닥에 내려놓은 케이스 안에서 조용히 바이올린을 꺼내 든다. [시벨리우스, 「바이올린과 피아노를 위한 여섯 개의 소품」 작품 79 중 제5번 「춤의 목가」] 경주가 붙은 두 대의 마차. 더치 웜블러드 여섯 마리가 투박하게 기른 갈기를 뽑내며 농가 사이로 달려 나간다. 서로 근육을 부딪칠 때마다 마차 부품이 우지끈 부러지는 소리. [조반니 바티스타 비오티, 「바이올린협주곡」 22번 A단조] 추수를 마친 가을 농장 위로 행군하는 전열 보병들. 구령 소리가 멀어져가는 가운데 무장한 군관이 쇼크로 무너진 적병의 주검을 내려다본다. 앳된 얼굴의 프로이센 병사는 부친의 군복을 빌려 입었음이 틀림없다. 총상에 의한 고통으로 일그러진 턱관절은 작센식 강세가 뚜렷한 **엄마(Mutter)**를 발음하는 입

모양과 닮았다. 한편, 언덕 위에서 승전을 기념하는 궁정악단. [멘델스존, 「바이올린협주곡」 작품 64] 대성당 1층 예배당 안에 갇힌 이백 명의 사람들. 참나무 판재를 덧댄 현관 대문 바깥으로 목재 가구들이 한 채씩 쌓인다. 건물 앞에서 횃불을 들고 있는 군중들은 연방 **프로테스탄트를 위해!** 하고 외친다. **구교도 위선자들을 불태워라!** 내벽으로 내몰린 성가대 연주자 하나가 창문 밖으로 바이올린을 건네며 애원한다. **이봐, 빈센트! 이 친구야, 내 바이올린을 좀 부탁하네.** 그의 개신교 이웃은 마지못해 악기를 받아든다. 성당이 불길에 사로잡히자 곳곳에서 연호가 잦아든다. 달싹거리며 불똥을 튀기는 가톨릭 유해들. [크라이슬러, 「레치타티보와 스케르초-카프리스」 작품 6] 눈보라가 몰아치는 노동 수용소 안뜰, 나막신을 신은 포로 행렬이 까마득히 줄지어 있다. 대열은 건물 입구에서 둘로 나누어진다. 노동에 동원할 수 있는 인력과 그렇지 못한 인력을 가려내는 것이다. 갈색 모직 코트를 입은 소련군 장교 한 명이 분류를 도맡았다. 소속을 나타내는 검시국 완장을 팔에 찬 모습이다. 그는 추위와 굶주림 때문에 늑대 꼴로 전락한 몰골들을 손짓만으로 골라낸다. 이어서 동양인 여자가 앞으로 끌려 나오는데, 눈발로 축축하게 젖은 바이올린이 가슴에 안겨 있다. 그는 이날 처음으로 포로에게 말을 붙여본다. **스크리파치카(скрипачка)?** 곧잘 알아듣지 못하자 악기를 가리킨 다음, 허공에 대고 정성 들여 활을 켠다. 등 뒤에서 도열한 말단 사병들이 수군거린다. 여자는 턱받이에 뺨을 붙인 다음 곱은 손가락들을 몇 번 쥐었다 편다. 연주되는 곡은 그녀가 유학 시기에 사사한 스승이 직접 작곡한 음악이다. 동상과 습진으로 곱은 손끝이 악기 위에서 터지고 갈라진다. 감로와 같이 맺힌 피고름은 엘가의 줄감개집과 네 개의 현에 아직까지 배어 있다. 이상의 모든 음악이 일순간 멎었을 때, 노인은 아주 먼 옛날 잃어버린 맥박이 잠시 돌아와 그녀의 가슴을 두드리는 것을 느낀다. 머리가 뭉툭하게 깎인 공성추(攻城椎)처럼. 쿵, 쿵, 쿵, 쿵.

우다영

뷰티

2014년『세계의문학』신인상을 받으며 작품 활
동 시작. 소설집『밤의 징조와 연인들』『앨리스
앨리스 하고 부르면』, 중편소설『북해에서』가
있음.

그리고 잠시 대화가 끊겼을 때, 나에게도 아름다움에 관한 한 가지 이야기가 떠올랐다. 북해로 가는 기차에서 말동무가 된 친구들은 분명 내 이야기에 눈을 반짝이며 좋아할 테지만 이런 이야기를 해도 될까 망설여졌다. 이 이야기는 사실 한 남자에 대한 네 가지 이야기였고 이전에도 그 이야기들을 나열해보려고 시도한 적이 있었지만 그것이 도대체 무엇을 의미하는지에 대해서는 할 수 있는 말이 별로 없다는 것을 깨달았기 때문이다. 그는 이미 몇 년 전에 죽은 사람이었다. 나는 과연 그의 이야기가 안타까운 비극일까 얼마간 생각에 잠겼다. 그리고 이내 그건 아름다운 이야기라고 확신하게 되었다.

그를 처음 본 건 열아홉 살 여름이었다. 그해 여름 나는 고열과 복통을 동반한 급성충수염으로 병원 신세를 졌다. 낙조가 아름다운 강 하구로 가족들과 여름휴가를 떠나기로 한 전날 밤 배를 부여잡고 방바닥을 굴렀고 병원에 도착한 지 네 시간 만에 수술실로 들어갔다. 수술은 무사히 끝났지만 부모님과 오빠와 어린 여동생은 나를 위해 꼼짝없이 병실에서 휴가를 보내게 되었다. 오빠는 투덜대는 시늉을 했지만 얼굴에는 나를 향한 염려와 새삼스러운 애정이 가득했고, 이듬해 초등학교에 들어가는 여동생은 크고 미로 같으며 어디서든 하얀 가운이나 환자복을 입은 멋진 사람들이 튀어나오는 병원에 푹 빠져 있었다. 결과적으로 가족들은 이 예상치 못한 여름을 꽤 재미있는 해프닝으로 여겼다.

그 여름을 가장 지겨워한 것은 나였는데, 그나마 다행스럽게도 옆 침대에 같은 수술을 받고 입원해 있는 동갑내기 노을과 친구가 되었다. 노을은 침대에 눕고 일어날 때 머리가 헝클어지지 않도록 항상 갈색 머리카락을 양 갈래로 땋고 있었고 조금 친해지자 내 머리도 똑같이 땋아주었다. 노을의 인상은 그저 깨끗하고 단순했다는 느낌 이외에는 흐릿하게 남아 있지만, 그애의 손만은 내가 만져본 그 어느 손보다 따뜻하고 보드라워서 깜짝 놀랐던 기억이 난다. 우리는 무료한 병원에서 한나절 동안 이런저런 이야기를 나눴다. 각자 다니는 학교가 그리 멀지 않으며 둘 다 여러 번 이사를 다녔다는 공통점이 있었고 어릴 때 살던 동네가 겹치기까지 한다는 사실을 알고 우리는 꽤 들떴다. 퇴원한 후에, 그리고 개학한 후에 다시 만나자고 약속했다.

나는 노을보다 하루 먼저 퇴원하게 되었다. 마지막 날, 아빠가 기념으로 사진을 한 장 남겨두는 것이 어떠냐고 제안했다. 오빠에게 마침 필름 카메라가 있었다. 오빠는 그 카메라로 강 하구의 갈대숲과 갯벌에서 둥지를 틀고 교미와 산란, 새끼 키우기를 하는 여름철새들의 사진을 찍을 계획이었다. 그 새들은 가을이 오기 전에 수백만 킬로미터를 날아 거대한 대양을 건너 따뜻한 남쪽 서식지로 간다고 오빠는 알려줬다. 새들 대신 가족들이 잠시간 머물다 이제 떠나야 할 병실에서 포즈를 취했다. 노을이 오빠의 카메라로 우리 가족을 두 번 찍어주었다. 옆에서 지켜보던 노을의 남동생이 자기도 찍어보고 싶다고 졸라서 오빠는 그애도 사진을 한 장 찍도록 허락해줬다. 노을의 열두 살 난 동생은 작은 손으로 조심스럽게 카메라를 쥐고 얼굴 앞에 바짝 붙인 채 잠시 숨을 멈춘 것처럼 가만히 있다가 신중하게 셔터를 눌렀다.

노을의 동생은 그날 처음 부모님을 따라 병원에 왔는데, 며칠간 얼굴을 익히며 친해진 우리 가족과 노을의 가족 모두 화기애애했을 뿐 전혀 이상한 기미를 느끼지 못하는 것 같았다. 오직 나만이 속으로 깜짝 놀라고 있었다. 가죽이 덧대진 은색 카메라 뒤에서 자신만만하고 기쁘게 웃는 천진한 얼굴이 드러났을 때 나는 처음으로 그 애를 제대로 보았다. 그 어린 남자아이의 얼굴에는 내가 그때까지 본 어떤 사람보다 시선을 뗄 수 없게 하는 놀라운 무언가가 깃들어 있었다. 물론 반짝이는 눈과 섬세하게 자리한 눈썹, 반듯한 이마, 얇고 부드러워 보이는 머리카락이 객관적으로 준수한 외모를 만들어주고 있었지만 그것 이외에 다른 것이 더 있었다. 그 애가 움직일 때, 말을 할 때 나타나는 신비롭고 슬픈 느낌이었다. 시간이 흐른 뒤에야 나는 그것이 어떤 종류의 아름다움이었다고 생각하게 되었는데 아마도 그 애의 인생이 품고 있는 잠재적인 가능성을 직감한 것이 분명했다. 왜냐하면 그 병실에서 오직 나만이 그 애를 그림자처럼 따라다니는 강렬한 잔상에 충격을 받았기 때문이다. 그것은 그 애의 아름다운 얼굴이 야기할 기구한 운명이자, 기구한 운명이 부여하는 아름다운 얼굴이었다. 노을의 동생 이름은 하늘이었다. 노을이 동생을 다정한 목소리로 그렇게 부르는 것을 듣고서 나는 기억해두었다.

사실 나는 그런 내색을 조금도 비추지 않았다. 본능적으로 그래서는 안 된다고 생각했다. 나는 오히려 그 애를 보는 것이 두려워 그 애가 아빠 손을 잡고 집으로 돌아갈 때까지 한 번도 제대로 쳐다보지 않았다. 내가 목과 등에 식은땀을 흘리자 엄마가 어디가 불편하냐고 걱정스러운 얼굴로 물었다. 나는 피곤해서 그렇다고 둘러대며 눈을 붙였지만 밤이 늦도록 잠들지 못했다. 그러다 어느 순간 잠이 들었고 다음 날 아침 깨어났을 때 노을의 침대가 비어 있는 것을 보았다. 노을에게 인사를 하려고 나는 두리번댔는데 엄마는 내 시선을 피하며 큰 가방에 옷과 짐을 챙길 뿐 끝까지 모르는 척했다. 나는 결국 병실을 같이 쓰는 할머니가 며느리에게 전해주는 말을 듣고 노을이 새벽에 열이 올라 요란하게 치료실로 옮겨졌고 몇 시간 만에 사망했다는 사실을 알게 되었다. 같은 병실은 물론이고 복도를 함께 쓰는 환자들도 간밤의 일을 모두 알았는데 나는 한 번도 잠에서 깨지 않고 곯아떨어졌던 것이다. 나는 그것이 오래도록 이상했고, 노을이 찍어준 병실에서의 가족사진을 볼 때면, 그리고 노을이 양 갈래로 땋아준 머리를 하고 환하게 웃고 있는 사진 속 나를 볼 때면 가슴 위로 섬뜩한 감각이 지나갔다. 그건 하늘을 처음 봤을 때의 느낌과도 흡사해서 어쩌면 내가 어디서 온 줄 모르는 감각을 기억 속에서 혼동하고 있는 게 아닐까 하는 생각이 들기도 했다.

하늘을 다시 만난 건 내가 스물여섯 살이 되던 봄이었다. 라운지 바에서 친구들과 생일파티를 하다가 이야기를 나누게 된 남자들 사이에 유독 잘생긴 남자가 하늘이었다. 그 애는 당시 열아홉 살이었지만 스물두 살이라고 거짓말을 하고 형들 사이에 과묵하게 앉아 있었다. 어찌 되었거나 그 자리의 모두가 하늘을 쳐다봤다. 우리가 있는 테이블을 멀리서 노골적으로 건너보는 사람들까지 벌써 그 애에게 반해버린 얼굴이었다. 하늘은 몸에 꼭 맞는 검은 셔츠와 검은 바지를 입고 있었을 뿐인데도 완벽해 보였다. 내 친구 중 한 명이 옆에서 무어라 귓속말을 했는데 그 애는 무심한 표정으로 고개를 몇 번 저었다.

나도 처음에는 하늘을 알아보지 못하고 다른 사람들처럼 그저 감탄하며 바라봤다. 양쪽 얼굴이 미묘하게 달랐는데 오른쪽 얼굴이 조금 더 냉정해 보였다. 하지만 다시 보면 그 냉

정함은 상처받은 아이의 얼굴 같아서 안타까운 마음이 들었다. 그 애가 고개를 움직이거나 다리를 반대로 꼴 때, 등을 소파에 기대려고 몸을 움직일 때 모두가 긴장한 채 반응했다. 누군가는 화가 난 것처럼 몸을 물리며 뻣뻣해졌고 누군가는 움츠러들었으며 누군가는 순수하고 탐욕스럽게 황홀감을 드러냈다. 하늘은 모두의 시선을 받고 있었지만 아무에게도 시선을 주지 않았다. 눈앞의 잔이나 자신의 손바닥을 가끔 바라볼 뿐이었다. 모두가 그 애의 아름다움을 알았지만 정작 그 애는 자신의 아름다움에 무심했다. 그러나 결코 무지하지는 않았다.

내가 결정적으로 하늘을 알아본 것은 그 애가 지루한 듯 마른세수를 하며 길고 예쁜 손으로 얼굴을 쓸어내렸을 때인데 잠깐 사라졌다가 나타난 얼굴에서 불현듯 은색 카메라 뒤에서 나타났던 어린 시절의 얼굴을 발견했다. 나는 거의 잔을 쏟을 뻔했다. 가장 놀라운 것은 내가 칠 년 전 기억을, 그 짧은 시기에 한 번 본 아름다운 아이에 대한 인상을 여전히 간직하고 있다는 사실이었다. 일단 떠올리고 보니 영락없이 하늘이었다. 이름도 단번에 기억해냈다. 하늘은 당연하게도 그때보다 키가 훨씬 컸고 어깨와 등의 골격도 완전한 성인이었다. 이제 어른이 되었다는 것만으로도 바라보는 사람을 압도했다. 그 애의 성장과 상태가, 불과 몇 초 전과도 미묘하게 다르며 오직 이 순간에만 존재하고 사라지는 그 애의 무수한 생장과 소멸이 너무나 놀랍고 아름다워서 이유 없이 죄책감을 느끼도록, 괜히 허둥대도록 만들었다. 나뿐만 아니라 하늘을 마주한 누구나 그러리라는 것을 장담할 수 있었다.

하늘을 알아본 뒤 말을 걸어보아야겠다고 마음먹었지만 불행히도 기회가 없었다. 갑자기 우리 일행이 아닌 다른 여자가 하늘에게 다가왔는데 둘은 아는 사이인 것 같았다. 잠시만 지켜보아도 여자가 그 애에게 매달리고 있다는 것을 알 수 있었다. 그리고 곧 함께 있던 모두가 깜짝 놀랄 광경이 펼쳐졌다. 시종일관 무뚝뚝하긴 하지만 공격적으로 보이지는 않았던 하늘이 경멸하는 표정으로 여자를 바라보고 있었다. 이제 그 애는 오만한 폭군처럼 굴었다. 여자와 벽 쪽으로 가서 이야기 나누는 모습을 내 자리에서도 볼 수 있었는데 그 애는 여자가 울음을 터트려도 벌을 주듯 가만히 세워두었다. 모든 상황을 자신이 통제할 것이고 마땅히 그럴 수 있다고 여기는 태도가 느껴졌다. 여자는 사랑에 빠진 얼굴로 하늘에게 애원하고 있었고 그 애는 바로 그 점에 화가 난 것 같았다. 자신을 사랑한다는 것, 멋대로 그래도 된다고 믿는다는 것에 항의하듯 잔뜩 인상을 구기고 있었다. 그러다 어느 순간 사라졌다. 여전히 술자리가 이어졌기 때문에 계속 그쪽을 보고 있을 수 없었는데 한눈을 팔다가 나중에 쳐다보니 벽 앞에는 그 애도, 그 애를 사랑해서 울던 여자도 떠나고 없었다.

그로부터 사 년 후 하늘을 다시 만났을 때, 그는 그때 울던 여자를 전혀 기억하지 못했다. 하늘은 스스로 그 당시 자신은 사랑 같은 걸 전혀 몰랐다고 말했다. 당연하게도 잠시 같은 자리에 앉아 술을 먹었던 나 역시 기억 어디에도 남아 있지 않았다. 하지만 오래전 죽은 어린 누나와 같은 병실을 썼던 나는 단번에 기억해냈다. 심지어 가끔 자신이 사진을 찍어준 다섯 가족을 떠올렸다고 고백하며 그 일이 지금 사진을 찍게 된 자신에게 어떤 중요한 영향을 끼쳤을지도 모르겠다고 말했다. 이제 하늘은, 처음으로 찍은 피사체가 이렇게 긴 시간을 통과해 눈앞에 나타난 것이 신비롭고 이상하다고 멋지게 말할 줄도 알았다. 그 말을 들었을 때 나는 괜히 가슴이 찌르르 울렸다. 우리가 살면서 언젠가 서로를 떠올렸다는 사실이 믿기지 않았다. 더욱 믿기지 않는 건 하늘과의 세번째 만남이었다. 사실 진정한 의미에서 이것이 그와의 제대로 된 첫 만남이기도 했다. 이번에는 그를 보자마자 알아봤다. 어두운 라운지 바에서 하늘을 만난 뒤 이따금 그가 잊히지 않고 떠올랐기 때문이었다. 그를 다시 보자마자 내가 그를 마음속 깊이 그리워하고 있었다는 것을 알 수 있었다.

하늘은 사거리 교차로에서 무슨 이유에선가 갑자기 멈춰서버린 자동차의 운전자였다. 내 차는 바로 뒤를 따라가다가 하마터면 그 차를 들이박을 뻔했다. 멈춰버린 차 한 대 때문에 사거리는 순식간에 마비되었고 사방에서 울리는 사나운 경적 소리가 귓가를 얼얼하게 때렸다. 나는 재빠르게 차에서 내려 앞 차로 갔고 운전석에서 공황에 빠진 하늘을 발견했다. 그는 두려움에 떨며 숨을 잘 쉬지 못하고 있었는데 내가 수차례 그의 이름을 부르자 멍하니 나를 돌아봤다. 내가 누군지 몰라 혼란에 빠진 것 같았다. 나는 물속에 있는 사람에게 외치듯 말했다. "운전대를 잡아요. 저기 갓길까지만 운전해요. 내가 뒤에서 따라갈게요."

다행히 하늘은 정신을 차리고 위험한 곳을 빠져나왔다. 조금 진정이 된 뒤 나와 이야기를 나누며 눈이 점차 빛나기 시작했다. 이런 극적인 우연과 인연이 하늘의 마음을 사로잡은 것 같았다. 그는 부모님이 모두 교통사고로 돌아가신 뒤 오늘처럼 갑자기 세상에 혼자 남았다는 사실이 못 견디게 두려워질 때가 있다고 아까의 상황을 설명했다. 그러면서 자신을 구해주어서 고맙다고 내 눈을 들여다보며 말했다.

그날 우리는 늦은 시간까지 오래도록 저녁을 먹으며 이야기를 나눴다. 하늘은 이전에 봤을 때보다 몸집이 커졌고 다부져 보였다. 살짝 구부러진 왼팔을 똑바로 펴지 못했는데 고기잡이배를 탔을 때 그물에 팔이 딸려 들어갔다고 했다. 하지만 배에서 배운 피아노를 연주할 수 있다고 자신만만하게 웃었다. 여전히 놀랍도록 아름다운 얼굴은 묘하게 고독한 분위기를 입어 더욱 신비롭게 보였다. 하늘의 표정과 몸짓에는 내가 알지 못하는 긴 사연과 지독한 시간이 느껴졌는데 몸 곳곳에 남아 있는 흉터와 짙게 그을린 피부가 어느 정도 나의 직감을 증명해주었다.

그때 하늘의 나이는 겨우 스물셋이었지만 실제로 믿을 수 없을 만큼 굴곡진 삶을 살았다. 가족들의 잇따른 죽음과, 그에게 못되게 군 사람들, 그를 속인 사람들, 그리고 그를 사랑하며 다가온 무수한 사람들 때문에 그의 인생은 엉망진창이 되었다. 끊임없이 그를 쫓아다니는 가난과 노동, 위험과 사고, 지겹게 반복되는 절망과 체념들을 하늘이 내게 들려주었을 때 나는 눈물이 날 것 같아서 그의 얼굴을 똑바로 쳐다보지 못했다. 그러다 다시 그 아름다운 얼굴을 바라봤다. 순간 그가 배우가 되었다면 어땠을까 하는 생각이 머릿속을 스쳤다. 하지만 이내 그런 말은 꺼내지 않는 게 좋겠다고 생각했다. 하늘은 저녁을 먹으며 물잔과 접시 옆으로 그가 찍은 사람들 사진을 보여주었다. "사람들을 찍을 때 더 이상 내가 누군가의 눈에 비치는 대상이 아니라는 게 좋아." 나는 하늘의 기분을 상하게 하고 싶지 않았다. 실은 그가 가진 비련하고 슬픈 분위기를 해쳐서는 안 된다는 막연한 생각에 사로잡혀 있었다.

우리는 식당 문을 닫을 때에야 자리에서 일어났다. 바깥에는 차가운 가을비가 내리고 있었다. 머리와 옷이 젖은 채로 차로 돌아왔는데 어째서인지 하늘이 자신의 차로 가지 않고 내 차 조수석에 올라탔다. 그는 손을 뻗어 내 머리와 얼굴에 묻은 물기를 닦아주다가 입을 맞출 것처럼 다가왔다. 나는 가까스로 결혼할 사람이 있다고 말했다. 하늘은 순간 물기 어린 눈동자로 잠시 나를 바라봤다. 그 눈에는 어째서? 왜? 왜 또 나에게만? 같은 자기 자신의 삶을 향한 원론적인 물음이 서려 있었다. 하지만 그건 아주 짧은 순간일 뿐이었다. 하늘은 곧 물러나며 생긋 미소 지었다. 그리곤 내게 정중하게 사과했다. 하늘은 손을 내밀고 잠시 기다렸다. 내가 그 굴곡으로 가득한 손을 물끄러미 바라보다가 결국 잡았을 때 그는 힘주어 한 번 꼭 쥐었다. 그의 손은 예상치 않게 보드랍고 놀랍도록 따뜻했다. 하늘은 우리가 특별한 인연이니 앞으로도 연락을 하고 싶은데 괜찮은지 물으며 친구가 되고 싶다고 말했다. 나는 그러자고, 나도 그러길 원한다고 고개를 끄덕였다.

하지만 나는 그날 집에 돌아와 주체할 수 없는 눈물을 흘렸다. 나로서도 이해할 수 없는 감정이 마음속에서 휘몰아쳤다. 나는 그가 가여웠고 그 가여움에 내가 아무 손도 쓸 수 없다는 사실, 그 슬픔을 그저 멀뚱히 바라만 봐야 한다는 사실에 화가 나 어쩔 줄 몰랐다. 또한 이 모든 것이 운명의 정교한 장난처럼 느껴졌고 그것이 결국 그를 더욱 아름답게 만든다는 사실이 못 견디게 끔찍했다.

하늘과는 진정한 의미의 친구가 되진 못했다. 그는 한곳에 오래 머물지 못하고 배를 타거나 국경을 넘기 일쑤였고 가끔 메시지를 보내왔지만 병이 났다거나, 좋아하는 사람이 병이 났다는 안타까운 소식을 전할 뿐이었다. 그러다 결국 완전히 연락이 끊겼다. 시간이 꽤 흘렀기 때문에 나는 그를 떠올리는 순간이 거의 없어졌으며 가끔 모호한 슬픔의 감정이 들었지만 그것이 어디서 비롯됐는지 모르는 채로 그냥 흘려보냈다.

하늘의 소식을 다시 들은 것은 칠 년 후 추운 겨울날이었는데 나는 창밖으로 나부끼는 함박눈을 바라보며 점심으로 개운한 온면을 만들고 있었다. 그날 모르는 사람들뿐인 단

체 메시지 방에 초대되어 하늘의 부고를 들었다. 그는 어느
새 한국에 돌아와 몇 개월간 혼자 살던 강가의 작은 집에서
목숨을 끊었다. 생전에 하늘을 알고 지내던 사람들이, 내가
전혀 모르는 사람들이 나와 같은 슬픔에 잠겨 그의 삶에 대
해 한마디씩 했다. 아무래도 하늘은 지난 몇 년간 괴로운 시
기를 보내며 믿기지 않지만 괴팍한 사람으로 변한 모양이었
다. 누군가는 하늘이 마지막으로 보낸 편지 내용을 전해주었
다. "어째서 항상 이런 식으로 끝나야 했을까? 나는 이런 얼
굴도, 이런 운명도 한 번도 원한 적이 없는데." 하늘과 마지
막에 가까이 거주하던 다른 친구는 하늘이 죽기 직전에 찍은
사진들을 공유해주었다. 하늘이 생의 마지막 시간을 보낼 때
유일하게 얼굴을 보던 우체부와 가까운 식료품 가게 주인을
찍은 사진이었다. 친구는 안타까운 마음을 견디지 못하고 그
들을 찾아가 하늘의 마지막 모습이 어떠했는지 물어봤다고
했다. "하지만 우체부는 그의 인상이 잘 기억나지 않는다고
했습니다. 조금 뚱뚱하고 사나운 느낌이었던 것 같은데 사진
을 찍을 때 말고 대화를 한 적은 없었다고 하더군요. 그의 나
이를 말해주자 깜짝 놀랐습니다. 그가 아직 이십대였다는 것
을 믿지 못하더군요. 식료품 가게 주인은 그가 자신의 사진
을 찍었다는 사실조차 기억하지 못했습니다." 하지만 그런
이야기들이 쏟아져도 하늘을 알고 있던 모두가 그의 아름다
움을 떠올렸다. 오히려 그 아름다움은 더욱 빛을 발하기 시
작했고 영원한 무언가가 되어가고 있었다.

나는 북해로 가는 기차 안에서 결국 그의 이야기를 하지 않았다. 내가 구태여 보태지 않아도 세상에는 아름다움에 관한 이야기가 끝이 없었으므로. 한 친구는 이제 막 자기가 아는 아름다움에 관해 말하기 시작했다. 원시의 생활을 여전히 유지하고 있는 한 모계 부족의 이야기였다. 그곳의 여자들은 중요한 꿈을 꾼 날 생강 우린 물로 목욕을 하고 꽃 대신 열매로 몸을 치장한다. 남자들은 아름다워지기 위해 여자들에게서 열매를 얻어 그 위에 산호 가루를 뿌려 먹는다. 그러면 그들은 고깃배 위에서 잠들어도 길을 잃지 않고 집으로 돌아온다. 우리는 물론 그 이야기가 아름답다고 모두 동의했다. 달리는 기차의 창밖에는 바다 위로 펄펄 눈이 내리고 있었다. 하늘과 바다가 온통 하얗고 아름다웠으며 도대체 저기에 아름다움 이외에 무엇이 존재하는지 알 수 없었다. 누군가 다시 입을 열고 아름다움에 관한 이야기를 시작했다.

위수정

풍경과 사랑

2017년 동아일보 신춘문예에 중편소설이 당선
되며 작품 활동 시작.

아들이 처음 보는 아이를 집에 데리고 왔다.

*

남편이 제주도 건축 현장에 내려간 지 이 주가 되어가고 있었다. 지방에 길게 출장을 다녀도 주말은 웬만해선 집에서 보내는 사람이었다. 그런데 지난주에 이어 이번 주에도 올라오지 못한다는 연락을 해왔다. 지난번에는 클라이언트가 급히 도면 수정을 요구해서였다고 했고, 이번에는 폭설로 비행기가 뜨지 못한다고 했다. 어마어마해. 와, 이런 눈은 또 처음 본다.

좋아?

어? ……좋기는, 뭐.

남편은 이런 사람이다. 감정이 말투에서 그대로 묻어나는데 막상 좋은가 물으면 좋다고 쉽게 대답하지 못하는 사람. 내가 함께하지 못할 때에 특히 그랬고 나는 그런 식의 대답이 좋았다. 그래서 여전히 남편에게 종종 물었다. 좋아? 재밌어?

*

엄마, 애는 연호.

민준의 옆에 서 있는 아이는 그 또래 아이들이 하듯 고개 숙여 인사하는 대신 나를 똑바로 바라보며 안녕하세요, 하고는 웃었다. 그 얼굴을 보고 환한 웃음이라는 건 저런 걸 말하는 거구나, 생각했다. 순한 눈동자와 추위로 발갛게 상기된 피부.

민준과 같은 고등학교 교복을 입고 있었지만 키는 민준보다 오 센티 정도는 커 보였다. 내가 전에 말했는데. 왜, 하와이에서 전학 온.

아, 그래. 네가 연호구나.

하와이라는 말을 듣자마자 나는 연호라는 이름을 기억해냈다. 연호는 두 달 전쯤 전학을 왔다. 얼굴은 몰랐지만 연호는 반 엄마들 사이에서 이미 유명했다. 연호의 엄마는 90년대에 잠깐 활동하고 사라진 배우 주수진이었다. 그녀는 청순한 이미지의 배우들 사이에서 시원한 이목구비와 특유의 퇴폐미로 단번에 주목을 받았다. 그러나 드라마 두세 편과 영화 한 편을 끝으로 돌연 자취를 감추었다. 유부남 재벌과 스캔들이 있었는데, 그런 종류의 스캔들이 그러하듯 진위 여부는 확실히 밝혀지지 않았으나 아무도 그 말이 완전한 허위라고 생각하는 것 같지도 않았다.

연호 아빠가 ○○그룹 회장이 맞다고 울 남편이 그랬어요. 정말? 난 △△건설로 들었는데. 어쩐지 좀 닮은 듯. 하와이에 호텔 하나 줬다잖아. 그러면 뭐 해, 세컨든데. 애만 불쌍하지. 그리고 이어지는 이모티콘들…… 상위권 아이들의 엄마 몇몇이 따로 모인 채팅방에서는 늘 그 모자가 화제였다. 보고만 있기 뭣해서 나도 우는 모양의 이모티콘을 하나 남겼다. 그 후로도 그녀를 동네 카페에서 봤는데 얼굴이 어딘가 달라졌다는 이야기, 연호가 어느 학원에 등록했다는 소식 등등이 계속 업데이트되었다. 단체 채팅방에서는 말을 많이 섞지 않는 편이 정신 건강에 좋다는 것을 나는 오래전에 터득했다. 그러나 아무런 반응을 보이지 않으면 그 역시 경계 대상이 되기에, 강한 주장 없는 적당히 무난한 대답과 귀여운 이모티콘을 활용했다. 민준은 반장인데다 성적도 톱이라 엄마들은 종종 내게 학원 정보를 물었고 나는 언제나 거리낌 없이 대답해주었다. 그 점만으로도 나는 '좋은 사람'으로 분류될 것이었다. 그러나 말이 길어지면, 그게 무슨 말이든, 트집을 잡는 이가 생길 거라는 것을 알았다. 민준의 성적이 뛰어나니까, 남편이 신진 건축 대상을 받은 적이 있는 설계사니까, 게다가 나는 일찍 결혼해서 엄마들 중에서도 어린 편에 속했다. 엄마들 간의 신경전은 민준의 유치원 시절부터 충분히 겪었다. 그러니까 나는 튀지 않는 쪽으로. 뭘 잘 모르는 엄마로. 가능하면 희미한 쪽으로.

엄마, 나 샌드위치 먹고 싶은데. 아보카도 넣은 거. 연호한테 맛있다고 자랑했거든.

민준은 연호를 포함한 친구들 몇몇과 저녁에 영화를 보러 가기로 했다며 내 눈치를 살폈다.

영화관은 좀 위험한데. 기말고사도 얼마 안 남지 않았어? 나는 은근히 눈을 흘기며 물었다.

어차피 떨어져서 앉잖아, 말도 안 하고. 이것만 딱 보고 열공할 거야. 그치? 민준은 연호에게 동의를 구했다. 연호는 씩 웃으며 나를 보았다. 그리고 민준을 향해 고개를 끄덕였다.

혹시 못 먹는 거 있니?

놉. 다 좋아해요. 배고파요.

연호는 이번에도 내게 시선을 맞추며 친근하게 말하고는 입고 있던 점퍼를 벗었다. 나는 부엌으로 향했고 둘은 농담을 주고받으며 방으로 들어갔다. 어려워하는 기색 없이 예전부터 알던 사람처럼 구는 모습에 피식 웃음이 났다. 재밌는 아이네.

냉장고에서 샌드위치 재료를 꺼냈다. 아보카도를 반으로 잘라 씨앗을 뺐다. 부드러운 초록빛 과육이 유난히 예뻤다. 씨앗을 버리려다 손에 쥐어보았다. 단단하고 동그란 씨앗의 촉감. 부서져도 상관없다는 생각으로 꽉 쥐어보았다. 손을 폈

을 때 예상대로 씨앗은 그대로였고 손바닥에는 동그란 자국
이 남았다.

평소에 잘 쓰지 않는 접시를 꺼내 샌드위치를 플레이팅했
다. 머스캣도 곁들였다. 아이들이 샌드위치를 먹는 동안 나는
핫초콜릿을 만들었다. 우유와 생크림을 냄비에 넣고 끓이다
잘게 조각낸 다크초콜릿을 넣었다. 잠시 후 진한 초콜릿 향이
올라왔고 나는 흡족해졌다. 마시멜로도 올려줄까?

난 두 개. 민준이 말했고 연호는, 전 괜찮아요. 샌드위치 맛
있어요. 굿.

연호는 샌드위치를 우물거리다 엄지손가락을 들어 보이며
틈틈이 감탄을 연발했다. 어눌한 한국말과 유창한 영어를 뒤
섞어 말하는 모습에 웃음이 났다. 그만해, 미친놈아. 민준이
장난스럽게 연호의 팔을 쳤다. 엄마가 아보카도 못 먹게 해
요. 블러드 아보카도라고. 블러드 아보카도? 블러드 다이아
몬드라는 말은 들어봤으나 블러드 아보카도라는 말은 처음이
었다. 멕시코에서 사람 죽이고 그러거든요. 아보카도 때문에.

그래? 왜? 나와 민준은 같은 표정으로 연호를 보았다. 연
호는 어깨를 으쓱하고는 별일 아니라는 듯 말했다. 머니 문제
겠죠? 멕시코 원래 그래요. 마피아 나라.

나는 아이들 앞에 따끈한 핫초콜릿을 놓아주었다. 그런데
연호는 한 모금 마시고는 짧게 기침을 했다. 쏘리. 저, 초콜
릿은 안, 잘, 못 먹어요.

몰랐네. 미안해. 그럼 뭐 줄까? 콜라?

혹시 우유가 있어요?

아, 우유는 없는데.

괜찮아요. 콜라 좋아요.

주는 대로 먹어라. 우유는 니네 집 가서 찾고. 애냐?

민준은 어이없다는 듯 말했다. 나는 민준에게 그러지 말라는 눈짓을 보냈다. 마른 편인 민준에 비해 연호는 어깨가 넓었고 셔츠 밖으로는 근육의 실루엣이 드러나 있었다. 나는 콜라를 꺼내어 컵에 따랐다. 연호는 운동했니?

배구 했대. 운동할 때 보면 거의 짐승 수준이야. 민준의 말에 연호는, 짐승? 하며 민준을 때리는 시늉을 했다. 우리는 함께 웃었다. 연호의 앞에 콜라를 놓아주려고 컵을 든 손을 뻗었는데 연호가 손을 내밀었다. 그의 손이 따뜻해서 내 손이 차다는 것을 알았다. 손이 닿았을 때 연호가 나를 보는 것 같았지만 나는 모르는 척했다. '요즘 애들은 발육이 너무 좋아서 애들 같지가 않아. 생각도 우리 때랑은 많이 다르지. 중학생만 돼도 벌써 여자 친구랑……' 이런 말은 내가 한 말이 아닌데. 누가 그랬더라. 엄마들이었겠지. 나도 한 번쯤 했던 말인가. 여러 번 들었던 건 분명한데.

아이들이 나간 후, 나는 연호가 한 모금 마시고 둔 핫초코릿을 전자레인지에 데웠다. 그 잔을 그대로 들고 컴퓨터 앞에 앉아 주수진을 검색해보았다. 동명의 유명 아이돌 사진이 화면을 채웠다. 내가 찾는 주수진은 스크롤을 한참 내리고 나서야 찾을 수 있었다. 그녀는 다른 배우들과 달리 활짝 웃는 사진이 많이 없었다. 붉은 입술에 긴 파마머리. 가슴까지 파인 셔츠. 그런데 사진을 쭉 보다가 포니테일을 하고 귀여운 오버 올을 입은 모습으로 밝게 웃는 모습이 눈에 띄었다. 데뷔 초의 사진 같았다. 웃고 있는 어린 주수진의 눈매는 연호의 웃는 모습과 닮아 있었다. 더 자세히 보려고 섬네일을 클릭했지만 기사는 삭제되어 볼 수 없었다. 몇 번 다시 시도해보았으나 결과는 같았다. 나는 계속해서 주수진의 사진과 기사들을 찾아보았다. 스캔들을 다룬 기사도 2005년이 끝이었다. 하와이에 거주하며 작년에 아들을 낳은 것으로, 연예계에 미련이, 스물여섯, 아이의 아버지는 밝혀진 바가, 재벌 유부남과의, 다른 루머들, 현재 삶에 만족…… 그녀는 나보다 두 살이 어렸다.

나는 이어서 내 이름을 검색해보았다. 같은 이름의 낯선 가수, 기자 등등을 지나 육 년 전 남편과 함께 인테리어 전문 잡지에 실렸던 사진이 떴다. '한옥 건축가의 자연주의 인테리어'라는 제목 아래 집 거실 소파에 남편과 내가 나란히 앉아 있었다. 사진 속의 우리는 지금보다 젊고 생기 있어 보였다. 조명판과 포토샵 덕도 있었지만 확실히 남편이나 나나 지금보다 매끈한 얼굴이었다. 육 년 전이면 민준이 초등학교 5학년 때. 그렇게 생각하면 육 년은 짧은 시간이 아니었고 외모의 변화도 당연하게 여겨졌다. 남편은 브리오니의 블루 셔츠를 입었고 나는 미우미우 화이트 블라우스에 노란색 에르메스 트윌리를 두르고 있었다. 미술을 전공한 아내의 감각을 존중하죠. 캠퍼스 커플, 그녀는 대학원 시절 개인전을, 결혼과 동시에 부부에게는, 꼭 한옥에 살지 않더라도, 부부는 인터뷰 내내, 여백을 중요하게 생각합니다.

기사를 보고 있자니 인터뷰 당시 상황이 또렷하게 떠올랐다. 나는 촬영 이 주 전부터 인테리어와 청소에 열을 올렸다. 소품을 사러 백화점과 앤티크숍을 열심히 돌아다녔고 촬영 당일 새벽에는 꽃 도매시장에도 다녀왔다. 숍에서 메이크업 도 받았다. 최대한 자연스럽게 해주세요. 그리고 집에 와서 는 저렇게 천연덕스럽게…… 새삼스레 얼굴이 달아올랐다. 당시에는 자랑스럽기까지 했었는데. 나는 기사를 닫고 스크 롤을 내렸다. 거의 이십 년 전의 그룹전 및 개인전 관련 섬네 일 한두 개. 개인전을 열었던 갤러리의 관장은 나의 외삼촌이 었다. 나는 인터넷 창을 닫고 시계를 보았다. 어느새 저녁이 었다. 컴컴한 거실을 둘러보았다. 불을 켜야지, 생각만 하다 가 한참 후에야 겨우 자리에서 일어섰다. 혼자 밥을 차려 먹 다 남편 생각이 났다. 서울에는 눈이 오지 않았다. 낮에 통화 할 때 남편의 목소리는 들떠 있었다. 엄청나게 눈이 온다고, 그런 눈은 처음 본다고. 그런데 왜 사진 한 장 보내지 않는 걸까? 남편은 종종 풍경 사진이나 공사 현장, 먹고 있는 음식 사진 따위를 보내곤 했는데. 나는 밥을 먹다 말고 휴대폰 화 면을 열었다. 아직도 눈 많이 와? 한참이 지나도 남편은 답이 없었다. 나는 주방 정리를 한 뒤 욕조에 뜨거운 물을 받았다.

옷을 벗고 욕실 거울 앞에 섰다. 머리를 쓸어올리자 흰머리

가 드문드문 눈에 띄었다. 팔뚝에는 보기 싫게 살이 올라 있
었다. 그리고…… 갓 태어난 민준을 품에 안고 젖을 물릴 때
에는 가슴 모양 따위 어찌 되든 안중에도 없었다. 그때는 그
랬다. 호르몬 때문이었을까? 그러니까, 그때 나는 정상이 아
니었던 걸까? 그럼…… 지금은?

　욕조 안으로 발을 넣는데 휴대폰이 울렸다. 남편이었다. 막
상 전화가 오자 받고 싶지 않았다. 벨은 한참 울리다 끊어졌
다. 이어서 메시지 알림음이 들렸다. 미안, 아까 회의 중이어
서. 별일 없지? 나는 답을 하지 않고 욕조에 몸을 담갔다. 연
호. 문득 그 아이의 이름이 떠올랐고 이어서 그 환한 웃음이,
매끈한 손가락과 단단한 어깨가. 문득이라고? 아니다. 나는
그 아이가 떠난 후 줄곧 같은 생각을 하고 있었다. 그 사실을
깨닫자 어이가 없었다. 나는 고개를 절레절레 흔들었다. 자꾸
웃음이 났는데 어처구니가 없어서 그러는 것이라고 생각했
다. 니가 돌았구나, 드디어. 혼잣말을 했고 욕실이라 목소리
가 울렸다. 나는 입을 다물었다. 혼자인데도.

　민준은 열시가 넘어 돌아왔다. 연호 어머니가 차로 데려다
주셨어.

　연호 엄마 봤겠네?

　당연히 봤지. 왜?

　예뻐?

　응? 모르겠는데? 비슷해.

　뭐가 비슷해?

뭐 그냥, 엄마랑 비슷하다고.

남편에게서 또다시 전화가 왔고 나는 침대에서 전화를 받았다. 눈이 많이 와서. 남편은 또 눈 타령이었다. 오늘 주수진 아들이 집에 왔었다?

누구 아들?

전에 말했잖아. 왜, 옛날에 그 연예인. ○○회장 내연녀.

아, 그 주수진. 그래? 민준이랑 친하대?

학원 같이 다니잖아. 나도 첨 봤네. 덩치가 좋아. 근데 한국말도 잘 못하면서 할 말은 다 하고, 좀 웃겨. 참, 자기 블러드 아보카도라는 말 들어봤어?

민준이는 잘 있지?

응? 잘 있지. 영화 보고 좀 전에 들어왔거든. 주수진이 데려다줬대. 근데 주수진이랑 내가 비슷하대.

남편의 웃음소리가 들렸다. 어디가? 궁금하네. 나도 한번 보고 싶다.

자기가 왜 보냐? 집에는 언제 오는 건데? 수상해. 재미가 좋은가 봐?

나보다 자기가 더 신난 거 같은데? 남편은 큰 소리로 웃었다. 주무세요, 민준 어머니.

조심해.

응? 뭘?

뭐긴 뭐야.

남편은 다음 주 금요일 밤에 도착할 예정이라고 했다. 나는 침대에 누웠지만 잠이 오지 않았다. 남편의 지나치게 큰 웃음 소리가 마음에 걸렸다.

*

주말 오후가 되었고 나는 염색을 하기 위해 미용실에 들렀다가 미용사가 권하는 펌까지 하기로 했다. 머리가 완성되기를 기다리는 동안 오랜만에 손톱 관리도 받았다. 어려 보이는 관리사는 내가 버건디 컬러를 고르자 겨울에는 역시 버건디라며 고객님처럼 흰 피부에는 더 잘 어울릴 거라고 싹싹하게 말했다. 여자는 매끈하고 탄력 있는 손으로 내 손을 잡았다. 아무것도 바르지 않은 손톱이 깔끔하게 정리되어 있었다. 네일아트 안 하시나 봐요? 내가 묻자, 가끔 쉬어줘야 하거든요, 저도 진한 색 좋아하는데, 내 손에 크림을 바르며 대답했다. 그녀의 손이 내 손을 부드럽게 감쌌다. 이어서 간단하게 마사지를 해주었다. 여자의 손이 닿을 때마다 기분 좋은 나른함이 퍼져나갔다. 관리사는 손톱에 크림을 바르고 큐티클을 떼어내기 시작했다. 나는 손을 맡긴 채, 일에 집중하고 있는 여자를 바라보았다. 살짝 부푼 볼과 빛을 받아 솜털까지 보이는 매끄럽고 탄탄한 목선이 아름다웠다. 문득 내가 몇 살쯤으로 보이는지 묻고 싶었다. 대신 나는, 피부가 정말 좋네요. 부러워요, 그녀는 손에서 눈을 떼지 않은 채 쑥스러운 듯 웃었다. 제가요? 아닌데요. 감사합니다. 그러나 여자는 끝까지 내 외모에 대한 말은 하지 않았다.

엄마, 연호 오늘 우리 집에서 자도 돼? 집으로 가는 길에 민준에게 전화가 왔다. 갑자기?

애네 엄마가 어디 가서서 집이 빈다고 나보고 자기 집에 가자는 걸……

민준과 통화를 끝내기도 전에 나는 차를 돌려 근처 백화점으로 향했다. 백화점 외부에는 벌써 크리스마스트리가 화려한 불을 밝히며 서 있었다. 반짝이는 장식들을 보자 문득 캐럴이 듣고 싶어졌고 조금 설레기까지 했다. 나는 지하 식품 매장을 돌며 카트에 우유와 블루베리를 담았다. 아보카도는 들었다 다시 내려놓았다. 스테이크용 소고기와 샐러드용 채소, 트러플 오일까지 계산하고 베이커리에 들러 몽블랑과 카늘레도 샀다. 뭔가 자꾸 더 사고 싶었지만 시간이 부족해 바로 집으로 돌아왔다.

음, 맛있는 냄새. 민준이 가방을 내려놓으며 말했다. 아이들에게 찬 바람이 묻어 있었다. 패딩을 벗은 연호는 검은 트레이닝복 차림이었다. 연호는 저번처럼 내게 눈을 맞추고 인사했다. 어, 헤어스타일이. 그는 내 머리를 가리켰다. 예뻐요.

아, 이 느끼한 놈. 민준이 웃으며 욕실로 향했다. 우리 이거 사 왔는데. 연호가 비닐봉지를 식탁 위에 올렸다. 불닭볶음면, 핫바, 스누피가 그려진 고카페인 커피우유, 훈제 계란. 이런 거 좋아해? 내가 웃으며 물었다. 네, 특히 이거. 연호는 불닭볶음면을 들어 보였다. 나는 오일에 재워둔 스테이크가 떠올랐다. 레인지 위에서 단호박수프 끓는 냄새가 났다.

주수진은 동물보호협회 사람들과 봉사활동을 하러 지방에 내려갔다고 했다. 엄마가 동물을 아끼시나 보구나. 연호는 샐러드를 포크로 찍으며 말했다. 동물도 아끼고 골프도 아끼고.

우리 아빠도 골프 마니안데. 민준의 말에 나는 건성으로 고개를 끄덕였다. 연호는 트러플 소스가 입에 맞지 않는 듯했다. 새벽에 필드 나간다고 자고 오는 거예요. 자주 그래요. 연호는 묻지도 않은 말을 했고 순간 나는 그의 눈빛에 쓸쓸함이 스치는 것을 보았다. 운동하시면 좋지. 좋은 일도 하시고. 오븐에서 알림음이 울렸고 나는 스테이크를 꺼냈다. 민준은 오늘 무슨 날이냐며 호들갑을 떨었다. 엄마, 설마 얘 온다고 고기 구운 건 아니겠지? 민준의 장난기 섞인 말에 나는, 맞는데? 연호 온다고 한 건데, 하고 천연덕스럽게 대답한 후 슬쩍 연호의 표정을 살폈다. 연호가 웃었다. 민준이 뭐라 더 말하기 전에 나는 덧붙였다. 전에 사둔 거야. 엄마가 까먹고 있었어.

접시를 깔끔하게 비운 민준과 달리 연호의 음식은 잘 줄지 않았다. 맛이 별로니? 내가 묻자 아니요, 맛있어요, 답하면서도 연호는 포크로 스테이크 조각을 찔러 입에 넣고 오래 씹었다. 민준이 연호의 접시에 있는 스테이크를 한 점 찍어 먹었다. 배가 불렀냐? 엄마, 사실 연호가 운동하면서 고기를 너무 많이 먹어서 질렸대. 그래서 맨날 떡볶이, 라면 이런 것만 처먹, 아니 먹는다니깐. 연호는 반박하지 않았다. 핫, 스파이시, 그런 거 원래 좋아해요.

나는 아이들이 사 온 컵라면 포장을 뜯고 물을 올렸다. 연호는 볶음면을, 나는 스테이크를, 식사를 일찌감치 마친 민준은 레모네이드를 앞에 두고 식탁에 다시 앉았다. 부드러운 안심에서 육즙이 흘러나왔지만 나는 맛을 제대로 느끼지 못했다. 자극적인 라면 냄새와 고기 냄새가 뒤섞여 식탁 위가 어지러웠다. 맛있냐? 아주 흡입을 하네. 아, 안 되겠다. 민준은 매운 소스 때문에 입술이 빨갛게 된 연호를 보다가 자기도 먹겠다며 자리에서 일어났다. 앉아. 나의 단호한 목소리에 둘이 동시에 나를 바라보았다. 내가 해줄게. 짐짓 밝은 목소리로 말하고 자리에서 일어나 커피포트에 다시 물을 올렸다. 싱크대에는 먹다 남은 스테이크가 버려져 있었다. 조리대 위에는 수프와 샐러드도 남아 있었다. 아이들은 보기 싫은 뻘건 면을 잘도 먹어댔다. 식사를 마친 연호는 스누피가 그려진 우유팩을 열었다. 이거 대박. 연호는 새 우유 하나를 내게 내밀었다. 선물이에요.

식사를 마친 아이들은 방으로 들어갔고 나는 부엌 정리를 했다. 남은 음식을 보관할까 하다가 내키지 않아 모두 버렸다. 싱크대에 버려진 음식물이 꼴 보기 싫었다. 서둘러 식기세척기를 돌리고 식탁을 닦는데 연호가 손에 휴대폰을 든 채 방에서 나왔다. 저, 엄마가 좀 바꿔달라고. 나는 얼떨결에 휴대폰을 받고 다른 손으로는 급히 머리를 다듬었다. 화면 속에서 주수진이 나를 보고 있었다. 우리는 서로 어색하게 웃으며 인사를 나누었다. 주수진은, 연호를 재워줘서 고맙다, 다 큰 애가 굳이 거기를 가서, 진작에 연락을 한번 드렸어야 했는데, 그래도 덕분에 안심이 되고요, 등의 말을 했고 나는 뭐라고 했더라. 아니라고, 같은 반 친군데 당연하다고, 봉사활동도 하시고, 추운 날씨라고, 그런 말을 했겠지. 어느 순간 주수진이 연호를 찾았고 내가 고개를 돌리자 연호가 한 손으로 내 어깨를 잡고 몸을 바싹 붙여왔다. 비누 냄새가 섞인 체취가 났다. 우리는 함께 주수진을 보았다. 우리의 얼굴이 한 화면에 작게 떴다. 엄마, 이제 됐지? 연호가 말하는데 주수진의 옆에 낯선 남자 얼굴이 언뜻 보였다. 연호가 휴대폰을 쥐고 있는 내 손 위로 자신의 손을 포갰다. 나는 손을 빼며 얼버무리듯 인사하고 물러났다. 둘은 잠깐 영어로 통화를 했는데 연호는 무언가 불만이 있는 듯 대답만 겨우 하는 것 같았다. 나는 못 들은 척 몸을 돌려 그릇 정리를 했다. 전화를 끊은 연호가 내게 말했다. 엄마가 고맙대요. 저도 고마워요. 연호는 씩 웃어 보이고 방으로 들어갔다.

갑자기 단것이 먹고 싶어졌다. 냉장고에서 카늘레와 커피 우유를 꺼냈다. 거실에 앉아 텔레비전 볼륨을 줄인 채 카늘레를 먹었다. 우유는 달고 진했다. 휴대폰을 열어보니 남편에게서 전화가 와 있었다. 엄마들 채팅방에는 이번 기말고사 시험 범위에 대한 불평과 새로 생긴 과탐 학원의 설명회 정보들이 올라와 있었다. 그 사이에서 나는 연호라는 이름을 발견했다. 연호 담배 피우다 걸렸대요. 학교서도 맨날 엎드려 잠만 잔다고. 주수진은 뭐 하나 몰라. 나는 채팅창을 한참 보고만 있다가 과탐 학원 어떠냐고 궁금하지도 않은 질문을 남겼다. 엄마들의 답변이 이어졌고, 나는 또 우는 이모티콘을 남기고 창을 닫았다.

연호는 갑자기 반에 들어와 물을 흐리고 있는 아이였다. 그리고 민준은 연호와 친해 보였다. 민준이 연호의 영향을 받을까? 모르는 일이기는 했으나 크게 걱정스럽지는 않았다. 민준은 너그러운 성격처럼 보이지만 사실 그렇지 않았다. 중학교 때부터 혼자 계획을 세워 빼놓지 않고 실천하려 하는 강박증 같은 것이 있었다. 민준을 싫어하는 아이들은 없었으나 절친도 딱히 없었다. 민준은 자신만의 바운더리가 명확했다. 내가 저랬거든, 신기하네. 남편은 싫지 않은 눈치였다. 나는 남편의 그 좁은 바운더리 안에 들어간 사람이었다. 아무에게나 쉽게 곁을 허락하지 않는 남편이 좋았고 그 안에서 나는 안락함을 느꼈다. 그러나 나는 간혹, 혹시 민준이 나를 닮은 것은 아닌가 걱정스러웠다. 남편은 딱 한 번 내게 그런 말을 한 적이 있다. 너랑 같이 있어도 너무 혼자인 기분이 들 때가 있어. 그때 나는 아마, 그건 당신 기분 탓이라고 했을 것이다. 누구나 때때로 외로움을 느낀다고. 나 역시 그렇다고. 그러나 사실은 속을 들킨 기분이었다.

방에 들어와 남편에게 전화를 걸었다. 남편은 진행 중인 공사에 대해 말했고 클라이언트가 까다롭고 약간 사이코 같긴 하지만 작품 하나 또 나올 것 같다며 설렘을 드러냈다. 기분이 좋은가 보네.

아니, 뭐. 딱히 나쁠 건 없다는 거지. 예산 걱정은 없어서.

오늘 주수진 아들 우리 집에서 잔다.

그래? 준이랑 정말 친한가.

글쎄. 아직 모르지. 주수진이 전화를 했더라고. 화상 통화.

그랬어?

어떤 남자랑 있더라. 곧 애들 시험 기간인데, 골프 치러 갔다나 봐. 말은 무슨 봉사활동이라는데.

좋네. 골프도 치고. 남쪽은 좀 따뜻하니깐.

그렇게 돌아다녀도 괜찮은가. 애가 불쌍해.

남 일에 신경 쓰지 말자.

아니, 걔가 나한테 선물이라면서 커피우유를 줬어. 스누피 그려진 거 알아, 자기? 근데 고카페인이라더니 진짜 심장이 막 뛴다? 나 지금 손 떨려.

너 카페인에 약하잖아. 이 시간에 그걸 왜 먹어. 남편의 주위가 시끄러워졌다. 여자 목소리도 들린 것 같았다. 나 지금 회식이라.

나는 전화를 끊었다. 주수진의 얼굴이 떠올랐다. 얼굴은 금방 알아보았지만 스타일은 화면으로 보던 것과 많이 달랐다. 거의 이십 년이 지났으니 당연한 건지도 몰랐다. 그러나 짧은 단발에 화장기 없는 얼굴은 고등학생 아들을 둔 엄마로는 보이지 않았다. 그녀의 옆에 있던 남자는 누구였을까? 연호는 아빠가 있다는 말은 하지 않았는데.

밤 열두시가 넘어가는 시간까지도 잠이 오기는커녕 점점

말똥말똥해졌다. 나는 조용히 방을 나와 민준의 방문 앞에 서서 귀를 기울였다. 아무런 소리도 들리지 않았다. 따뜻한 허브티와 쿠키를 챙겨 들고 민준의 방을 노크했다. 기척이 없어 조심스레 문을 열어보았다. 민준은 침대에 누워 자고 있었고 연호는 바닥에 기대어 이어폰을 낀 채 휴대폰을 보고 있었다. 연호는 나를 보더니 자리에서 일어나 조용히 나왔다. 민준이는 언제부터 잤어?

음, 좀 전에요. 갑자기 눕더라고요, 잔다고. 나는 너희가 아직 공부 중인 줄 알았다고, 잠자리를 미리 정해줬어야 했는데 미안하다고 했다. 아뇨, 괜찮아요. 이거, 먹어도 돼요? 연호가 허브티를 가리켰다. 우리는 거실 소파로 와서 앉았다. 아까 그 스누피 마셨더니 정말 잠이 안 오네. 연호가 웃었다. 난 원래 늦게 자요. 밤에 하와이 친구들이랑 톡 하느라. 그런데…… 저건 트윔블리예요?

연호가 거실 구석의 그림을 보고 물었다. 나는 연호의 입에서 트윔블리라는 말이 나와서 내심 놀랐다. 아니, 저건 옛날에 내가 그린 거. 그런데 트윔블리를 아는구나. 나는 대학 때 트윔블리를 좋아했다. 그러나 그림을 그만둔 것도 어쩌면 트윔블리 때문인지도 몰랐다. 누구나 내 그림을 보고 트윔블리를 떠올렸다. 아류라든가 거의 표절이라든가. 그걸 뛰어넘었어야 했는데. 영향을 받은 것, 계보를 잇는 것과 아류 사이에 뭐가 있는 건지 나는 이해하지 못했다. 어쩌면 내게는 그를 뛰어넘어 새로운 뭔가를 이루고 싶은 마음이 없었는지도 모르겠다. 모든 사람이 야망에 넘치는 건 아니니까……

연호 역시 트윔블리를 좋아한다고 했다. 내가 미술을 전공했다는 걸 알자 눈을 빛내며 반가워했다. 방학하면 다시 하려고요, 그림. 대학은 한국에서 가려고? 음, 잘 모르겠어요. 엄마는 이제 여기서 살 거래요…… 남자 친구랑. 아까 휴대폰 화면으로 잠깐 보았던 남자가 떠올랐다. 그렇구나. 연호가 미술을 좋아하는구나. 창밖으로 맞은편 아파트의 불빛들이 보였다. 거실에는 스탠드 하나만 켜져 있었고 우리가 말을 멈추자 주위는 더 어둡고 고요하게 느껴졌다. 자정이 넘은 시각에 연호와 둘이 거실에 앉아서 이야기를 나누고 있다는 사실이 낯설었다. 낯설고 이상한 감정. 적절하지 않다는 걸 알면서도 이 시간이 영원히 지속되길 바라는 순간이 있다. 이런 기분을 전에도 느껴본 적이 있는데. 그게 언제였더라.

연호와 이야기를 나누다 나는 몇 가지 사실을 알아냈다. 연호의 친부는 사람들이 말하는 그룹의 회장이 아니라 주수진의 초등학교 동창이라는 것. 그러나 주수진은 그가 아닌 하와이의 한 사업가와 결혼했으며 현재는 이혼하고 다른 남자 친구가 있다는 것. 하와이에 호텔이 있기는 하지만 주수진의 친정 쪽 사업이라는 것. 그리고 연호는 학교를 일 년 늦게 들어가 지금 열여덟 살이라고 했다. 한국 나이로는 열아홉. 연호가 민준보다 한 살 많다는 사실이 나는 왜 기뻤을까. 우리는 목소리를 낮추어 속삭이듯 대화를 이어갔다. 민준이 깨지 않기를 바라며. 우리는 서로 좋아하는 아티스트와 언젠가 보았던 인상적인 작품들에 대해 한참 이야기했다. 연호가 이렇게 똑똑한지 몰랐네.

애들은 내가 바본 줄 알아요. 한국말 잘 못하고…… 그러면 바보 같으니까.

그렇지는 않을 거야.

당신도 그렇게 생각했으면서.

그렇게 말하고 연호는 나를 조용히 응시했다. 연호의 오른쪽 눈은 왼쪽보다 조금 작았다. 묘한 비대칭을 이루는 얼굴. 순한 눈동자와 언뜻언뜻 비치는 그 안의 공허. 나는 왜 그걸 알아볼 수 있었을까. 나도 그래. 나도 사람들이 바본 줄 알거든.

그런데 아니잖아요, 바보. 연호의 얼굴에 미소가 번졌고 그 미소가 내게로도 옮겨왔다.

그런가? 사실, 잘 모르겠어. 나는 자리에서 일어났다. 어느 새 두시가 가까워오고 있었다.

연호는 집에 돌아가서 자겠다고 했다. 손님방이 있다고, 너무 늦었다고 말렸지만 애초에 자고 갈 생각은 아니었다며 점퍼를 입었다. 현관에서 신발을 신고 나가려던 연호가 돌아보았다. 같이 갈래요?

나는 웃었고, 웃는 나를 연호는 웃지 않고 바라보았다. 내가 고개를 젓자 연호가 작게 말했다. 나는 무슨 말인지 알아듣지 못했다. 뭐라고? 그는 다시 천천히 말했다.

One to one correspondence. 그걸 한국말로 뭐라고 하죠?

연호가 떠난 후 나는 발코니로 가서 섰다. 그러나 곧 뒤로 물러났다. 아래를 내려다보고 싶은 만큼 나는 두려웠다. 연호가 올려다볼까 봐. 나를 발견할까 봐.

너, 담배 피운다고 하던데 정말이니? 그러면 되겠니. 엄마가 아시니? 이런 말들을 했어야 했을까? 나는 밤새 소파에 앉아 같은 생각을 반복했다. 연호의 체취를, 따뜻하고 커다란 손과 단단한 어깨를, 같이 갈래요, 하고 물을 때의 그 눈빛을. 홀로 돌아서는 뒷모습과 함께. 그를 따라갔다면 어땠을까. 혹시 내가 잘못 들은 건 아닐까? 그런데 연호는 나의 무엇을 알아본 것일까.

민준이 방문을 열고 나오다가 나를 보고 흠칫했다. 어우, 깜짝이야. 엄마 뭐 해? 벌써 일어난 거야? 여섯시였고 해는 아직 뜨지 않아 어두웠다. 새벽 공부를 한다는 민준을 위해 나는 다시 부엌으로 갔다. 소고기죽을 끓여 민준을 불렀다. 그 자식 좀 이상해. '그 자식'이 연호를 말한다는 것을 알았으나 모르는 척 물었다. 누구? 누구긴, 이연호지. 왜? 나는 무심을 가장하여 물었다. 같이 공부하자더니 옆에서 아무것도 안 하고 멍때리고. 신경 쓰여서 그냥 자버렸어. 근데 언제 갔대? 나는 열두시쯤 갔다고 말했다. 그래도 친구를 옆에 두고 혼자 자는 건 좀 너무했다.

친구는 뭐, 담임이 신경 써주라 그래서 몇 번 같이 다닌 거지. 귀찮아. 내년엔 절대 반장 안 해야지. 죽 맛있다. 엄마도 먹어요.

One to one correspondence. 일대일대응. 연호가 했던 말이었다. 나는 정오가 지나 잠이 들었고 일어났을 때에는 또 해가 지고 있었다. 일대일대응이 가능한 관계가 있을까? 나는 남편에게 메시지를 보냈다. 한참 뒤에 남편에게서 답이 왔다. 불가능. 그게 끝이었고 날이 지나도록 남편에게서는 연락이 없었다. 왜 그런 걸 묻냐고 남편이 물어보면 뭐라고 답하는 게 좋을지 생각하고 있었는데. 그러고 보니 남편은 내게 그런 종류의 질문을 잘 하지 않았다. 좋아? 재밌어? 나 없이도?

달라진 것은 없었다. 나는 그저 채팅방을 좀 더 열심히 확인했고 아파트 단지 내 편의점에 종종 들렀다. 불닭볶음면과 스누피 우유를 사서 혼자 먹어보기도 했다. 그리고 매일 산책을 나갔다. 일부러 마스크에 모자까지 쓰고 나갔지만 간혹 마주치는 엄마들은 언제나 나를 알아보았다. 그래서 나는 주로 늦은 밤에 나가서 연호가 사는 302동 뒤쪽의 공원을 구석구석 돌았다. 그리고 또다시 302동을 지나 집으로 돌아왔다. 민준은 다음 주로 다가온 기말고사 준비로 학원과 독서실을 바쁘게 오갔다. 연호는 독서실 안 다니니? 지나가듯 물었는데 민준은 응, 하고 말았다. 하루는 충동적으로 차를 몰고 백화점에 갔다. 연호에게 어울릴 만한 셔츠를 사면서 나는 설렜다. 연호에게만 주면 이상할 테니 주수진을 위해 적당한 장갑도 하나 샀다. 그리고 남편과 민준의 옷도 골랐다. 마지막으로 화장품 매장에 들러 향이 좋은 보디 오일을 내 몫으로 하나 샀다. 집으로 돌아올 때에는 어떻게 선물을 전하는 게 자연스러울지 생각하다가 라디오에서 나오는 멜로디를 따라 흥얼거렸다. 처음 듣는 노래였다.

주수진 부산으로 이사 간다네요. 채팅방에 뜬 소식이었다. 애가 내년에 고3인데 생각이 있는 거냐, 어차피 특례입학이라 상관없다, 남자 따라간다더라, 또 유부남인가, 학교 물 흐렸는데 전학 간다니 땡큐다, 등등의 말들. 사정이 있겠죠. 나는 글을 올린 후 바로 후회했다. 삭제 버튼을 누를 새도 없이 사람들이 먼저 읽어버렸다. 채팅방은 금방 조용해졌다. 나는 우는 이모티콘을 보냈다. 아무도 답을 달지 않았다. 맞는 말 아닌가라는 생각보다 왜 참지 못했을까, 하는 마음이 더 컸다.

*

남편은 조금 헬쑥해진 얼굴로 돌아왔다. 덥수룩한 머리칼 사이로 흰머리도 늘어 있었다. 남편은 내게 선물을 내밀었다. 로로피아나의 캐시미어 머플러. 미리 크리스마스 선물이라고 했다. 혼자서 고생 많았지? 남편은 웃는 얼굴로 내 표정을 살폈다. 이거 사 올 정신이 있으면 이발이나 좀 하고 오지 그랬어. 머쓱해하는 남편과 함께 나는 미용실로 향했다. 남편은 굳이 함께 가자고, 오랜만에 보는데 좀 같이 다니자며 내 팔을 끌었다. 이발하고 같이 와인 보러 가자.

미용실 입구에서 우리는 연호와 마주쳤다. 주수진은 카운터에서 계산 중이었고 옆에 서 있던 연호가 우리를 발견했다.

안녕하세요. 연호는 우리 둘을 번갈아 보았다. 주수진은 패딩 점퍼에 에코백을 들고 있었다. 서로가 누구인지 확인한 후 우리는 호들갑을 떨며 고개를 숙였다. 미리 인사드렸어야 했는데, 아닙니다 저희가…… 이런 대화들. 예전에 팬이었어요. 남편이 주수진에게 손을 내밀었고 둘은 악수했다. 주수진은 휴대폰으로 본 것보다 더 수수했고 생각보다 체구가 작았다. 내가 기억하는 스크린 속의 그녀와는 완전히 다른 사람 같았다. 퇴폐미 같은 것은 찾아볼 수 없었고 웃을 때 인상이 선해 보였다. 연호는 멀뚱히 옆에 서 있었다. 나를 바라보지도 않았다. 아니, 내가 연호의 눈을 피했던가. 연호는 주수진과 같은 캔버스화를 신고 있었다. 엄마, 가자. 늦겠다. 연호가 주수진의 팔을 잡으며 말했다. 그래그래. 주수진이 연호의 머리를 쓸어넘겼고 연호는 가만히 손길을 받았다. 저희 애한테 얘기 많이 들었어요. 감사해요. 덩치만 컸지 애기예요. 우리는 또다시 고개를 숙이고 인사를 나누었다. 안녕히 가세요.

남편이 머리를 자르는 동안 나는 소파에 앉아 잡지를 펼쳤다. 주수진과 함께 있던 조금 전의 연호는 내가 며칠간 수도 없이 떠올렸던 연호가 아니었다. 주수진은 연호에게 무슨 얘기를 많이 들었다는 걸까. 버건디 매니큐어가 벌써 군데군데 벗겨지기 시작해 보기 흉했다. 이걸 봤을까. 나는 내가 걸치고 있는 옷과 구두, 그리고 가방을 살폈다. 나는 언제부터 이런 차림이 자연스러워진 걸까.

주수진 팬이었어? 집으로 오는 길에 내가 물었다. 팬은 무슨, 예의상 하는 말이지. 야, 언제 적 주수진이야. 길에서 보면 못 알아보겠더라. 그냥 좀 예쁜 아줌마? 나는 남편의 말투가 거슬렸다. 왜, 수수하니 보기 좋던데. 사람들은 너무 함부로 말해. 잘 알지도 못하면서. 남편이 나를 바라보는 게 느껴졌지만 나는 앞만 보고 걸었다. 나도 이제 그냥 아무거나 입고 다닐까 봐. 싼 거. 남는 돈으로 기부도 좀 하고.

당신 역시 순진해. 아까 주수진이 오데마피게 차고 있던 거 못 봤어? ……수수하기는.

나는 주수진의 비싼 시계보다, 남편이 그 짧은 순간에도 그걸 알아봤다는 게 더 실망스러웠다.

민준은 독서실에 가고 없었지만 혹시 몰라 현관에 보조 체인까지 채우고 우리는 옷을 벗었다. 침대에서 우리는 편견이 없는 편이었다. 우리는 침대에서 말하기를 좋아했다. 평소에는 쓰지 않는 말들. 우리만의 사적인 언어들. 밖에서는 결코 쓰지 않는, 의미의 잉여가 없는 단어와 어조들. 엎드려, 벌려봐, 박아줘, 뒤로, 개처럼, 더 깊게, 더 세게, 좆나 맛있어…… 우리는 평소의 우리를 잊었다. 일부러 더 저급하게 굴었고 그게 우리를 흥분시켰다. 어쩌면 섹스를 할 때에만 우리는 온전히 일대일대응이라 할 수 있는 관계가 되는 건지도 모르겠다. 오직 그 짧은 순간에만.

예전에 나는 남편에게 허벅지나 엉덩이, 팔뚝 같은 부위를 깨물어달라고 한 적이 있었다. 처음에는 장난처럼 시작했는데 점점 강도가 세져서 피멍이 들 정도가 되었다. 나는 고통의 깊이만큼 쾌감을 느꼈다. 처음에 어색해하던 남편도 나중에는 사람들이 왜 때리고 맞는 것에 흥분하는지 알 것 같다고 했다. 그러나 민준이 태어나고 자라면서 그런 것은 그만두었다. 멍이나 상처처럼 겉으로 티가 나는 행동은 하지 않기로 했다. 아이를 키우면서 어떤 것들은 참을 필요가 있다는 것을 깨달아갔다.

남편과 나는 거의 한 달 만에 함께 누웠다. 나는 금방 달아올랐지만 그건 남편의 테크닉 때문이 아니라 다른 사람을 떠올렸기 때문이었다. 죄책감도 들지 않았다. 절정에 다다랐을 때 나는 남편의 등을 손톱자국이 날 정도로 세게 끌어안았다. 사랑해. 나도 모르게 말을 내뱉고 아차 싶었지만 태연한 척 남편을 안고 숨을 골랐다. 우리는 다시 원래의 우리로 돌아왔다. 남편이 옆에 누워 나를 바라보았다. 왜?

자기가 오늘 좀 다른 거 같아서. 남편이 왜 그런 말을 하는지 알았지만 나는 모르는 척 딴소리를 했다. 너무 오랜만에 해서 그런가? 그리고 남편이 아까 내가 했던 말에 대해 물으면 뭐라고 대답할지 생각했다. 그런 말 듣기 싫어? 좀 오글거리나? 떨어져 있어서 많이 그리웠나 봐. 그리고 남편에게 안기면 남편은 나의 등을 쓸어주며 미소 짓겠지. 그리고 우리는 함께 욕실로 가서 따뜻한 물로 서로를 씻겨주고…… 그러나 이번에도 남편은 묻지 않았다. 남편은 여전히 고요한 눈으로 나를 응시하고 있을 뿐이었다. 왜? 할 말 있어? 물은 것은 또 나였고 남편은 내 볼을 쓰다듬었다. 아니, 괜찮아.

　나는 작게 한숨을 쉬고 건조하게 물었다. 괜찮아? 뭐가 괜찮아? 말 한마디 없이 마치 나에 대해 다 안다는 듯 차분한 눈빛으로 보고만 있는 남편 때문에 나는 가슴이 꽉 막힌 것처럼 답답했다. 순간 나는 남편에게 사실을 말하고 싶어졌다. 솔직하고 싶은 욕망이 너무 커서 나중의 일 따위는 어찌 되건 상관없다는 심정이었다. 나 할 말이 있는데, 있잖아 내가……

　순간, 남편이 내 손을 들어 자신의 입을 막았다. 나는 어리둥절했다. 내 입을 막은 것도 아닌데 말을 이을 수가 없었다. 남편이 장난스레 웃었다. 다음에, 응? 밥부터 먹자. 내가 만들게. 남편이 속삭였고 남편의 말이 닿은 내 손바닥이 가늘게 울렸다.

　민준이 돌아왔을 때 우리는 따뜻하고 든든한 부모가 되어 단란하게 담소를 나누었다. 민준과 남편이 잠자리에 든 후에도 나는 홀로 깨어 있었다. 깊게 가라앉아 있던 감정의 덩어리들이 순간순간 명치께로 올라와서 나는 자꾸 한숨을 내쉬었다. 남편의 규칙적인 숨소리를 한참 듣고 있다가 가만히 일어나 거실로 나왔다. 시간은 세시를 넘어가고 있었다. 나는 손에 잡히는 대로 외투를 꺼내 입고 집 밖으로 나왔다. 마스크도 휴대폰도 챙기지 않았다.

　겨울의 밤은 매섭게 추웠다. 외투 안에는 파자마가 전부였고 양말도 신지 않아 발목에 차가운 바람이 날카롭게 감겨왔다. 나는 그제야 숨통이 트였다. 위를 올려다보니 그 시간까지도 불 켜진 집들이 눈에 들어왔다. 무얼 하고 있을까. 누구를 기다리는 걸까. 두서없는 생각을 하다 302동 앞에 멈췄다. 몇 개의 불빛들. 연호의 집이 몇 층인지도 나는 몰랐다. 나는 걸음을 옮겨 공원으로 향했다. 얼굴과 목덜미를 찬 바람이 쓸고 갈 때마다 피부가 아렸지만 오히려 속은 풀리는 것 같았다. 어느 순간부터 눈물이 조금씩 났는데 너무 추워서 그런 것 같기도 했다. 공원은 예상대로 텅 비어 있었다. 잔디는 이미 오래전에 얼어 죽은 것처럼 보였고 나무들은 앙상하게 가지만 남겨둔 채 떨고 있었다. 나는 크게 숨을 들이쉬며 계속 걸었다. 저래도 봄이 되면 또 난리 나겠지. 나는 앙상한 나무들을 향해 혼잣말을 했다. 그 말이 마음에 들었다. 또 난리 나겠지. 우르르 살아나서…… 또 아름답겠지.

가로등 너머로 공중화장실 불빛이 보였다. 터덜터덜 걸어가다가 근처에서 누군가의 목소리를 들었다. 나는 깜짝 놀라 주위를 둘러보았다. 화장실 옆 벤치에 누군가 앉아 있었다. 순간 두려움이 밀려왔다. 심장이 쿵쿵거렸다. 빠르게 지나치려다 앉아 있는 사람이 여자라는 걸 알았다. 나는 조금 안심이 되었다. 여자는 허술하게 머리를 묶고 낡은 점퍼를 걸친 채 다리를 달달 떨고 있었다. 거리에서 생활하는 사람 같지는 않았으나 그렇다 해도 이상할 것 없는 차림이었다. 어쩌다 이 동네까지 왔는지 알 수 없었다. 언젠가 저런 여자를 본 적이 있었다. 창백한 얼굴로 허공을 향해 누군가와 끊임없이 대화

하는 사람. 여자는 한 손에 소주병을 쥐고 다른 손은 주머니에 넣은 채였다. 그게 아니라니까, 씨발년 같은 소리 하고 있네 진짜, 아유 내가 지겨워서, 너네 둘이 해처먹고 쌈 싸 먹고 토낀 거. 여자의 말들이 띄엄띄엄 들렸다. 혹시 내게 해코지를 하는 건 아닐까 두려웠다. 그러나 여자에게 나는 보이지 않는 것 같았다. 무사히 여자를 지나쳐 공원 입구에 다다랐을 때 나는 그녀가 궁금해졌다. 집으로 돌아가고 싶지 않았다. 나는 망설이다 결국 발길을 돌려 다시 그녀가 있는 곳으로 향했다.

여자는 여전히 그 자리에서 간혹 소주를 마시며 소리치기도 하고 웃기도 했다. 여자의 입에서 하얗게 입김이 나왔다. 나는 용기를 내어 좀 더 가까이 다가갔다. 저기요. 저기요. 여자가 나를 힐끔 보고 금방 눈을 피했다. 예상과 달리 여자는 무슨 잘못을 저지른 사람처럼 주눅 든 어조로 내게 빠른 속도로 말했다. 아니 그게 아니구요, 언니가 오해하시는 건데요, 그래서 좀 이해하셔야 하는 게요, 하는 두서없는 말들. 안 추워요? 나는 벤치로 다가가 가장자리에 조심스럽게 앉았다. 여자가 갑자기 내 쪽으로 고개를 돌렸고 술 냄새가 물큰 풍겨왔다. 나는 숨을 멈추었다. 여자가 갑자기 돌변해서 공격할까 봐 불안했다. 그러나 여자는 주춤 일어섰다가 곧 다시 앉았다. 그리고 또다시 혼잣말을 하기 시작했다. 지금이 섣달 아니야? 너 정신머리, 내 말이 맞지, 무궁화가 진짜 좆같은 게 뭐냐면, 이제 나도 없어 그 쌍놈의 새끼들이, 하는 이해할 수 없는 말들이 이어졌다. 나는 코트 소매로 코와 입을 감싸고 그녀의 시선이 머무르는 곳을 따라가보았다. 거기에는 아무것도 없었다. 여자는 무엇을 보고 있는 것일까? 누구와 대화를 나누는 것 같은데. 나는 한동안 그녀의 말을 들으며 가만히 앉아 있었다. 그녀의 이야기를 듣고 있으니 대화의 맥락이 조금 이해될 것 같기도 했다. 나도 말이 하고 싶어졌다. 그러나 쉽게 입이 떨어지지 않았다. 어느 순간 여자가 갑자기 깔깔대며 웃었다. 그러고는, 애기 엄마, 애기 엄마, 하고 나를 불렀다. 저요? 어떻게 아셨어요, 애기 엄만 거? 우리는 처음으로 눈을 맞추었다. 내가 반갑게 되묻자 여자는 의아한 눈으로 나를 보았다. 여자의 얼굴은 생각보다 젊어 보였다. 응? 저 뭐야, 애기 엄마도 들었죠? 저것들이 쪼만한 걸 요렇게 숨겨가지구 자꾸만 나한테…… 여자는 내가 이해할 수 없는 이야기를 마치 대단한 비밀을 들려주는 것처럼 조심스레 말했다. 나는 여자가 자신의 세계로 돌아갈까 봐 조바심이 났다. 저 말씀 중에 죄송한데, 조금만 천천히 얘기해주시겠어요?

일을 하러 가야 되거든요. 사실 내가 말도 못하게 바빠가지구. 그런데 정말 손바닥만 했다?

제가 몇 살쯤으로 보여요?

응? 그거야 또…… 믿음, 소망…… 사랑, 아니냐. 그중에 제일이 저거고, 그럼 제이, 제삼은……

여자는 결국 내 질문에 아랑곳하지 않고 다른 곳으로 시선을 돌리고는 계속해서 엉뚱한 소리를 늘어놓았다.

다리가 저려왔다. 손도 얼었고 무엇보다 못 견디게 귀가 쓰라렸다. 여자는 얼마나 추울까. 이 추위도 느끼지 못할 정도로 어디가 망가진 것일까. 나는 충동적으로 코트를 벗어 여자의 무릎을 덮었다. 이거 줄게요. 그리고 내 얘기도 좀 들어줘요. 나는 여자의 귀에 바짝 다가가 잠깐 동안 빠르게 속삭였다. 여자는 두려운 듯 몸을 움츠렸다. 나는 온몸이 덜덜 떨렸다. 말을 마치고 일어나 몇 발짝 떼었다가 여자를 돌아보았다. 여자는 코트를 뺏기기 싫은 듯 끌어당겨 손에 쥐었다. 나는 여자에게 단호하게 말했다. 아무한테도 말하면 안 돼요. 절대 안 돼요. 그리고 나는 손으로 내 입을 막았다. 여자는 멍하니 나를 바라보다 곧이어 알 수 없는 말들을 쏟아내기 시작했다. 내가 아니라 내 뒤의 허공을 바라보며.

한정현

코코와 쿄지

© 송인필, 다란북스

2015년 동아일보 신춘문예에 당선되며 작품 활동 시작. 소설
집 『소녀 연예인 이보나』, 장편소설 『줄리아나 도쿄』가 있음.
오늘의작가상, 퀴어문학상, 젊은작가상, 부마항쟁문학상 수상.

내 이름은 쿄코(きょうこ). 저는 한국인으로, 한국식으로 하자면 경자입니다. 서울 경(京), 아들 자(子)를 쓴 이름이냐고요? 잠시만요, 그 전에 중요한 것을 이야기해야만 해요. 이름보다 더 중한 것이요. 그런 게 있다니, 네, 그런 게 있게 되었네요. 있게, 되었습니다.

나는 과거에서 왔습니다. 아니, 과거에 있습니다. 아, 그것도 아니에요. 나에게는 이곳이 현재. 나의 소중한 영소에게는 이곳이 나의 과거. 그러면 나는 어느 시간 즈음에 있는 사람, 이게 더 좋을 것 같네요. 영소는 아마 삼십오 년이 지난 다음에 이 편지를 보게 될 거예요. 그럼 이건 행운의 편지가 될까요? 영소가 열셋 무렵 유행하게 되는 그 행운의 편지 말이에요. 누군가의 과거가 어떤 이에게는 행운이 될 수도 있는 걸까요? 네, 사실 저는 그랬으면 좋겠습니다. 이 편지가, 그리고 나의 과거가 영소에게 행운으로 기억되면 좋겠습니다.

　자, 드디어 다시 이름입니다. 태어난 직후 모부가 지어준 이름은 김경녀. 그 시절 서울로 가야 뭐라도 한다는 생각에 넣은 이름이겠지요. 그래봤자 당시 여성들의 서울이란 대부분 공장 지대였을 텐데요. 어쨌거나 경녀는 스물이 되던 해 김경자로 개명합니다. 경녀의 녀는 女. 나는 처음에 이것을 子로 바꾸어요. 녀(女)가 자(子)가 되어버린 이유는 말하지 않아도 짐작 가능하니까 생략, 해볼까도 했는데. 영소, 나의 영소가 그걸 궁금해합니다.

　"있지, 엄마. 나 궁금한 게 생기고야 말았어."

　영소가 여섯 살 무렵이에요. 유치원을 다녀온 길이었지요. 영소는 어디서 배웠는지 하고야 말았다, 는 말을 쓰곤 합니다. 그리하여 궁금한 게 생기고야 만 여섯 해의 영소. 그중 처음이 바로 나의 이름입니다.

　"엄마는 왜 경자가 되었어?"

　우리는 그날 곧장 집으로 향하지 않았어요. 목덜미에 손수건이라도 둘러줘야 하는 조금은 쌀쌀한 날씨였는데 그만큼 공기도 차분하여 바람을 쐬어주고 싶었던 거죠. 문방구에 들러 한창 유행했던 호돌이 열쇠고리를 영소에게 쥐여주고 동네 놀이터에도 들릅니다. "왜 호순이는 없어?" 이렇게 말하는 영소에게 어라, 그러네, 하고 맞장구를 쳐주기도 하고 그네에도 앉혀줍니다. 이번엔 모래를 가지고 영소와 호돌이를 호순이로 바꿔 만들어요. 그러다가는 또, 생각해보니 나는 무슨 호돌이 반대말로 호순이를 떠올렸나 싶어 아예 새 이름을 지어주자 해봐요. 그리고 그제야 내 이름 이야기를 시작하지요. 내가 경자가 된 건 고등학교를 졸업하던 해였습니다. 당시의 나, 김경녀에게는 어린 시절부터 친구인 혜숙, 미선 그리고 영성이 있었어요. 우리가 언제나 같은 반이었다거나 하는 건 아니에요. 내 고향은 광주가 아니라 구례이기도 했고요. 또 그때는 중·고등학교도 입학시험이라는 게 있었으니까요. 공부를 아주 잘했던 혜숙이는 수석으로 전남여고에, 그런가 하면 아들들은 광주일고에 가야 한다는 전통이 있는 집안 출신의 영성이는 과외까지 받아가며 가까스로 그곳에 입학하게 되었고요. 미선이는 종교적 희망을 따라 살레시오여고로 갔습니다. 참 이상하지요. 그래도 우리 넷은 늘 많은 이야기를 나누었으니까요. 그런데 고등학교를 졸업하니까 심지어 누군가는 도를 넘어야 하는 일도 생긴 거예요. 이번엔 조금 겁이 났어요. 우리 때는 서울이 다 뭔가요, 대구도 멀고 멀었는데요. 88고속도로를 무작정 대여섯 시간이나 달려야 나오는 곳이었던 거예요.

'너희 말이야. 시집가고 장가가고 가정 생기면 다 각자의 길인 거야.'

넷이서 길을 걷고 있으면 어른들이 여, 하고는 저렇게 놀렸죠. 대부분 장난인 기세였지만 가끔 영성에게는 한심하다는 듯 혀를 차는 어른도 있었지요. 기집애들하고만 어울려서 사내놈이, 하는 식이었어요. 그 뒤로 나는 그 어른을 보면 절대 인사하지 않았어요. 그런 기억 때문인가요, 사실 장난과 시비는 익숙해졌다고 느꼈거든요. 하지만 정말로 이별 앞에 서게 되니까 그런 장난이나 시비를 더는 받아들이기가 어려웠어요.

"우리 우정을 위해서 혈서를 쓰든가 아니면 나무 아래서 술을 마셔야 그럴듯한 걸까." 영성이가 문득 제안했죠. 영성이는 학교에서 아이들이 돌려보던 무협지를 떠올린 모양이에요. 그러다 이내 고개를 저었어요. 자신이 즐겨 읽던 고전들도 뒤져봤지요. 되레 기운이 조금 더 빠진 것 같았어요. 영성이에게 왜 그러냐 물으니 이러더군요. 책을 많이 읽었다고 해서 반드시 좋은 사람이 되는 것만은 아닌 것 같다고요. 고전이라고 불리던 책 속에서 우정을 맹세하는 내용이라곤 남자 대여섯이 모여 피를 보거나 술을 나눠 마시는 게 전부였기 때문에요. 사실, 나와 친구들도 잠시간은 그런 방법들을 고민했었습니다. 그러나,

"세상 어디에선가는 진짜 칼에 베여 죽어가는 사람도 있을 텐데." 신학대에 입학하게 된 미선이 망설였고,

"맞아, 감염의 위험도 있어!" 저 멀리에 있는 의대를 수석으로 가게 된 혜숙이 맞장구를 쳤습니다.

그렇다면 저의 생각은? 그러게요, 피를 떠올렸을 때 폭력적이지 않은 것이라곤 헌혈, 수혈과 같은 합법적인 의료뿐이었는데…… 여기까지 생각하고 있는데 불쑥, 혜숙이 이번엔 어쩐지 분노를 다스리는 목소리로 이렇게 중얼거렸어요.

"피로 얽혀서 폭력적이지 않은 게 없어. 집에 있는 가족들만 봐도 그렇잖아? 난 너희랑 피로 얽힌 가족은 안 되고 싶어."

혜숙의 말에 잠시간 침묵. 사실 혜숙은 전남대 의대를 희망했습니다. 하지만 장학금을 받긴 어려웠나 봐요. 그때 혜숙이네 오빠가 몇 년째 재수 중이었거든요. 혜숙이는 장학금을 받지 않으면 대학에 가기 힘들다고 했어요. 우리 중 누구도 혜숙의 그런 결정에 뭐라고 하지 못했어요. 왜냐면 혜숙은 집에서 네, 라는 말 외엔 거의 하지 않는다고 했거든요. 말대꾸라도 하는 날엔 오빠에게 헛간으로 끌려가 주먹으로 얼굴을 맞는대요. 우리는 그 말을 듣자마자 목이 움츠러드는 것 같은 공포를 느낍니다. 얼굴을 들면 헛간에 쏟아지는 피. 내 가족이 나를 그렇게 때린다면 그것은 무슨 공포일까요. 사실 혜숙이가 그런 말 하기 전까지 우리는 혜숙이네 오빠를 글쓰기 상도 받고 반장도 하는 모범생으로 알았거든요. 사실 저는요, 누군가에게 질문을 하는 타입은 아니에요. 하지만 그날은 참기 어려웠던 것 같아요. "대체 너네 오빠는 널 왜 때리는데?" 처음이었습니다. 나의 질문도, 내 말에 혜숙이 아무 대답도 하지 않았던 것도요. 물론 폭력 앞에서 인간은 그 두려움에 압도되어 침묵하기도 한다는 걸, 그때는 몰랐지요.

"자, 그럼. 방법이, 뭐가 있을까? 피보다 강하게 얽힐 방법 말이야."

영성이 무언가 제자리로 돌려놓겠다는 듯 말을 이었습니다. 말이라는 게 참 신기합니다. 혜숙네 오빠에 대한 증오로

맹렬하던 내 신경이 그 방법이라는 것을 향해 뻗어가니까요.
그러다 음악 시간에 선생님께 들은 이야기가 떠올랐어요. 러
시아로 간 유명 작곡가가 그의 친구들과 이름 끝을 모두 참
진(眞)으로 바꾸고 진짜의 삶을 맹세했다는 거 말예요. 그러
면 우리는 무엇으로 바꾸지? 너희는 무엇이 정말 되고 싶은
거니?

"나는 아들이 되고 싶어."

불쑥 혜숙이 그렇게 중얼거립니다. 남자? 혜숙의 말에 이
번엔 미선이 낮게 되물으며 영성을 힐끗 봅니다. 사실 혜숙네
오빠에 대해 말할 때마다 미선과 영성은 말없이 듣기만 했었
습니다. 어느 날엔가 영성은 자신처럼 말이 없는 미선이를 보
며, 우리 베로니카 자매님은 나만큼이나 겁이 많잖아 하고,
자조인지 비난인지 모르겠는 말을 하기도 했습니다. 미선이
또한 그런 영성을 보는 시선이 복잡했지요. 사실 영성이나 미
선이의 그 잠잠한 속은 아무도 모를 일이었지요. 그즈음 나는
아마, 인간의 마음이란 이렇게 하나인 듯 붙어 있어도 결코
알 수 없는 부분이 생겨버리는 것이라고, 영소가 먼 훗날 '생
겨버리고야 말았다'고 하는 것처럼, 우리 사이에도 각자의 무
언가가 생겨버리고 만 것이라고 느끼고 있었으니까요. 그리
고 그 시작은 아마도…… 네, 우리는 가끔 고해성사 가는 미
선을 따라가곤 했는데요. 그날은 혜숙과 저만 따라갔습니다.
영성은 제 아빠를 따라서 양복을 맞추러 간 날일 거예요. 헌
데 영성이네 부모님은 그 애가 종종 내 옷을 입어본다는 건

알고 있을까요? 그런데 또 왜 나는 그런 영성이를 떠올리면 마치 누군가 내 심장을 밟는 것처럼 마음이 아파올까요? 이런 생각을 한편에 담아두고서, 또 한편으로는 베로니카 자매님은 오늘 무슨 죄를 고했을까, 이런 생각도 해봅니다. 그때 한쪽 구석에서 담배를 피우던 혜숙이 꽁초를 비벼 끈 뒤 내게 손짓을 합니다. 잘 들어봐, 경녀야. 시작은 이러했지요.

"그건 순전히 은유야."

"국어 시간에 나오는 은유? 그 은유?"

"그래, 그렇지."

"뭐가 은윤데?"

"난 아들이 되고 싶은 게 아니라 아들 대접이 받고 싶어."

"아, 근데 그건 나도."

"어라. 그건 너도?"

"어, 아마 그건 미선이도 그럴걸?"

"다들?"

'음, 여자가 되고 싶은 영성이 빼고?' 이 말은 하지 못했어요. 영성이가 여자가 되고 싶다는 것과 혜숙이 아들 대접을 받고 싶다는 것. 어떤 면에서는 같지만 또 한편으로는 몹시 다르다는 걸 알고 있었습니다. 그 같고 다름에 대한 생각은 오래 지속된 것 같아요. 이십여 년이 흐른 다음 영소의 말에도 나는 둘을 떠올렸거든요.

"엄마, 있지, 우리 삶은 말이야. 어쩌면 서로를 가로지르며 나아가고 있는 건지도 몰라."

"가로질러? 서로 연관이 있다는 거야?"

"그렇기도 하고. 아, 엄마. 그렇게 복잡한 표정 하지 말고 그냥, 그…… 우리가 가족인 건 맞고 그렇게 하나로 묶여서 말해지기도 하지만 또 거기서 엄마는 엄마의 역할이 있고 난 딸이라는 역할이 있어서 어떤 면에서는 입장이 달라지기도 하는 것처럼…… 에이, 심각한 거 아니야. 어쨌거나 그렇게 가로지르다 보면 서로 교차되기도 하는 거니까 어딘가에서는 만나는 거 아니겠어?"

알 듯 말 듯한 영소의 말에 나는 다시 그 둘을 생각해봅니다. 영성이가 그렇게 바라던 전교 1등을 하던 여성으로서의 혜숙이. 그러나 아버지가 판사인 집안에서 돈 걱정이라고는 해본 적 없는, 세상이 그렇게 반기는 아들인 영성이. 내가 골똘해 보였는지 영소가 고개를 갸웃합니다. 그런 영소에게 나는 그저 웃어 보이고 맙니다. 하지만 마음속으로는 영소에게 혜숙이와 영성이, 미선이의 이야기를 해주고 싶어요. 이렇게 시작하는 거죠, 이를테면.

혜숙이와 영성이에 대해서 조금 더 말해볼게요. 우선 혜숙이부터예요.

광주는 시위가 아주 거센 곳이어서 시내버스에서 삼십 분씩 앉아 있는 건 일도 아니었는데요, 어느 날 내 옆에 앉아 있던 영성이가 무릎으로 내 왼쪽 다리를 툭 치는 거예요. 영성이는 항상 다리를 붙이고 앉아 있던 애였어요. 무슨 일인가 봤더니 시위대 사이에 혜숙이가 있었죠. 손을 흔들려는데 영성이가 내 팔을 잡습니다. 보니, 혜숙이가 대학생으로 보이는 남자와 골목길로 숨어들고 있었어요. 문득 미선네 성당에서 하던 양서협동조합 모임에 갑자기 열심이던 혜숙이 떠올랐어요. 게다가 굳이 들불야학 수업까지 들었죠. 혜숙이는 대학만 들어가면 꼭 자신도 그 야학에 속할 거라 했습니다. 내가 하자고 할 땐 끄떡도 없던 혜숙이의 변화가 어리둥절했는데 영성이가 미소를 머금으며 이렇게 말하네요. "좋아하는 사람을 따라 다른 세계로 갔구나, 혜숙이는" 하고요. "다른 세계?" 조금은 의아한 표정으로 되묻는 내게 영성이는 고개를 작게 끄덕이며 웃어 보여요. 영성이는 사랑 소설을 많이 읽어서 그런가, 가끔 내가 이해 못할 소리를 해요. 한번은 '움직이고 싶어, 큰 걸음으로 뛰고 싶어, 깨부수고 싶어, 까무러치고 싶어, 까무러쳤다가 십 년 후에 깨고 싶어' 이러길래 놀라서 그게 다 무슨 소리야? 했더니 좋아하는 시를 기억나는 대로 말한 거래요. 교과서에서도 못 본 시이고 영성이는 내게 광주일고 독서회도 나가지 않는다고 했는데, 그런 책들은 다 어디서 구하는 걸까요?

조금 더 신기한 건 그다음 날부터예요. 영성이가 성당에 나온 거예요. 영성이는 자신이 성당에 가면 사람들이 기집애 같은 애를 좋아한다고 저를 놀릴 거라고 했었어요. 내가 곤란해지는 게 싫은가 싶으면서도 섭섭했죠. 하지만 영성이도 혜숙이처럼 다른 세계에 발을 디뎌보려는 걸까요. 이 이야기를 들으면 영소는 그런 말을 하겠죠? 아마도 혜숙이와 영성이는 어느 순간 서로의 인생을 교차했을 거라고요. 교차하면, 언젠가는 마주치게 되는 거니까 혜숙이와 영성이도 어느 한 지점에서는 같아졌을지도 모르겠어요. 그렇게 나온 성당에서 영성이는 아이들에게 시나 소설을 읽어주었어요. 어느 날엔가 "이 여자 시인은 공장에 다니면서 시를 썼대" 하며 읽어준 시는 나처럼 문학은 전혀 모르는 사람에게도 참 좋았어요. 그런데, "이 시대의 아벨은 누구예요?" 한 아이가 신부님께 그 시에 나온 이름에 대해 물었어요. 미선은 다음 날 영성에게 선의가 항상 선의로 남을 수 있는 건 아니라고 말했어요. 잠시 입술을 말던 미선은 이런 말도 덧붙였습니다. 좋은 환경에 있는 사람이 갖는 정의가 약한 사람들에게는 가끔 독이 될 수도 있다고요. 약한 사람들은 보호받기가 더 어렵기 때문이라고요. 영성이는 아무 대답도 하지 않았지만 미선의 얼굴에 드리운 그늘을 본 것 같았어요. 곧 그 일을 그만두었죠. 하지만 혜숙이는 아니었어요. 시집 사건 이후로 미선이네 성당에서는 아이들을 가르치는 일이 잠시 중단되었는데 혜숙이는 곧 다른 성당에서 아이들을 가르친다고 했어요. 그 대학생 오빠와 함께하는 곳일까요? 이유야 무엇이든 하고자 하는 일은 밀고 나가는 혜숙이답다, 하고 생각했죠. 그런 혜숙이는 여자에겐 인기가 있었지만 남자에겐 아니었어요. '너는 입만 다물면 괜찮은데.' 남자 선배들은 이런 말을 했어요. 나는 설마 그 대학생 오빠라는 사람도 혜숙에게 그런 말을 하는 걸까? 하고 걱정했어요. 혜숙이는 그 오빠가 전남대를 다니며 학생운동을 하는 정의로운 사람이라고 했지만 내 눈엔 썩 좋아 보이진 않았어요. 왜냐면…… 그 오빠가 어느 날 혜숙이 친구라고 우리 넷을 불러 다방에서 아이스크림을 사준 적이 있었어요. 그날 그 오빠가 피우는 담배 연기에 내가 잔기침을 하자 영성이가 계속 손부채질을 해줬어요. 혜숙이는 담배를 피워도 그렇게 담배 연기를 사람 얼굴에 내뱉듯 한 적이 없었는데 말이에요. 이윽고 영성이가 내게 손수건을 꺼내서 건넸는데 그 모습을 보던 그 오빠라는 사람이 이렇게 중얼거렸어요. '혜숙이랑 영성이 너, 둘이 바뀌면 딱 좋은데.' 혜숙이는 그 말을 미처 듣지 못한 것 같았지만 영성이와 나는 그 말을 들었습니다. 영성이는 어릴 때부터 그런 말을 자주 들어서인지 웃고 말았지만 나는 식은땀이 났어요. 나는 알고 있어요. 영성이가 무엇을 감내하고 있는지, 나는 잘 알고 있었어요. 영성이가 하루는 저에게 그런 말을 했었습니다.

"나는 남자 성기랑 여자 성기를 모두 가지고 태어났대."

내가 고개를 갸웃하자 영성이가 이번엔 구석으로 나를 데리고 갔습니다. 그러고는 가방을 열어 무언가를 꺼내줬죠. 그것은 피가 묻은 팬티였어요. 한 달에 한 번 이런 게 나와, 라고요. 하지만 그때 우리는 고작 고등학교 입학 전이었어요. 나는 영성이가 아픈가 싶어서 얼른 병원에 가자고 했습니다. 영성이가 미소를 지으며 고개를 저어요. 그러면서 자기는 남자와 여자 둘 모두의 염색체를 가지고 태어났대요. 그런데 생각하기에 자신은…… 여자래요. 자신을 과외해주는 의대생 선생님께 부탁해서 책을 구해 보았대요. 그러면서 나중에 돈을 벌면 아주 멀리 가서 자신의 삶을 선택할 거라고 했어요. 그런데, 어렵게 그 말을 꺼낸 영성이를 두고 나는 다짜고짜 이런 생각이 떠올라요. '나는 그럼, 누굴 좋아하는 거지?' 이후 내 속에서는 많은 사람들이 스쳐 지나갑니다. 어린 시절을 보냈던 읍에서 같이 살던 그 삼촌들 같은 건가? 아니면 여자랑 결혼하겠다고 해서 집안에서 쫓겨난 이모할머니? 생각에 잠기느라 나도 모르게 미간을 찌푸린 모양이에요. 영성이는 쓰다듬듯 내 미간을 펴주며 이렇게 말하네요.

"그러게, 나 같은 사람은 들어본 적 없지? 나도 내가 인간인지 아닌지 많이 생각했는데."

혹시 누가 그런 말을 해? 나도 모르게 소리를 높인 게 민망해서 입술을 안으로 마는데 영성이가 웃음을 터뜨립니다. 하지만 정말 그래요. 영성이가 인간이 아니라뇨? 나는 영성이를 알던 순간들을 떠올립니다. 시골에서 전학 왔다고 놀림받던 나에게 가장 먼저 인사를 건네주던 아이, 내가 감기에 걸렸을 때 혼자 자취를 하는 내 방에 와서 콩나물국을 끓여놓고 가던 아이, 자신에게 시비 거는 사람들은 웃어넘겨도 우리에게 고약한 농담을 하는 놈들에게는 달려가 사과까지 꼭 받아내는 아이, 다른 이들이 시끄러울까 봐 공공장소에서는 소곤거리듯 작은 목소리를 내는 아이. 그런 네가 인간이 아니면 대체 누가 인간이야?

하지만 나는 저런 말을 다 하는 대신 정말 하고 싶은 말 한

마디만을 겨우 꺼내놓습니다.

"영성아, 나중에 나도 데리고 가."

나는 그런 생각을 했던 것 같아요. 이모할머니는 자신을 버린 가족들의 바람과 달리 친구인지 애인인지 모를 어떤 할머니랑 죽을 때까지 잘 살았어요. 내 말에 영성이는 잠시 눈을 감았다 뜨며 이렇게 말해주었어요.

"경녀야. 나는, 난 너랑 같아."

혼란스러운 마음은 그 웃는 얼굴과 말 속에 흩어집니다. 그래, 네가 행복하다면…… 가끔 좋아함은 이렇게나 편리하죠. 모든 걸 설명하지 않아도 되니까요. 영성의 아버지는 아들을 얻기 위해 영성의 어머니와 재혼했다고 들었어요. 하지만 나는 영성이 남자든 아니든, 성기가 두 개든 한 개든, 사람들이 기집애 같은 놈을 좋아한다고 놀리든 말든 전혀 상관없습니다. 사실 이상한 건 사람들이에요. 누군가를 좋아한다는 게 왜 놀림거리죠? 게다가 나도 여잔데 왜 자꾸 내 앞에서 기집애 같은 애 좋아하면 안 된다고 하죠? 그냥 기집애나 기집애 같은 게 만만한 모양 아니었을까요? 그리고, 사실은 뭐랄까요. 내게는 딸을 아들로 키우는 아버지는 없었지만 남동생에겐 야구 글러브를 사주면서 저에겐 자전거조차 사주지 않는 아버지는 있었어요. 다리에 상처라도 나면 어떡하나, 했지만 진실은 다른 데 있었습니다. 처녀막이 터지면 어쩌냐는 것이죠. 아버지고 뭐고 좀 징그러운 느낌이었습니다. 미선이도 어느 날엔가, 여자는 남자보다 신에게 가깝게 다가갈 수 없는 걸까? 이런 말들을 했어요. 생각해보니 성당에서 미사를 진행하던 신부님은 모두 남자라는 게 떠올랐어요. 그런데 우리 중에서도 혜숙은 역시 꽤나 심각했어요. 그 대학생 오빠 때문인지 아니면 혜숙이를 때리는 오빠 때문인지 하여튼 오빠 때문에 혜숙이는 기숙사 생활이 가능하면서도 우리와 멀어지지 않을 수 있는 전남대 의대를 희망했던 건데요. 결국 혜숙이는 자신을 때리는 오빠의 재수 비용 때문에 기어이 장학금을 주는 타 도시의 대학으로 가게 되었어요. 거긴 신사임당의 고향이다, 자애로운 어머니 신사임당의 땅 어쩌고. 혜숙이는 어른들이 그런 말을 하면 퉤퉤 하는 시늉을 하고 돌아서곤 했습니다.

'하지만 혜숙아, 아니, 혜자야. 그해 봄, 그날 나는 바랐었어, 네가 그곳에 계속 있었기를 말이야. 물론 네가 사랑하는 사람을 위해 다시 광주로 돌아왔다는 것을 알았어도 나는 너를 말리지 못했겠지⋯⋯'

모래 장난에 여념이 없는 영소 앞에서 경녀 아닌 경자는 그런 말을 중얼거려요. 물론 이렇게 제가 미래를 보게 될 줄도 몰랐지요. 사람들은 나보고 인지 장애니 조기 치매니 하는 것 같아요. 젊은 날 내 기억이 트라우마가 되었다나요? 내가 말하는 게 미래라는 걸 믿지 않고 말이죠. 그래요, 사람들이 말하는 '아직 오지 않은 시간'으로 미래라는 것이 굳어진다면 나는 미래를 보는 게 아닐지도 모르죠. 왜냐면 미래란 내게…… 어쩌면 끝나지 않은 과거가 이어지는 것인지도 모르니까요……

당시 혜숙이는 광주를 떠나기 전, 어떻게든 담뱃불을 실수인 척 흘려서 헛간을 홀랑 태워버리겠다고 했어요. 아들내미 주겠다는 소를 탈출시키고 헛간은 태워버리는 거야. 소를 죽일 수는 없잖아. 혜숙은 그러면서 다시 한번 자기는 꼭 아들 대접이 받고 싶다 했네요. 그러나 남자 되는 건 싫다. 이렇게요.

"그럼 아들을 이름에 넣어버리자."

다시, 혜숙이 말했습니다. 나는 영성을 바라봤습니다. 미선이는 깊은숨을 들이쉬었지요. 영성이는 가만히, 마치 작은 모래를 골라내듯 신중한 목소리로 말해요. "내가 영자가 되면, 그러면 여자 이름 갖는 거네?"

그래요, 그 영자 말이에요, 30년이 흐른 뒤에도 불리는 그 이름 영자. 결혼 지참금 마련을 위해 성판매 여성의 일을 계속하게 되는 영자, 그러다가 그 돈을 떼어먹히자 포주의 집과 자신의 몸에 불을 붙이는 그 영자 말이에요. 그런데 참 신기하죠? 다들 책을 읽고 영화를 보면서는 그 영자를 동정하지만 실제 영자들을 보면 손가락질했으니까요. '너도 공부 안 해서 좋은 남자 못 만나면 저렇게 되는 거야.' 아버지도 늦은 밤 금남로 뒤편의 여자들을 향해 그런 말을 했습니다. 혜숙이가 영성이의 어깨를 툭, 한번 치며 묻네요. "판사집 아드님, 영자의 삶, 감당할 자신 있니?" 여성과 남성을 동시에 가지고 태어난 영성이에게 그 삶은 선택이 아니었어요. 어쩌면 그때 처음으로 선택지 앞에 선 것일지도 몰라요. 물론 영성이는 알고 있었을 거예요. 그 이름을 갖는다고 해도 어떤 면에서는 여전히 영자와 영성이의 삶은 같을 수 없다는 것을요. 그게 아마, 여태 혜숙이가 제 오빠 이야기를 할 때 묵묵할 수밖에 없던 이유겠죠. 그래도 용기를 내보고 싶었던 걸까요. 잠시 골몰하던 영성이가 곧 고개를 크게 끄덕입니다. 나는 영성이의 그 짧은 침묵과 금남로 뒤편의 여자들을 보며 너무나 쉽고 빠르게 혀를 차던 아버지가 선명하게 대조되는 것 같았어요. 그러자 나 또한 함께 끄덕일 수 있었어요. 곧이어 미선이도 큰 숨을 내뱉듯 고개를 끄덕입니다. 네, 그렇게 혜자, 미자, 영자 그리고 나 경자까지 모두 자 자 돌림의 공동체가 되었습니다. 우정으로 만들어진 가상 아들들의 공동체. 그런데 얼마 뒤 여기서 다시, 우리는 생각해요. 굳이 우리가 또 그놈의 아들 될 이유는 뭐지?

"너네한테 아들을 권하고 싶진 않아. 아들 되기 전에 인간 되는 거 고려해보는 게 어때?"

그렇게 갖고 싶다던 흔한 여자 이름을 갖게 된 영자가 다시 한번 이런 말을 했고,

"그럼 최종적으로 인간 자(者)?"

미선이 그럼 이거는, 하는 표정으로 물었을 때, 이번엔 내가 다시 말했습니다.

"스스로 자(自), 는 어때?"

영자가 미소를 짓네요. 혜숙이는 오, 하는 표정을 지어 보이고 미선이는 고개를 끄덕입니다. 그때까지 실제 아들 子로 개명 신청이 완료된 것은 나 경자, 하나뿐이었거든요. 차라리 이 기회에 스스로 自로 모두 정정 신청을 마치면 되겠다고, 다들 그런 생각이었습니다. 그렇게 우리는 아들들의 공동체를 통과하여 최종적으로는 스스로의 공동체로 들어가고자 했습니다.

아, 지금 생각해도 조금 고소하달까 그런 거 있어요. 이제 혜자가 된 혜숙네 오빠는 군대에서 사람을 때려 영창에 갔습니다. 처음엔 기쁘면서도 억울한 것도 있었어요. 혜자가 맞을 땐 어른들 모두 오빠가 동생을 가르치다 보면 때릴 수도 있지, 하더니만 군대에서 선임을 때렸다고 바로 경찰이 와서 처단해줬다고 하니까 기막히고 그런 거예요. 그래도 일단은 혜자가 헛간에 불을 질러 범죄자가 되지 않아서 다행이라고 생각했어요. 나쁜 놈은 그놈이니까요.

"사실 나 날마다 고해성사 때 그 말 했어."

확실히 속이 시원하다는 내 말에 미자, 베로니카 자매님이 저 말을 꺼내며 이렇게 덧붙여요. 날마다 혜숙이 오빠가 꺼졌으면 좋겠다고 기도하는 저를 벌하여주십시오, 했다고요. 그렇게 모두 다, 어쩌면 폭력에 대해선 같은 마음이었던 거예요. 그런데 그건, 삼십 년 후의 영소도 마찬가지인 모양이에요. 이제는 컬러텔레비전 앞에 앉아 있는 영소와 나. 우리는 여동생을 야구방망이로 때린 어떤 놈의 뉴스를 봅니다. 그렇게 사람을 때려놓고 살해 의도가 없었다며 상해치사로 풀렸다네요. 흥분한 영소가 저런 놈은 고소미 맛을 제대로 봐야 한다는 둥, 웬 과자 이름을 가지고 와서 흥분합니다. 아무리 시간이 흘러도 다 소용없구나, 내가 중얼거리자 영소가 엄마 때도 그랬어? 하며 눈을 반짝이네요. 이야기해달라는 거지요. 그런데 대체 어디서부터 이야기를 해야 할지, 그저 이름에 관한 이야기만 중언부언해봅니다.

"있지, 엄마. 그런 걸 보고 요즘은 뭐라고 하게."

"뭘? 그런 게 뭐야? 내 친구들? 우리를 보고 부르는 말도 있어?"

"진정한 연대라고 하지 않을까."

"연대? 시위하는 거?"

"아니, 꼭 시위만을 말하는 거 아니고. 요즘은 시위도 별로 없어. 평생 시위에 안 나가본 사람도 많은걸? 아, 이걸 뭐라고 설명하면 좋으려나. 가만있어봐, 엄마의 자는 우리가 다 아는 그 아들 子였기 때문에 이것이야말로 진정한 미러링이라고도 할 수 있으려나?"

"미러, 미러 뭐?"

연대야 그래도 아는 단어지만 미러링은 또 뭘까요. 아마 영소가 이걸 물었을 때 한국과 일본, 세계 곳곳에서는 여성과 소수자의 목소리를 찾고자 하는 시도가 많아졌을 거예요. 미래의 어느 부분이 어둡지만은 않아서 나는 안심이 됩니다. 그런 영소의 이야기를 듣고 나는 미래의 내가 낙관하는 사람이 되어 있기를 간절히 희망해봅니다. 그런데요, 나는 영소가 그런 말을 할 때쯤은 정말 다른 사람이 되어 있어요. 나는 연대나 시위 같은 말을 들으면 숨이 차오르는 사람이 되어버렸습니다. 엄마는 5·18을 겪은 것도 아니잖아? 영소가 이 말을 하면 더 질색하는 표정이 돼요.

엄마. 그런데, 엄마는 5월 18일에 어디에 있었어?

그러게요, 저는……

나는 1958년 전남 구례에서 태어나 국민학교 입학 직후 광주로 이주하여 중·고등학교를 다닌 후 광주의 한 대학에 진학했습니다.

사실 지방대라고 해도 그 시절 여자가 4년제에 진학하는 건 어려운 일이에요. 아들에게 줄 돈을 딸에게 주는 집은 거의 없었어요. 게다가 고등학교 때까지도 나는 아버지의 교육열에 못 이겨 겨우 중간 등수를 유지하는 학생이었어요. 돈 때문에 혜숙이조차 원하는 대학에 가지 못했는데, 이런 생각에 망설여졌지만 그때 내가 그 기회를 잡았던 건 바로 좋아함, 설명이 필요 없는 그 유일한 것 때문이었죠. 영성이, 영자와 같은 대학에 들어가게 되었거든요. 영자는 집안에서 바라던 법대가 아닌 일문과로 입학하게 되었는데요, 처음엔 영자의 아버지가 영자에게 재수를 안 할 거면 당장 군대에 가라고 했대요. 그런 아버지를 영자의 어머니가 울면서 가로막았다는 건 광주 바닥에서 유명한 일화가 될 정도였고요. 비록 영자의 모부는 그렇게 비극의 주인공이 되었지만 나는 어쩐지 점점 행복해지는 것만 같았어요. 게다가요, 영자는 대학을 졸업하면 멀리 갈 거라고 했잖아요. 이 아이를 따라가려면 나도 돈이 있어야 했죠. 그 시절 여자가 그나마 생활이 가능할 만큼 돈을 벌려면 사무직이 되어야 했으니 대학 졸업장이 필요할 것 같았고요. 거기에, 영자가 가려는 먼 곳이 어딘지는 몰라도 일문과를 간 걸 보면 일본일 것 같기도 했고요. 이번엔 일본어를 좀 해야 할 것 같았죠. 외국어를 배우려면 역시나 대학을 가야겠고요. 그런데 막상 영자는 자신이 일문과를 선택한 건 어떤 시인의 시 때문이라고 했어요. 오키나와 출신의 여자 시인이 쓴 시래요.

"그 시 제목이 뭔데?"

"「헨젤과 그레텔의 섬」. 제목 근사하지? 아직 시집으로는 안 나왔지만."

영자가 씩 웃으면서 태평양 전쟁 때 섬에 남겨진 어린 소녀의 시선이 담긴 시집이라고 덧붙여줍니다.

"오키나와라는 섬이 있대, 너도 들어봤지?"

"아, 미자한테 들었어. 일제 때 광주 교구 신부님이 오키나와에서 오신 와키다 신부님이었다고."

"응, 근데 거기는 원래 일본 땅도, 미국 땅도 아니었고 평화로운 곳이었나 봐. 전쟁도 폭력도 없이, 동물과 사람들이 어울려 평화롭게 살던 아름다운 섬."

"그런데 일본이 또 침략한 거야? 조선에 그랬던 것처럼?"

"응, 근데 갑자기 일본이 섬을 지배하면서 그런 질문들을 하기 시작한 거야. 넌 일본인이냐, 오키나와인이냐. 아니면 설마 너 조선인? 이런 거 말이야. 그때 오키나와 사람들과 조선인들은 거의 같은 취급을 당했대. 전쟁 때 죽은 오키나와인들의 시신을 수습해준 것도 조선인들이고. 그래서 위령비가 있다지. 아무튼 그래서, 오키나와인들은 살기 위해서 자신이 일본인이라는 걸 어떻게든 증명해야 했대. 모두가 마음으로는 일본이 싫었겠지만 그렇다고 모두가 그런 순간에 용기 있게 정의를 말할 순 없는 거니까."

영자 네가 남자인지 여자인지 증명해보라고 말하면서 사실은 네가 남자라고 말하길 바라는 그런 사람들이 그곳에도 있던 걸까. 그런 사람들은 전쟁 중 섬에 홀로 남겨진 소녀에게도 일본인인지 아닌지를 물어서 죽이려고 했던 걸까. 그들은 어떻게 사람을 단 한 가지 조건만으로 설명할 수 있다고 생각한 걸까. 내가 아무 말도 하지 않고 그저 자신을 바라보기만 하자 영자는 아마 내가 그곳에 대한 설명을 더 듣고 싶어 한다고 생각한 모양이에요. 영자는 이윽고 어떤 문장을 하나 말해주었어요. '들어봐, 경자야. 사람은 말이야. 잊고자 하는 일에 보복을 당하기 마련이래.' 고개를 갸웃하는 내게 영자가 그 말의 의미를 덧붙입니다. 그 말은 오키나와를 연구한 유명한 학자가 역사 속에서는 기록되지 못했을 대다수의 오키나와 사람들을 기억하자는 의미로 했던 거래요. 절대 반성하지 않은 일본 정치인들을 향해서요. 나는 그 말의 뜻은 다 알지는 못했지만…… 적어도 일본이 조선에게 한 것처럼 오키나와 사람들을 죽이고 죽이고 반성하지 않은 것만은 알 것 같았어요. '꼭 기억할게, 영자야. 나라도 꼭.' 하지만 나는 이런 저런 말은 그저 삼켜버리고 다른 말을 중얼거렸어요.

"전쟁 중이어도 아이는 자라고 섬에는 꽃도 나무도 피어났나 봐……"

내 말에 영자가 자신도 그 섬에 가보고 싶다 했어요. 그러고는 곧 그 시를 다시 읽어줍니다. 시의 모든 내용을 기억하는 건 아니에요. 다만 그 시의 마지막 문장만은 선명합니다.

그것은 작고 투명한 유리잔 같은 여름이었다

하지만 그런 여름을 사람들은 사랑이라 부르는 듯했다

그 아름다운 섬으로 가자, 우리도. 나는 그렇게 영자를 생각하며 공부에 매달렸습니다. 성적은 날이 갈수록 좋아졌어요. 그해 여름, 장학금을 받아서 영자와 함께 갔던 라이브 다방도 떠오르네요. 이거는 너무나 제가 좋아하는 기억이에요. 그때 충장로에는 '그랑나랑'이라는 라이브 다방이 유행이었어요. 제일 컸어요. 또래와 데이트라고 하면 주로 볼링장 아니면 라이브 다방이었어요. 가서 종일 음악 듣고 신청곡 적어내고 또 음악 들어요. 그러다가 '돈까스후비까스' 가서 계란프라이 추가해서 돈가스 먹고 하이트 맥주 좀 마시면 너무 좋은 날인 거예요. 조선대 다니던 애들은 증심사도 많이 갔죠. 정문 앞에서 무등산 넘어가는 버스가 많으니까요. 나도 장학금 받은 돈으로 영자와 '그랑나랑'에 갔다가 돈가스 먹었답니다. 그런데 이 이야기를 하는 내 표정이 너무 좋았나요? 듣고 있던 영소가 웃음을 터뜨리네요. 기껏 광주에 대해 말해달라고 그렇게 조르더니요.

"엄마. 무슨 대학을 놀려고 다녔어? 웬 상호가 그렇게 줄줄 나와? 결국 요약하면 뭐야, 데이트하러 다녔다, 이거 아니냐고."

영소는 그즈음 대학에서 강의하는 사람이 되었어요. 방학 때도 소논문인지 뭔지를 쓴다고 조사를 하러 돌아다녀요. 그런데 언제부터인가 자꾸만 광주에 대해 묻네요. 인터넷 찾아보라니까 그냥 '사람들'이 궁금하대요. 내가 헛기침을 하자 영소가 못 말리겠다는 듯 고개를 몇 번 저으며 웃습니다.

"엄마, 지금 그 자리엔 다른 게 있겠지?"

"그러게. 아마 많이들 변하니까. 그래, 뭐 변해야 좋지."

"내가 구글 로드뷰로 광주 한번 보여줄까?"

퍼뜩, 광주를 보여주겠다는 영소의 말에 나는 고개를 저어요. 그냥, 그대로…… 어떤 것은 그저 그대로. 변해야 좋다고 했지만 사실 어떤 건 그대로 둬도 좋겠다 싶어요. 이를테면 그때 나에게 시를 읽어주던 영자의 목소리라든지요. 아니, 근데 아련한 건 아련한 거고 영소의 오해는 풀어줘야겠습니다. 나 김경자가 어디 사랑 때문에만 사는 사람이겠어요?

"영소야, 이 엄마 그저 사랑밖에 난 몰라 아니다?"

영소의 장난에 나도 짐짓 더 근엄한 표정을 지어 보여요.

그런데, 조금 더, 솔직하자면 사랑이라는 게 그런 건지도 모르겠어요. 시작은 영자뿐이었을지라도 과정은 나 경자와 영자가 함께했죠. 나는 처음으로 내가 무언가를 결심하고 거기에 열심이었던 게 좋았어요. 장학금을 받은 학기에 김경자, 석자가 대자보에 새겨지는 것을 보고 깊은 쾌감도 느꼈습니다.

저 말을 해두고 보니, 훗날 미자가 우리에게 신학대를 가겠다고 선언한 날이 떠올라요. 수녀님이 되는 거야? 다들 그렇게 물었던 이유는……

미자의 어머니는 무당입니다. 그리고 할머니는 일본인이래요. 일제강점기 때 일본의 집이 너무 가난해서 한국으로 돈을 벌러 온 거라고 해요. 그렇게 온 일본인 중에 가난한 여자들은 대부분 현지처가 되거나 카페나 호텔의 여급으로 일했는데, 일본이 철수할 때 이들은 데려가지 않았대요. 미자의 외할머니도 조선에 온 일본 남자의 현지처가 되어서 미자의 어머니를 낳았는데 그 일본 남자 혼자 본국으로 돌아가고 외할머니와 미자의 어머니는 데려가지 않았대요. 일본에서는 재조 일본인과 조선 현지처 사이에 태어난 아이를 인정하지 않는 사회 분위기가 있었다던데 사실 정확히는 모르겠어요. 소문에 의하면 미자의 어머니가 무당이 된 건 일본인도 한국인도 아닌 채로 할 일이 없어서 그랬다던데 이것 또한 잘 모르겠습니다. 왜냐면 미자는 학교에서 친일파라고, 더러운 피라고 괴롭힘을 당하곤 했으니까 그런 걸 물어보면 가슴 아플 거라 생각했어요. 얼굴에 일본인이라고 써 있다나요? 그런데 일본인과 한국인을 얼굴로 구분하는 게 가능한가요? 나는 사실 속으로만 그렇게 분노하고 말았어요. 혜자는 조금 더 분명했어요. '대단하신 나의 조상님이 일본인이나 중국인이면서 한국인이라고 했을 수도 있잖아? 단일민족이라고 얼굴 어디에 써 있냐?'라고요. 그리고 영자가 된 영성이는,

"그냥 베로니카와 어머니의 종교가 다른 거, 그뿐 아닐까."

아마도, 그렇겠죠? 뭐가 됐든 나는 미자가 자신의 종교를 갖게 된 것이 좋아 보였어요. 왜냐면 한번은 미자에게 무슨 죄를 그렇게 많이 지은 거냐고 우리가 물었거든요. 그러니까,

죄를 열심히, 말할 수 있는 게 좋을 뿐이야, 라고, 미자가, 베로니카 자매님은 그렇게 대답했습니다. 물론 그때는 '죄를 말할 수 있다', 이것이 쉬운 문장이지만 진심으로 어려운 일이라는 걸 잘 몰랐죠. 그저 나는 미자가 좋은 게 있다니 좋다고 생각했어요. 그것이 종교든 무엇이든 말예요.

자, 그러면 나 경자는 그로부터 몇 년 후 대학원에 진학했나요? 유학을 준비했나요?

아니요.

아니요? 그럼 저는 어디에 있나요?

나는 서울 광화문 뒤편의 재수 학원에 있습니다. 여자의 인생은 좋은 남편을 만나는 것으로 결정된다고 믿었기에 딸을 영부인과 대학 동기로 만들고자 했던 아버지의 뜻에 따른 거지요. 당시 나는 장학금으로 학비를 해결하는 것 외엔 경제권이라고는 없었으니 순순히 재수 학원으로 가게 된 거예요. 불행

했느냐면 당연히 그렇다고도 할 수 있는데 또 어떤 면에서는,

"다행일지도 몰라."

어느 날엔가 미자가 그렇게 중얼거렸다지요. 그해 봄, 도망친 사람들을 숨겨주기 위해 성당 문을 열었던 미자가, 군인의 만행을 담은 유인물을 제작하여 미사 직전 나눠주었던 베로니카 자매님이 말이에요. 며칠 후 어느 정신병원에서 머리가 하얗게 센 채 발견된 미자가 그런 말을 끝없이 중얼거렸다지요.

"정말 다행이야. 네가 없어서."

그리고 또 한 사람. 시집을 읽고 머리를 기르는 그 아이를 용납할 수 없던 아버지가 군대에 보내버린 영성이, 영자가 그런 말을 했습니다.

"경자야, 정말 네가 아무것도 보지 않아서, 정말 다행이야."

1980년이 다 가기 전 겨울이었습니다. 말바우시장의 팥칼국숫집이 성황이었던 기억으로 보아 아마도 동짓날이었나 봅니다. 그날 나는 장기 휴가를 받은 영자와 함께 미자가 있다는 정신병원을 찾아갔습니다. 하나 기억에 남는 것이라면 군복을 입은 소영성이 군복을 입은 다른 남자들을 볼 때마다 어깨가 움츠러들도록 몸을 떨었다는 것입니다. 나는 이전보다 더 홀쭉해진 영자를 데리고 돈가스를 먹었습니다. 괜찮아, 괜찮아. 영자는 누가 묻지도 않았는데 그런 혼잣말을 하곤 했어요. 하지만 정작 머리가 하얗게 센 미자를 마주했을 때 영자는 조금도 괜찮은 것 같지 않았어요. 한참 만에야 여전히 몸

을 떠는 영자를 대신해 내가 미자에게 고해성사 없는 삶이 답답하지 않냐고 묻습니다. 차마, 그날 이후 있었던 일들은 말하지 못하고요. 그해 5월 이후 계림성당과 남동성당의 신부님들은 도망 중입니다. 감옥에 가신 분들도 계시다 들었어요. 하지만 미자에게 더 이상의 충격을 주고 싶지 않았어요. 그런데 미자는 어쩐지 가뿐한 목소리로 이제 성당에 가지 못하는 건 괜찮다고 합니다.

"내 죄를 말할 수 있는 거, 그거 이제 필요 없으니까."

"왜, 미자야. 정말 좋아했던 거잖아. 게다가 혜자 아이도 찾았어, 감사하게도 성당에서……"

나는 뭐가 그렇게 다급했던 걸까요? 나는 혜자의 이름을 말하던 내 입을 가립니다. 하지만 미자의 시선은 어느새 군복을 입은 소영성에게 고정된 채였죠.

"왜냐면, 신은 그곳에 있는 게 아니라 광주에 있었거든, 그 군인, 모든 걸 멋대로 할 수 있던 그 군인. 설마 그 군인이 인간은 아니었겠지?"

나는 영자가 조금씩 뒷걸음질 치는 걸 보았어요. 영자의 팔을 잡으려고 했어요. 미자는 이제 막 말문이 터진 어린아이 같습니다.

"그러니까, 가장 죄 많은 건 바로 그 신이야."

소영성에 고정되어 있던 미자의 시선이 이번엔 영자의 얼굴로 향합니다.

"너도 혜자 같은 사람들에게 총을 쐈니?"

나는 순간 의자를 박차고 일어서 영자를 뒤에서 꽉 끌어안
았습니다. 영자가 뒤로 넘어갈 것만 같았어요. 무언가 빠져나
간 것처럼 느껴지던 영자를 끌어안으며 미자가 앉아 있던 곳
을 바라보았을 때, 그곳엔 죄 없는 백발의 노인이 베로니카
자매님 대신 있었습니다.

그래, 미자야, 그런데, 너 대체 정말 무엇을 본 거니? 그리
고 영자 너는 또 무엇을……

그로부터 다시 시간은 흘러 우리는 또 다른 봄들을 맞이했
습니다. 그래요, 5월은 어김없이 있으니까요. 영자는 그때 지
산동, 조선대학교 쪽으로 넘어가는 산수오거리에 나와 함께
살았습니다. 영성이는 입대하자마자 최전방으로 배치되었어
요. 그런데 영자는 그곳에서 기간을 다 채우지 못했습니다.
그 봄에 광주에 와서 사람 죽이는 일을 했대, 이런 수군거림
과 함께 돌아온 영자는 이제 부모님과 함께 살지 않았습니다.
미쳐서 돌아왔다는 사람들의 말과 달리 영자는 나와 함께 살
던 그 방에서 행복해 보였습니다. 머리를 길렀고 남자 옷을
입지 않았어요. 시집을 곁에 두고 하루에 한 편씩 읽어주기
도 했습니다. 가끔씩, 자다가 생전 하지 않던 욕설을 할 때가
있긴 했어요. 그 욕설 섞인 잠꼬대의 마지막엔 어쩐지 축 늘
어진 것 같은 체념의 말투로 이런 말들을 했습니다. "난 그냥
나예요. 광주 사람도, 북한 사람도 아니고 남자도 여자도 아

니고 그냥 나라고요." 하지만 내가 흔들어 깨우면 곧 말간 얼굴로 웃어 보였습니다. 그렇게 나와 영자는 가을도, 겨울도 함께했어요. 다시 봄이 왔을 때 나는 이제 정말 모든 것이 괜찮아진 것 같다고 느꼈습니다. 그런데, 그날은 5월치고는 더웠습니다. 마치 여름의 한가운데 같았죠. 나는 그날 무명녀로 되어 있던 혜자 아이의 출생 신고를 했어요. 영자에게는 깜짝 발표를 하려고 말을 하지 않은 채였죠. 본가에서 몰래 반찬도 몇 가지 챙겨 나왔습니다. 영자의 어머니께서 간혹 돈과 반찬을 아버지 몰래 두고 가셨지만 그걸로 해결이 다 안 될 때가 있었거든요. 도둑처럼 반찬을 챙길 땐 풀이 좀 죽었었는데, 막상 영자와 살던 동네 어귀에 이르러서는 영자에게 아이의 이야기를 할 생각에 마음이 부풀었습니다. '우리 아이의 이름은 무엇으로 할까? 네 이름을 따서 소영이로 할까? 소영이, 근데 혜자는 여성스럽다고 안 좋아할 거 같기도 하고. 그럼 영소 어때? 네 이름 앞 두 글자를 뒤집어서 말이야.' 이런 생각 끝에 이제 우리가 정말 피보다 강한 것으로 얽혔을지 모른다고 느꼈을 때였습니다. 문 앞에 서자 영자가 내게 읽어주던 그 시가 방 안에서 들려오는 듯했어요. 내 착각이었을까요? 하지만 그때 나는 아, 그래. 이제 정말 괜찮아진 것 같다고, 나는 정말 그렇게 생각을 했습니다.

  깊은 숲속에서 양치식물의 포자가 금빛으로 쏟아지는 소리가 났다
  부뚜막 안에서 마녀가 되살아나고 있었다

그이의 호주머니에 더는 빵 부스러기나 조약돌이 남아 있지 않았다

나는 그 시의 마지막 두 문장을 여전히 기억하고 있었어요. **"그것은 작고 투명한 유리잔 같은 여름이었다. 하지만 그런 여름을 사람들은 사랑이라 부르는 듯했다."** 이 문장 말예요. 그리고 앞선 문장도 다시 들으니 그때는 시 전체가 기억이 나더군요. 그런데 그날 알았어요. 내가 그 시에서 단 한 문장만은 아예 잊고 지냈다는 것을요. 바로 이 문장이었어요.

그렇게 짧은 여름의 끝에 그이는 죽었다……

내가 문을 열었을 때 방 가운데 떠 있는 것처럼 조금씩 흔들리던 영자의 발. 그리고 그 발밑으로 덩달아 흔들리던 그림자 속에 남겨졌던 영자의 편지.

경자야, 너는 아무것도 보지 못한 거야. 다 잊어. 다 잊고 살아가. 나도, 그 무엇도.

영자야…… 너 소영자는 소영성으로 대체 무엇을 해야만 했니, 무엇을 그렇게 잊어야만 하니? 그렇게 묻기도 전에 가버린 그 아이가 본 것은 아마도.

내가 떠난 그해 광주에서는 민주화 항쟁이 있었습니다.

"엄마. 엄마는 고향이 광주잖아. 그러면 엄마도 5월 18일을 알아?"

처음 영소가 그것을 내게 물어왔던 건 김대중 대통령이 당선되고 광주가 다시 뉴스에 나오기 시작했을 때예요. 뉴스에서는 흑백의 전남도청 사진이 나오고 있었습니다. 나는 대답하는 대신 뉴스를 꺼버렸습니다. 어리둥절한 표정의 영소가 나와 텔레비전을 번갈아 보는 때에 나는 참지 못하고 콘센트마저 뽑아버립니다. 할 수 있다면 나는 아마도 온 동네의 전기를 내려버렸을 것입니다. '엄마 그때 「뮤직뱅크」를 못 보게했단 말이야.' 영소는 이렇게만 기억합니다. 미안해요, 나는 그저 뉴스를 끄고 싶은 거였어요.

"하지만 엄마. 엄마는 그곳에 없었잖아?"

그래요. 나는 그곳에 존재하지 않았습니다. 하지만 그렇다고 해서 내가⋯⋯

"그럼 엄마. 엄마는 대체 어디에 있었어?"

나는 당시 한창 재수 학원에 적응하느라 전라도 사투리를 안 쓰려 안간힘을 다하고 있었을 뿐입니다. 전라도에서 왔다고 하면 빨갱이라는 말을 들을 때였어요. 나는 김대중 이런 사람들에게 관심도 없는데, 좀 억울했어요. 나는 전라도 말이 하고 싶을 땐 이미 군대에 가게 된 영자에게 편지를 썼습니다. 경자가 씀, 까지 쓰고 나서 자 이제 됐다 하고 다시 나가 서울말을 쓰며 다녔습니다. 그날도 다르지 않게, 그렇게 5월 18일이 내 곁을 지나치는 것만 같았습니다.

광주에 간첩이 나타났대.

1교시가 시작될 무렵 학원에서는 사람들이 그런 말을 하며 웅성거렸습니다. 간첩이라니. 곧장 군대에 있는 영자가 떠올랐어요. '여기는 온통 전라도 사람뿐이야, 매일 손발톱을 잘라서 봉투에 넣으래. 언제 죽을지 모르니까.' 한번은 영자가 자신이 있는 곳은 그저 날마다 살인 기술을 가르치는 데라고, 이 안에서도 더 약한 사람을 골라내 그 기술을 쓰는 것 같다고 편지를 보내왔어요. '여자 같은 애들은 항상 표적이 되는 것 같아. 그러니까 나 같은……' 그 편지를 받고 다급하게 면회 신청을 넣기도 했습니다. 그 면회 신청은 거부당했지만요. 영자가 편지를 보내올 때마다 겉봉에 씌어진 소영성이라는 이름이 퍽 낯설어서 답장으로 보낸 편지에는 소영자에게라고 쓰기도 했었는데요. 그래도 나는 고개를 저어 생각을 멀리 보내봅니다. 영자도, 더불어 혜자도 전라도와 멀리 떨어진 곳에 있으니 이럴 때는 차라리 다행이라는 생각만 했습니다. 나는 뒤돌아보지 않았습니다. 나와는 무관한 일이야. 그렇게 중얼거렸습니다.

나와 상관없는 일이야. 나와는.

나는 그렇게 5월 18일을 통과해가는 것만 같았습니다. 하지만,

나와는?

그래요. 하지만 나는 알고 있었잖아요, 혜자와 영자를 차마 떠올리지 못했다 해도 이미 그곳엔 미자가 있었습니다. 그

렇게 신부가 되고 싶었지만 수녀가 될 수밖에 없는 베로니카 자매님이 있었습니다. 그리고 사랑하는 남자와 뜻을 같이하기 위해 광주로 되돌아간 혜자가 있었습니다. 이후 그 남자와 자신이 추구하는 정의가 조금은 다르다는 걸 알고 홀로되길 택한 혜자가, 그러나 아직은 광주를 벗어나지 못했던, 어느 순간에는 자신의 배 속에 있는 아이를 위해서, 그런 아이들이 죽어가는 걸 그대로 볼 수만은 없어서 시위에 나섰던 혜자가……

나와는 무관한 그곳에 그렇게.

거기에 있었습니다. 그리고, 거기에는.

또 그 반대편에서 총을 겨누었던, 칼로 사람을 찔렀던, 아니, 그러라고 명령을 받았던 영자가 있었습니다. 압니다, 모든 군인이 다 영자는 아니에요. 절대 아니에요. 그러니 그저 영자라고 하겠습니다. 그렇게, 영자가 그곳에 있었어요. 그리고 다시, 여자의 삶을 선택한 영자를 받아들일 수 없던 소영성의 부모가 죽어서까지도 소영성으로 사망 신고를 한, 소영자가 소영성인 채로 또 그렇게 있었습니다. 영성이가 아닌 영자와 함께 살았던 나는 아무런 제도적 힘이 없어서, 그렇게 소영성인 채로 보내야 했던 소영자가 정말 그곳에 있었습니다.

"엄마, 있지. 사람은 왜 죽어?"

"응?"

"나는 왜 태어났고 아빠는 왜 죽었어?"

영소의 질문에 다른 사람이 추가되었습니다. 어린 시절부터 아이들의 놀림을 받는 건 괜찮다고 하던 영소였습니다. 그리고 그때 우리는 이미 오키나와로 이주한 뒤였지요. 30년 후에는 오키나와도 유명한 관광지가 되지만 그때는 본토와의 거리도 멀고 한국에서도 아는 사람이 별로 없었지요. 단 한 사람, 소영자 빼고 말이에요. 해외 일자리 중개업소에서도 오사카와 후쿠오카를 추천했습니다. 하지만 나는, 그래요, 오키나와로 가고 싶었어요. 사람들에겐 그저, 영소랑 먹고살 일이 있으면 어디든 간다고 답했습니다. 영자 덕분에 배우게 된 일본어가 내게 큰 힘이 되어주었죠. 그렇게 온 오키나와, 이곳에서 나는 경자, 여전히 경자지만.

처음 체류 신고를 하던 날 버벅대던 나를 도와 서류를 받아 적던 직원이 경자? 하더니 서울 京 아들 子로 내 이름을 기록했습니다. 그가 확인을 위해 나를 한번 올려보았지만 나는 그것을 빤히 보고도 아무 말을 하지 않았습니다. 아들 子가 아닌 스스로 自. 스스로의 공동체는 그 뜻이었는데 말이에요. 혜자, 미자, 그리고 영자…… 나는 고개를 돌렸습니다. 그리고 그렇게 京子, 쿄코가 되었습니다. 쿄코로 사는 것, 아무 문제도 없는 것만 같았지요. 나는 열심히 일했고 영소를 키워냈으니까요. 영소가 고등학교에 들어갈 무렵엔 마음에 맞는 남자와 몇 년을 함께 살기도 했습니다. 시집을 좋아하던 점잖은 일본 사내였죠. 그리고 그사이, 아무도 내 이름을 부르지 않았습니다. 영소 엄마, 저기 이모, 김 여사, 김상…… 단 한 번, 영소를 일본의 학교에 입학시키려던 그때 빼고는요. 가족 관계를 살펴보던 영소의 담당 선생님이 왜 아빠가 없는지 물어왔던 것입니다. 사실 무례하지 않은 의례적인 질문이었어요. 그러게요, 그런데 영소가 태어나기 위해 영소의 아버지가 죽은 건 아닙니다. 삶과 죽음이 그렇게 순차적으로 이뤄진다면 차라리 평안에 이르기가 쉬울 테지요. 하지만.

"영소야. 네 아빠는."

"응."

"자살했어."

그 말의 의미를 묻지도 않고 그저 '죽었다'는 말 자체에 눈물을 흘리던 어린 영소가 이제는 벌써 삼십대 중반을 훌쩍 넘어갑니다. 나는 그때까지 영소가 막연히 동아시아 역사를 전공한 후 대학에서 강의를 하는 정도로 알고 있었어요. 영소는 그중에서도 한국학을, 한국학 중에서도 광주에 대해서 공부하고 있었더군요. 5월 18일에 대해서 말이에요. 나는 아무 말도 하지 않았습니다. 하지만 그제야 나는 삶이라는 걸 어렴풋하게 알 것 같았어요. 죽음이 아니라, 겨우 삶에 대해서요. 그것은 뭐랄까요. 아주 탄력이 느슨한 고무 밴드 같은 걸 늘 허리에 감고 있었다는 느낌, 그 느슨한 탄력감 때문에 느끼지 못했을 뿐 나는 아주 천천한 탄력으로 그곳으로 돌아가고 있었던 것일지도 모르겠어요. 하지만 나는 그렇다 치고 영소는 대체 무슨 예감이었던 걸까요?

"나와, 정말 상관이 없는데, 엄마. 그렇지?"

영소가 그렇게 말했습니다. 무어라 대답도 하기 전에 눈물이 흘러내렸습니다. 그걸 아시나요? 태풍이 불면 온 사위가 깜깜할 것 같지만 태풍 가운데 들어가면 바람이 잠잠하고 무엇보다 맑은 하늘을 볼 수 있습니다. 나는 태풍이 많은 오키나와에 와서야 그걸 알았습니다. 눈물도 그런 것 같아요. 눈물이 흐르면 처음엔 앞이 흐리지만 나중엔 오히려 시야가 맑아지죠. 평생 나는 어떤 곳에 비켜서서 울음을 삼키기만 했다는 걸 알았습니다. 그렇게 또렷하고 깨끗한 시야에 그제야 울음을 간신히 참고 있는 영소의 얼굴이 들어왔습니다. 그 얼굴과 나란히, 혜자와 미자가, 그리고 영자가 그곳에 있었습니다. 나는 아마도 무슨 말인가를 더 하려고 했던 것 같아요. 하지만 그즈음엔 나도 부디 평안에 이르고 싶었던 것 같습니다.

"그런데 왜 이렇게, 고통스러운 걸까, 엄마."

연구를 하면 할수록 말이야, 영소는 내 너머로 시선을 둔 채 속삭이듯 중얼거립니다. 어쩌면 영소도 나처럼 이제 평안에 이르고 싶었던 걸까요. 영소는 나를 자신의 연구에 기록할 거예요. 5월 18일 그곳에 있었고 그날 이후 더는 어느 곳에도 있지 않은, 그러면서도 내 주위 어디에나 있는 혜자, 미자. 그리고 영자, 에 대해서요. 그 후엔 아마도……

*

　여기서부터 이것은 나, 김영소의 기록이다. 김영소의 기록
엔 그러나 김영소는 존재하지 않는다. 그러므로 저 말에서 잠
깐 나는 머뭇거렸다. 김영소의 기록?

　이것은 쿄코라 불렸던 쿄지 상, 김경자 씨의 기록이다.

　김경자, 호적상 한자 표기는 金京子, 1958년 1월 30일 전
라남도 구례 출생. 동명중학교와 살레시오여자고등학교 졸
업. 그로부터 삼 년 후 광화문 재수 학원에서 대학이 아닌 또
다른 학원으로 다시 자리를 옮긴다. 그사이 어떤 일이 있었는
지 자세히는 나도 모른다. 다만 이미 그때 나는 갓난아이로
존재했다. 내 아버지는 내가 존재하는지도 모르는 시점에 죽
었다고 했다.

　"자살이야."

　그 말을 하는 엄마의 목소리엔 떨림이 없다. 아버지는 엄
마의 오랜 친구 중 한 명이었다고 한다. 엄마가 그를 좋아했
던 이유는 뭐였을까. 단 한 번, 그런 이야기를 했었다. "그 사
람은 참 다른 남자들 같지 않게 뭐든 조심스러웠어. 목소리도
크지 않았고 버스를 타면 다리를 모으고 앉았거든. 뭔가……
반대야." 뭐가 반대라는 걸까. 엄마는 누군가의 이름을 중얼
거렸다. 얼핏 혜, 그리고 자라는 글자가 들렸지만 엄마의 또
다른 이야기가 이어졌으므로 그 이름에 대해선 다시 묻지 못
했다. 어쨌거나 아버지에게 이상 행동이 온 것은 광주에서 살

게 되면서부터였다. 왜 그곳이었을까. 둘은 서로에게 모든 걸 말하는 사이였지만 단 하나만은 말하지 못하는 사이이기도 했다. 광주, 5월 18일. 그렇게 광주에 내려온 지 얼마나 흘렀을까. 그렇게 얌전해서, 다른 남자들 같지 않아서 엄마가 좋아했던 그는 밤마다 소리를 지르고 욕설을 내뱉고 머리를 쿵쿵 벽에 찧기도 했다. 후에야 알았다. 아버지는 그때 군대에 있었다. 그날 밤, 손발톱을 모두 깎아 편지 봉투에 넣어 부모님께 보내라던 그날 밤, 그는 전라도 출신이라는 게 확인된 뒤 다른 전라도 출신들과 광주로 보내졌다. 거기서 그가 무슨 일을 보았는지 엄마도 정확히는 모른다고 그랬다. 그가 그렇게 죽을 줄은 더 몰랐을 것이다.

엄마는 내가 열넷 무렵 오키나와로 거주지를 옮겼다. 바뀌어버린 환경에 종종 입을 다물고 시위 아닌 시위를 하던 그즈음 나에게 엄마는 종종 '전생의 업보다, 업보야' 이런 말을 중얼거렸다. 아버지의 죽음에 대해선 담담하던 엄마도 나에게는 침착하지 못했던 거다. 사실 나는 그런 엄마에게 할 말이 없는 자식이었다. 엄마가 온갖 과외며 학원을 보내줬는데도 잘하는 게 없었다. 그나마 본토의 대학으로 입학한 게 유일한 효도였달까. 신기한 건 엄마는 그것 때문인지 내 학창 시절을 모두 좋게만 말한다는 거다. 마치 내가 일본으로 간다니까 잘사는 나라로 간다고 그저 부러워하던 한국에서의 친구들처럼 말이다. 한국은 IMF로 힘들 때여서 이해할 수도 있었다. 하지만 엄마는 어째서였을까. 반에서 따돌림을 당하던 사람은 총 네 명, 나와 재일 조선인 아이, 그리고 동성애 스캔들을 일으킨 아이, 자기가 남자라고 주장하던 아이. "더러운 피." 사람들은 나를 보고, 나와 함께 따돌림당하던 아이들을 보며 종종 그런 말을 했다. 지나고 나서야 알았다. 폭력은 그저 약한 이들에게 유사하게 반복되고 있을 뿐이라는 것을. 나는 가방에 과도를 하나 넣어 다니기 시작했다. 나를 지키기 위해서, 라고 되뇌었지만 마음속으론 나를 모욕하던 인간들의 얼굴을 그어버리고 싶었다. 아니, 그보다는 그 인간들 앞에서 보란 듯이 내 손목을 그어버리고 싶었다. 내 피를 봐, 너네 피와 다르지 않다고. 폭력은 그렇게 약한 존재에게 늘 자신을 파괴하는 방식의 자기 증명을 요구한다. 과도는 괴롭힘이 심해질수록 크기가 커져서 나중엔 식칼이 되었다. 아마, 엄마에게 그 식칼을 들키지 않았으면 나는 아마도……

"아, 엄마. 아빠도 자살했다며!"

식칼을 발견하자마자 싱크대로 달려가 던져버린 엄마가 전생의 업보를 꺼내 들기 시작했을 때였다. 내 말에 엄마는 잠시 아무 말 없이 나를 바라보기만 했다. 엄마는 아버지 이야기를 하면서 운 적이 한 번도 없었다. 동요도 없었다. 그런데 그날은 엄마가 좀 달랐다. 너, 너. 너희 아빠는. 너희 아빠는. 조금은 넋이 나간 사람처럼 그런 말을 중얼거리던 엄마.

"전혀 죽고 싶지 않았어. 살고 싶었어. 그 아이는 너무나 살고 싶었어."

거기 있던 모두가 그냥 살고 싶었던 거야. 엄마가 그렇게 말했을 때, 왜였을까. 나는 다시 물었다. 엄마는 나를 사랑해? 아니면 미안한 거야? 엄마는 그 질문에 아무런 답도 하지 않았다.

그런 내가 본토의 대학에 갈 수 있었던 건 나하 중심부의 학교에서 외곽으로 전학을 결정하고 그곳에서 역사 과목을 들으며 공부에 흥미를 느꼈기 때문이었다. 우익 교과서를 채택하지 않았던 학교였기에 오키나와의 역사와 조선인들의 역사, 재일 조선인의 역사를 배울 수 있었고 나에게도 발언권이 주어졌었다. 아이러니하게도 나는 내가 왜 이곳에서 혐오의 대상이 되어야 했는지를 배우면서부터 안정을 찾았던 거다. 왜냐면 그것이 나의 잘못이 아니라는 걸 알게 되었으니까. 게다가 역사 선생님은 가끔 교과서가 아닌 시집이나 소설을 가져와서 오키나와에 대해 이야기하기도 했었다. "말하는 방식은 다양할수록 좋아." 시는 잘 이해하지 못했지만 역사 선생님의 그 말이 좋았다. 선생님이 오키나와 출신의 시인 미즈노 루리코의 『헨젤과 그레텔의 섬』이라는 시집을 읽어준 날, 나는 전학 이후 절대 가지 않았던 나하 중심부로 나가 백화점 안에 있는 서점에 찾아갔었다. 아직 모노레일이 없던 때라 쨍쨍한 볕을 고스란히 받으며 버스 창가 자리에 붙어 앉아 갔던 기억이 선명하다. 그런 기분에 열심이다 보니 역사 선생님과도 어느 정도 친해졌었는데, 하루는 선생님이 나를 불러 한국에서 온 손님들을 안내해줄 수 있냐고 물었다. 일반적인 관광이라면 엄마가 허락하지 않을 것 같다는 생각에 바로 거절했을 텐데 그들은 미군 기지와 조선인 위령비를 둘러본다고 했다. 내 말에 엄마는 어디서 오신 분들이냐고 물었다.

"응, 광주. 5·18 피해자 유가족분들하고 관련 연구하시는 분들이래. 그게 오키나와하고 무슨 연관인지는 모르겠지만."

순간 엄마의 등이 미약한 경련을 일으킨 것처럼 보였다면 과한 걸까. 하지만 엄마는 그 일을 반대하지 않았다. 며칠 동안 나는 광주에서 왔다는 그 손님들에게 나하시에서부터 미군 기지, 조선인 위령비까지 모두 안내했다. 기억에 남는 사람은 한국에서 온 가이드 나나 씨와 연구자 경아 씨였다. 여자가 우리 셋뿐이기도 했지만 둘 다 일본어에 아주 능숙했고 어리다고 반말을 하기도 했던 다른 사람들과 달리 나에게 깍듯이 존댓말을 했기에 좋은 인상이었다. 특히 경아 씨는 일에 치여 늘 긴장 상태였던 나나 씨와 나를 도와 자연스레 일본어 통역도 맡아주었다. 하지만 처음엔 그가 주는 좋은 인상에도 쉽게 마음을 열지는 못했었다. 당시 일본이나 한국이나 갑자기 오키나와를 주목하는 분위기였는데, 사람들이 주목하는 오키나와란 뻔했다. 버려진 땅, 소외받은 땅, 미국과 일본의 폭력으로 얼룩진 땅. 나는 처음엔 경아 씨도 마찬가지라 생각했다. 그런데 경아 씨는 언제나 내 생각을 벗어난 사람이었다. 기껏 위령비나 미군 기지 앞에 데려다 놓으면 점심으로 먹은 오키나와 전통 소바나 맥주 이야기를 해댔다. 그 점이 나에겐 오히려 편안하게 느껴졌다. 뭐랄까, 엉뚱하게도 경아 씨라면 남편이 자살하고 홀로 생계를 책임지면서 남겨진 아이를 키우겠다고 오키나와로 이주한 엄마를 마냥 불쌍하게 보진 않겠다는 마음이 들었던 거다. 그래요, 오키나와엔 그런 폭력이 분명히 있었죠. 하지만 소바도 있고 맥주도 있고 고구마도 있네요. 엄마랑 나는 가끔 싸우고 그래도 또 웃을 때도 있어요. 나는 그런 말들이 자꾸 하고 싶었다.

며칠을 함께 다니다 보니 사람들은 묻지 않아도 서로의 이야기를 할 때가 있었다. 어느 날엔가는 경아 씨 이야기가 나왔다. 한국에서 온 줄 알았는데 경아 씨는 조선적 재일 남편과 결혼해서 지금은 도쿄에 살고 있다고 했다. 일본에서 세상 오갈 데 없는 처지가 조선적 재일인데 경아 씨가 가졌던 마음은 대체 뭐였을까. 경아 씨는 그런 사정을 다 알고 내린 결정이었을까. 그때까지 나는 눈에 띄는 게 싫어서 불편도 질문도 최대한 참는 편이었는데 경아 씨에게는 질문을 하고야 말았다. 대뜸 무슨 연구를 하는지 물었던 거다.

"나는, 식민기 한국에 현지처로 있었거나 호텔 여급으로 취직하러 왔던 일본인 여성에 관해 연구해요. 그들 대부분은 일본에서도 한국에서도 하층이었고요. 일본 제국이 패망한 후 철수할 때도 본국으로 데려가지 않았죠."

"저, 그런데…… 실례지만 그러면 5·18하고 그게 무슨 연관이에요? 이번 여행은 5·18 유가족분들이나 관련 연구를 하는 분들이 오시는 거라고 들었는데요."

"네, 관련이 없을 수 있죠, 그런데, 음…… 영소 씨, 나도 뭐 하나만 이야기해도 될까요?"

내가 작게 고개를 끄덕이자 경아 씨는 고맙다는 듯 웃어 보이고 잠시 입술을 말았다.

"내가 한국에 살 때 말이에요. 그때 한국에서 재조 일본인의 손녀를 취재한 적이 있었어요. 신학대를 다니던 중 5·18을 겪으셨고 그 충격으로 하룻밤 만에 머리가 하얗게 센 여성 분이었죠. 그분을 뵌 날, 내가 그랬었어요. 공적인 자료에는 신부님들에 대한 기록뿐인데 어떻게 이 일에 관여가 된 것이냐고요. 그러다 뭔가 스스로도 이상한 거죠. 그래요. 거기는 수녀님들도 계시고 성당에 다니던 사람들도 있었고. 나 조금은 당연한 걸 그제야 깨달은 거죠. 아니, 당연하다고 생각되는 것 외에는 다 당연하지 않은 것으로 취급하면서 배제하며 살았다는 걸 깨달은 거죠, 그렇게 옳은 일 하며 산다고 자부했던 내가 말이에요."

그랬다. 사람들은 너무나 당연하다고 생각하는 것이 있기에 그 당연함에 들어가지 않는 것을 굉장히 불편해할 때가 있다. 그럴 때 어떤 사람들은 그 불편하게 만드는 존재들을 아예 지워버린다, 가령 학교에서 나와 같은 존재…… 그리고 어쩌면, 엄마와 아빠와 같은.

"그때 그분이 그런 말씀을 하시더라고요, 어릴 적 외할머니가 재조 일본인이라 한국에서는 친일파라고, 또 일본인들에게는 현지처 자식이라고 더러운 피라고 욕을 먹었는데 이제는 광주 사람이라고 빨갱이라고 욕을 먹는다고요."

더러운 피······ 이 말에 난 무언가 한 대 맞은 기분이 되어 경아 씨를 조금은 빤히 바라보았다. 경아 씨가 한숨처럼 낮게 말을 이어갔다.

"사실 이렇게 결연하게 말했지만, 솔직히는 논문 쓰고 잊었었어요. 그런데요, 하루는 여기 넘어와서 험한시위대를 마주친 거죠. 그들이 지나가길 기다리며 길 한쪽에 서 있었는데 어떤 사람이 저를 똑바로 보고 말하더라고요. '한국인, 더러운 피.' 그때, 생전 나를 본 적도 없는 사람이 나를 증오하고 혐오하고 있다는 걸 알았어요. 그날 집에 돌아와 이유도 없이 샤워를 내가 몇 번이나 했는지 몰라요. 이상했죠. 그러다가 그다음엔 나도 처음 보는 그 남자를 붙잡아 욕을 하고 싶다는 생각에 잠이 오지 않을 정도였어요. 그런데 내 말에 남편은 그저 한숨을 내쉬더니 이렇게 말하더군요. 이제 그런 말에 익숙해져야 할지도 모른다고 말이에요."

경아 씨, 나도 그 말을 들은 적이 있어요. 나를 알지도 못하는 사람들에게조차요. 나랑 같이 따돌림당하는 애들도 들었죠. 한국인이라서, 동성을 사랑한다고 해서, 자신의 성별을 받아들이지 않는다고 해서요. 그냥 우리보고 더럽대요. 이 말은 목에 걸려 나오지 않았다. 이 말을 하면 오래 참았던 울음이 먼저 나올 것만 같아서였다.

"그때, 잊고 있었다고 생각했던······ 광주에서 뵈었던 그분이 떠오르더라고요. 그러면서 어렴풋하게 이런 생각이 들기 시작했어요. 뭔가······ 우리가 연결되어 있다는 생각. 어쩌면 서로의 삶을 교차하고 있다는 생각."

　나는 경아 씨의 말을 들으며 내내 엄마를 떠올렸다. 어떤 시절의 기억에 대해선 아주 모르는 사람처럼 고개를 숙이고 눈을 감아버리는 엄마. 그때 왜 나는 줄곧 엄마를 떠올리며 이제 다시 볼 수 없을지도 모르는 경아 씨에게 그런 말들을 한 걸까. "그런데요, 경아 씨. 엄마가 자꾸만 자신은 과거에 있대요, 미래를 봤대요. 엄마는 누구와 무엇으로 연결되어 있는 걸까요?"

　하지만 난 이내 다시 고개를 저었다. "그래요, 뭐…… 엄마가 왜 그러는지 내가 알아서 뭘 하겠어요. 어쨌거나 이제 나와는…… 정말 상관없는 일이잖아요?" 그때까지 묵묵히 내 말을 듣던 경아 씨가 가만히 미소를 지어 보였다. 어쩐지 조금은 낮고 쓸쓸했던 그 미소 끝에 그가 해준 마지막 말은 이거였다.

　"'사람은 잊고자 하는 일에 보복을 당하기 마련이다.' 제가 공부를 시작할 때 영향을 많이 받은 오키나와 연구자가 한 말이에요. 전쟁의 기억을 지워버리려는 일본 제국을 향해 한 말이었죠. 음…… 영소 씨, 어떤 사람들은요. 죽어도 꼭, 살아 있는 것 같잖아요? 또 어떤 사람들은 살아남았어도 늘 과거에 사는 거 같기도 하고 말예요."

　그날 경아 씨와의 만남 이후 다시 이십여 년의 시간이 흘렀을 때 나는 연구를 위해 최종적으로 광주행을 선택하겠다고 엄마에게 말했다. 광주라는 말에 주저앉던 엄마. 엄마는⋯⋯
그곳에 없었잖아? 내 말에 아무 대답 없이 눈물을 흘리던 엄
마. 그곳에 있다고도 없다고도 할 수 없었던 엄마는. 그곳의
많은 사람이 그러했을 것처럼 위로할 수도 받을 수도 없는 시
간을 모두 떠안아야 했던, 살아남은 사람이 아닌, 그저 그곳
에 남겨진 사람이었던 엄마는.

"엄마는 어디에 존재하는 사람이야?"

아주 작게 입을 열어 무언가를 중얼거리던 엄마. 엄마, 뭐
라고 말하는 거야? 무얼 말하려고 하는 거야? 자세히 들어보
니 그것은 누군가의 이름들이었다.

그 이름들을 소리 내어 부른 엄마는,
그렇다면 엄마 경자 씨는
이제 평온에,
이르렀을까.

이것은 나 김영소가 엄마인 김경자 씨를 써 내려간 기록이
될까, 아니면 기억이 될까. 서울 京 아들 子의 쿄코 상이라고
불렸던, 실은 스스로 自를 쓰는 경자 씨는 조기 치매 증상으
로 마지막 몇 달을 병원에서 보냈다. 첫날 쿄코 상이라고 쓰
어진 침대의 글자를 기어이 쿄지 상으로 바꾸겠다 고집을 부
리던 엄마는, 어느 날엔 "혜자야, 너 이제 아들 대접 충분히
받고 있어?" 하고 물었고 또 가끔씩은 "미자야, 나도 죄를 말

할 수 있을까?" 이렇게 묻기도 했다. 나는 혜자도 미자도 아닌 엄마 딸 영소라고 화도 내고 달래보기도 했지만 소용없었다. 그 이름들이 어린 시절 들었던 엄마의 친구들 이름이라는 게 떠오른 이후에는, 평생 부르지 못한 그 이름을 마음껏 부르고 싶나 해서 그저 고개를 끄덕여주거나 맞장구를 쳐주었다. 그렇게 그곳에서의 몇 달, 그날은 아침부터 엄마의 시선이 내 어깨 너머 어딘가를 향하고 있었다. 텔레비전을 걸어놓은 자리였는데 여태는 엄마가 그곳을 응시한 적이 없었다. 시선을 따라 돌아본 곳에서는 1980년 그 군인이 법원 앞에서 자신의 무죄를 주장하는 한국발 뉴스가 나오고 있었다. 냉소를 머금으며 볼륨을 조금 높여보려 할 때였다. 엄마가 무어라 중얼거리기 시작했다. 부탁을 들어주지 못해 미안해, 가만 들어보니 누군가에게 엄마는 끝없이 사과 중이었다. 이번엔 미자 이모한테 미안한 거야, 아니면 혜자 이모야? 내가 다시 엄마에게 돌아섰을 때였다. "나 너를 잊지 않았어…… 영자야." 영자? 처음 듣는 이름이었다. 경자 씨가 자신의 생에 마지막으로 소리 내어 부른 이름이기도 했다. 그리고 그 이름을 부른 경자 씨가 다시 그 군인이 나오고 있는 텔레비전의 화면을 똑바로 바라보며 남긴 말은 이거였다.

"사람은 잊고자 하는 것에 보복을 당하기 마련이다."

쿄코 상이 아닌 쿄지 상이 그곳에서 웃으며 울고 있었다. 여느 때보다 맑은 눈으로.

소설의 사유에 도움을 준 자료

고정희, 『이 시대의 아벨』(재판), 문학과지성사, 2019.

권김현영 외, 『남성성과 젠더』, 자음과모음, 2011.

노영기, 『그들의 5·18』, 푸른역사, 2020.

최승자, 「나의 詩가 되고 싶지 않은 나의 詩」, 『이 시대의 사랑』, 문학과지성사, 1981.

미즈노 루리코, 『헨젤과 그레텔의 섬』, 정수윤 옮김, 읻다, 2016.

스티븐 로우즈·R. C 르원틴·레온 J. 카민, 『우리 유전자 안에 없다』, 이상원 옮김, 한울, 2009.

우치다 준, 『제국의 브로커들』, 한승동 옮김, 길, 2020.

츠루미 슌스케, 『다케우치 요시미』, 윤여일 옮김, 에디투스, 2019.

코델리아 파인, 『젠더, 만들어진 성』, 이지윤 옮김, 휴머니스트, 2014.

박진경·미야지마 요코, 「카페의 식민지근대, 식민지근대의 카페 : 재조일본인 사회, 카페/여급, 경성」, 『한국여성학』 제36권 제3호, 한국여성학회, 2020.

송혜경, 「일제강점기 재조일본인 여성의 위상과 식민지주의 : 조선 간행 일본어 잡지에서의 간사이(關妻) 등장과 일본어 문학」, 『일본사상』 제33호, 한국일본사상사학회, 2017.

유경남, 「사회운동 관점에서 본 광주YMCA·YWCA와 5·18항쟁」, 『한국기독교와 역사』 제53호, 한국기독교역사연구소, 2020.

윤선자, 「한국천주교회의 5·18 광주민중항쟁 기억·증언·기념」, 『민주주의와 인권』 제12권 2호, 전남대학교 5·18연구소, 2012.

이선윤, 「제국과 '여성 혐오(misogyny)'의 시선 : 재조일본인 가타오카 기사부로(片岡喜三郎)의 예를 통해」, 『일본연구』 제39집, 중앙대학교 일본연구소, 2015.

정호기, 「천주교회의 '5월운동'과 사회참여 : 1980년대 전남지역의 활동을 중심으로」, 『신학전망』 182호, 광주가톨릭대학교 신학연구소, 2013.

Baudewijntje P. C. Kreukels & Antonio Guillamon, "Neuroimaging studies in people with gender incongruence", *International Review of Psychiatry* 28(1), Gender Dysphoria and Gender Incongruence, 2016, pp.120~128.(DOI: 10.3109/09540261.2015.1113163)

Dick F. Swaab, "Neuropeptides in Hypothalamic Neuronal Disorders", *International Review of Cytology* vol.240, Elsevier Academic Press, 2004, pp.305~375.

Giancarlo Spizzirri et al., "Grey and white matter volumes either in treatment-naïve or hormone-treated transgender women: a voxel-based morphometry study", *Scientific Reports* 8, 2018.(https://doi.org/10.1038/s41598-017-17563-z6)

Mairead Enright et al., "POSITION PAPER on The Updated General Scheme of the Health (Regulation of Termination of Pregnancy) Bill 2018".(https://lawyers4choice.files.wordpress.com/2018/08/position-paper-1.pdf)

Timothy Cavanaugh, "Sexual Health History: Talking Sex with Gender Non-Conforming & Trans Patients".(https://fenwayhealth.org/wp-content/uploads/Taking-a-Sexual-Health-History-Cavanaugh-1.pdf)

기꺼이 어려운 인터뷰에 응해주신 분들께 감사를 전합니다.

2021 제15회 김유정문학상 수상작품집

기억의 왈츠

© 권여선 손보미 신종원 우다영 위수정 한정현

1판 1쇄 발행		2021년 12월 25일

지은이		권여선 손보미 신종원 우다영 위수정 한정현
펴낸이		정홍수
편집		김현숙 이명주
펴낸곳		(주)도서출판 강
출판등록		2000년 8월 9일(제2000-185호)

주소		서울시 마포구 동교로17안길 21(우 04002)
전화		02-325-9566
팩시밀리		02-325-8486
전자우편		gangpub@hanmail.net

값 14,000원
ISBN 978-89-8218-293-8   03810

* 이 책의 판권은 지은이와 도서출판 강에 있습니다.
  이 책 내용의 전부 또는 일부를 재사용하려면 반드시 양측의 서면 동의를 받아야 합니다.
* 잘못 만들어진 책은 구입처에서 교환해드립니다.